揺らめく羨望

アレックス・カーヴァ

新井ひろみ　訳

JN266415

MIRA®

MIRA®文庫

At the Stroke of Madness

by Alex Kava

Published by Harlequin K.K., Tokyo, 2005

わたしを信じ、導き、励ましてくれたエイミー・ムーア・ベンソンに。

彼女は最後までわたしを見限らずにいてくれた。

そして、わたしに耳を傾け、ヒントを与え、気づかってくれたデボラ・ブロー・カーリンに。

彼女は、わたしが自分を見限ることを最後まで許してくれなかった。

謝辞

多くの専門家の方々に心よりお礼申し上げます。いただいたアドバイスの数々に、今回もどれほど助けられたことでしょう。それから、わたしの家族と友人たち。本当にありがとう。マラソンのような執筆期間、みんなのことはほったらかしにしてしまうのに、よく我慢してくれました。次のみなさんに深く感謝します。

叱咤《しった》し、激励してくれたパトリシア・シエラ。いつもどんなときも、そこにいてくれた。

郡検事補のリー・アン・レトルスドルフ。殺人犯の興味深い手口を思いついたのは、あの日あなたと昼食を共にしたおかげ。

作家仲間のローラ・ヴァン・ウォーマー。超多忙なはずなのに、わたしのために時間を割いてコネチカットを案内してくれた。第二の故郷メリデンへのあなたの愛が、ひしひしと伝わってきた。

ヨーク・ヒル・トラップ採石会社のレオナード・スージオ。吹雪のさなかだったにもかかわらず、実に有益な見学をさせていただいた。

舞台になった地域のことで疑問が生じたとき、頼みの綱はローリー・オブライエンだった。

ダイアン・モギーはじめ、ＭＩＲＡ ＢＯＯＫＳの面々。すなわち、ターニャ・チャズースキー、グレイグ・スウィンウッド、クリスティナ・ド・ドゥレバ、ステイシー・ウィドリントン、ケイト・モンク、モーリーン・ステッド、アレックス・オサスゼク。ありがとう。

ゴールドバーグ・マクダフィー・コミュニケーションズ社のメガン・アンダーウッドとその仲間たち。

留守中、犬たちを大切に世話してくれたメアリー・ミーンズも。

常に迅速な仕事ぶりで、わたしの行き届かないところを補ってくれたタミー・ホールも。

同業者であり友人でもあるシャロン・カーが、今度もまた、苦楽を共にしてくれた。マーリーン・ヘイニー、サンディ・ロックウッド、パティ・エル・カチューティ。どんなに長く会えなくても、あなたたちは真の友人でいてくれる。失敗しても責めないでいてくれる。わたしが落ち込んだときにはそっと見守り、元気なときには一緒にはしゃいでくれる。無償の友情をありがとう。

ケニー・カーヴァとコニー・カーヴァは、わたしの話に真剣に耳を傾け、勇気づけてくれた。

ほかの家族も友人たちも、わたしを支え続けてくれて本当にありがとう。ジーニー・シューメイカー・メツガー、ジョン・メツガー、パトリシア・カーヴァ、ニコール・フレンド、トニー・フレンド、ラドンナ・トゥレック、マック・ペイン、ジーン・エグノスキー、メアリー・エグノスキー、リッチ・カーヴァ、アニー・ベラッティ、ナタリー・カミングズ、リッチ・カミングズ、ジョー・エレン・シューメイカー、リン・ベリッツ、デイヴィッド・ベリッツ。

また、次の方たちにも深くお礼申し上げます。

拙著を引き立ててくださった多くのバイヤーの方々。書店や図書館で働くみなさん。

そして読者のみなさん。大勢の方が読んでくださるからこそ、マギー・オデールは生き続けられるのです。

わたしを温かく迎えてくださった、コネチカット州メリデン及びウォリングフォードにお住まいのみなさん。勝手に地理を変化させたりご近所に死体を捨てたりして、ごめんなさい。

最後に、マイク・ヴァレール。二〇〇二年十月二十六日、ＭＩＲＡ ＢＯＯＫＳは、輝ける星を一つ、失った。ＭＩＲＡの中でも、わたしが初めて出会ったのがマイクだったのは幸運なことだった。この会社の寛大さ、情熱、そしてサービス精神を、そのまま体現しているような人だったから。マイク、あなたがいないのは寂しいけれど、あなたの魂は、いつまでもこのチームに息づいています。

揺らめく羨望

■主要登場人物

マーガレット（マギー）・オデール……FBI特別捜査官。プロファイラー。
R・J・タリー……マギーのパートナー。プロファイラー。
カイル・カニンガム……マギーの上司。
グウェン・パターソン……マギーの親友。精神科医。
ジョウアン・ベグリー……グウェンの患者。アーティスト。
リューク・ラシーン……引退した郵便配達人。
カルヴィン・ヴァーガス……廃棄物処理などを請け負う若者。
ウォルター（ウォリー）・ホブズ……カルヴィンのパートナー。
リリアン・ホブズ……ウォルターの姉。書店経営者。
ヘンリー・ウォーターマイアー……ニュー・ヘヴン郡保安官。
ロージー・ウォーターマイアー……ヘンリーの妻。リリアンの共同経営者。
ドクター・ストルツ……監察医。
カール……鑑識員。
アダム・ボンザード……ニュー・ヘヴン大学教授。法医人類学者。
ロマーナ、ジョー、サイモン……アダムの教え子たち。
ジェニファー・カーペンター……地元テレビ局のレポーター。
ジェイコブ・マーリー……葬儀社経営者。
ソニー……ジョウアンの友人。

1

コネチカット州メリデン
九月十一日　土曜日

午前零時になろうとしていたが、ジョウアン・ベグリーは待ち続けた。

指先でこつこつとハンドルを叩《たた》きながら、もうすぐヘッドライトを映すはずのルームミラーから目を離さずにいた。遠くで稲妻が光るたび、嵐《あらし》はこっちとは別の方向へ向かっているのだと自分に言い聞かせて不安を抑え込んだ。フロントガラス越しに、ときおり視線を左右へ走らせる。眼下に広がる見事な夜景も、ほとんどジョウアンの目には入っていなかった。景色よりもサイドミラーを熱心に眺めた。ルームミラーが何かを映しそこねたとしても、こうしていればきっと見逃さずにすむとでもいうように。

〝映っている物体は、実際にはもっと近づいている可能性があります〟

助手席側のミラーに書かれた警告文を読んで、ジョウアンは思わず笑った。笑いながら、身を震わせた。こんな真っ暗な中で何が見えるというのだ。車の屋根にのしかかられるまで、きっと見えない。

「いいかげんにしなさい、ジョウアン」彼女はみずからを戒めた。「自分で自分を怖がらせてどうするの」ポジティブな考え方をしなければ。常に前向きでいなければ。苦労して学んだあれこれをあっけなく忘れてしまっては、ドクター・パターソンと面談を重ねた甲斐《かい》がないではないか。

それにしても、どうしてこんなに遅いのだろう？　もしかすると、彼のほうが先に来ていて、あきらめて帰ってしまったのかもしれない。結局のところ、こっちは十分遅れてきたのだから。わざとじゃない。分かれ道のことを彼が言い忘れていたのだ。頂上へ続く最後の上り坂の手前に、それはあった。おかげでジョウアンは思いがけず遠回りしてしまった。あたりが真っ暗なだけでも心細いというのに。鬱蒼《うっそう》と茂る木々が、月明かりさえさえぎってしまうのだ。今はまだおぼろに残る月の光も、やがて入道雲にかき消され、おそらくは稲妻という派手な光のショーに取ってかわられることだろう。

ああ、雷は本当にいやだ。今だって、空気が電気を帯びているのがはっきりわかる。味さえ感じられるような気がする。ちょうど、新しい詰め物をして歯医者を出るときと同じ、金臭いような味。その感覚が、いちだんと不安をあおる。ジョウアンの良心をちくりと刺して、本当はここにいるべきではないということを思い出させる。こんなことはたぶん、してはいけない……繰り返してはいけない、ということを。

あの癪《しゃく》に障る雷雲のおかげで、方向感覚までおかしくなってしまった。天候のせいだと思いたかった。でも本当は、レンタカーを運転するといつもそうなるのだ。しかもコネチカットの道路ときたら、直角を除くあらゆる角度で交わり、直線以外のあらゆる線を描いて走っている。この数日間で、どれだけ時間を無駄にしたことか。そして今夜。もう絶対に迷わない、迷うはずがないと繰り返し自分に暗示をかけたにもかかわらず、やはり何度も道を間違えた。犬を連れたあの老人がいなかったら、今ごろはまだ西山頂を捜してぐるぐる走り回っていただろう。

くるみを拾っている、と老人は言ったが、目的地へたどり着くことしか頭になかったジョウアンは、それを聞いてもなんとも思わなかった。しかし、こうして相手を待ちながら思い返してみると、老人は袋もバケツも持っていなかった。手にしていたのは懐中電灯だけだった。真夜中にくるみ拾いをする人がいるだろうか？　おかしい。そう、あの老人はどこか変わっていた。遠くを眺めるようなぼんやりした目つきなのに、ジョウアンに道を教える口調は生き生きしていた。おかげで、風がうなり枝が鳴る真っ暗な尾根へ、無事たどり着けたのだった。

いったいなぜ、来てしまったのだろう？

ジョウアンは携帯電話を手にすると、登録済みの番号を押した。祈るような気持ちだったが、二度の呼び出し音のあと留守番電話が作動したので、がっかりした。「こちらはドクター・グウェン・パターソンです。お名前と電話番号をどうぞ。のちほどご連絡いたしますので……」

「のちほどじゃ、遅すぎるかも」挨拶《あいさつ》がわりにそう言って、ジョウアンは笑った。同時に、後悔していた。ドクター・Pは今の言葉を深読みするかもしれない。いや、でも、大金を払っているのはそのためではないか？「ドクター・P、またわたしよ。しつこくてごめんなさい。だけど、先生の言うとおりだったの。わたし、また繰り返そうとしてる。どうやら、なんにも学習しなかったみたいね。だって、こんな夜中に真っ暗な車の中で、待ってるんだもの……そう、当たり、男を。でもね、ソニーは違うの。彼のことはメールに書いたでしょう？　話し相手なの。ほんとに、話すだけ。少なくとも、今のところはね。彼、すごくいい人なのよ。いつもと全然違うと思わない？　まあ確かにわたしは男を見る目がないけど。ひょっとして、ソニーに突然斧《おの》を振りかざされたりしてね」ジョウアンはまた無理に笑った。「電話したのは、どこかで期待してたのかな。よくわからないけど。こんなことやめろって、先生に説得してもらえると思ってたのかも。救ってもらえる……ほら……わたし自身から救ってもらえるって。いつもみたいに。まあだけど、ひょっとしたら彼は来ないかもしれないし。いずれにしても、月曜の朝は先生といつものデートよね。そのとき叱《しか》ってくれてかまわないから。わかった？」

留守番電話が選択肢を提示する前に、ジョウアンは電話を切った。操作によっては、録音された自分のメッセージを聞いて訂正することも、あるいは消去することもできた。しかし彼女はこれ以上、選択肢と向き合いたくなかった。もうたくさんだった。決断することにうんざりしていた。この二、三日、何かを決めてばかりだったのだ。安らぎパック？それとも、より手厚いお見送りのできるデラックスパック？　白い薔薇《ばら》？　白い百合《ゆり》？どっち？　棺《ひつぎ》は？　真鍮《しんちゅう》の縁取りを施したくるみ材？　絹の内張りのマホガニー？まったく！　人一人葬るのに、こんなにもいろいろとばかげた選択をしなければならないなんて誰が想像しただろう？

ジョウアンは携帯電話をバッグに放《ほう》り込んだ。豊かなブロンドの髪を指ですき、湿った毛束をぞんざいに額から払う。天井のライトをつけてルームミラーをのぞくと、黒っぽい根元が見えた。早急に手を打たなければ。ブロンドを保つのは本当に面倒だ。

「ずいぶん手のかかる女になったじゃない、ジョウアン」彼女は鏡の中の目に語りかけた。

認めたくないけれども、かつての愛嬌《あいきょう》ある小さな笑い皺《じわ》が、このごろ別のものに変わりはじめている。次なるプロジェクトは、これ？　新しく生まれ変わるためには、これも必要？　ああ！　わたしは実際に美容外科医を訪ねさえしたのだ。いったい何を考えてるの？　作品同様、自分自身を作り直せるとでも思っているの？　粘土で新しいジョウアン・ベグリーを形作って真鍮に浸し、細かいところははんだでささっと手直し？

そんなことをしても、きっと無駄だ。でもダイエットに関して言えば、ずいぶん自制できるようになってきたと思う。確かに、完全にコントロールできるようになったと言えば言いすぎだけれど、でも、新しい体が快適であることに間違いはない。実に快適だ。以前はとうていできなかったことが、今はできる。前よりも元気になった。余分な重さがなくなったおかげで、制作中に動き回っても五分ごとに息切れしたりしなくなった。あのころのわたしは、燃料が補給されるまで使いものにならない作業用のブローランプと同じだった。

そう、スリムに生まれ変わったら、作風まで変わった。仕事も人生も、最初からやり直せるような気分になった。それなのになぜ、心の奥底から聞こえてくる耳障りな囁《ささや》きを、消し去ることができないのだろう？　〝今度はいつまで続くかしら？〟という執拗《しつよう》な囁きを。

正直に言えば、どんなに物事が好転しても、わたし自身、これからなろうとしている新しい自分を信用していないのだ。シュガーレスチョコや脂肪分ゼロを謳《うた》うポテトチップスが信じられないのと同じかもしれない。ああいうのはどこかに落とし穴がある。後味が悪かったり、下痢《げり》が続いたり。いや、そもそもわたしは、はじめから自分というものを信じていなかった。結局はそこだ。本当の問題は、それなのだ。自分自身を信用できず、その結果、トラブルに巻き込まれてしまう。自分を信じられないから、嵐の夜に山のてっぺんまでやってきて、男がいい気持ちにさせてくれるのを待っている。ああ、認めたくはないけれど、自分はまともなんだと男が思わせてくれるのを、待っている。

ドクター・Ｐに言わせれば、わたしは、自分には幸せになる資格がないと思い込んでいるらしい。自分に価値があると思えないのだそうだ。ほかにもいろいろと難しい専門用語を聞かされた。そして、ドクターには何度も言われた。いくら表向きを新しくしたところで、内側が変わらなければなんにもならないのよ、と。

まったく！　悔しいけれど、あの精神科医の言うことは当たっている。

もう一度電話するべきだろうかと、ジョウアンは考えた。いや、そんな必要はない。彼女はルームミラーに目をやった。どのみち、たぶん、彼は来ない。

不意にジョウアンは、落胆している自分に気づいた。なんてばかな。ひょっとして、この人は違うと本気で思っているのか。いつもの男たちとは違うと。物静かで控えめで、彼女に本気で関心をいだいている、と。確かに、彼はジョウアンの話に真剣に耳を傾けてくれる。それだけは彼女の思い込みではなかった。ソニーがジョウアンに興味を持っているのは間違いないし、彼女のことを心配しているようにさえ見受けられる。体重が極端に増減するのはホルモン欠損症のせいだなどと大嘘《おおうそ》をついてからは、とくにそうだ。彼女の言い分を、ソニーは怠け者の言い訳と取ったりせずに、信じてくれた。信じてくれたのだ。

どうして自分をごまかすの、ジョウアン？　こんな辺鄙《へんぴ》な場所で真っ暗な中、待ち続けているのはそのためでしょう。男の人に関心を持たれたのなんて、何年ぶり？　スマートになった外見と人工的なブロンドだけでなく、わたしそのものに男性の目が向いたのは？

ジョウアンは天井のライトを消して街の明かりを眺めた。とてもきれいだ。もっとリラックスしていれば、不穏な雷が鳴っていてもロマンティックな気分に浸れたのかもしれない。フロントガラスに当たるこれは、雨？　すごい！　最高じゃない！　嬉《うれ》しくて涙が出そう。

ジョウアンはまたハンドルを叩きながらの監視態勢に戻った。両側のサイドミラーに目をやり、それからルームミラーを見た。

どうしてこんなに遅いの？　気が変わったの？　なぜ気が変わったりするの？

バッグをつかんで中をかき回した。底のほうまで手を入れると、ようやくかさこそと音がした。そのM&Mを引っぱり出して袋を破り、手のひらいっぱいに中身を受けて、一粒ずつ続けざまに口へ放り込む。抗鬱剤のゾロフトではないけれど、チョコレートが気持ちを静めてくれるのを期待していた。たいていの場合、これが効くのだ。

「ええ、もちろん、彼は来るわよ」しまいにジョウアンは、M&Mを頬張ったままそう言った。声に出せば、確信できるような気がした。「急に何かが起きたんだわ。彼が処理しなくちゃならない何かが。なにしろ、忙しい人だから」

この一週間であれだけのことをしてくれた彼だもの……大丈夫、まだ待てる。祖母の死に自分はそんなにショックを受けていないと思っていたけれど、あれは強がりだった。祖母は、ジョウアンを本当に理解して支えてくれた唯一の人だった。ジョウアンを守ってくれるただ一人の味方だった。四十になっても独身で恋人もいない孫の身の上を、ただ哀れむのではなく、おまえは独立心が強いからだよと言ってくれた。

ジョウアンの保護者であり親友であり弁護人だった祖母は、もういない。長生きだったし、充実した一生ではあったけれど、だからといってジョウアンの胸の空洞が埋まるわけではなかった。その喪失感を、空洞を、ソニーは見抜いた。彼がいたから、この一週間を乗り越えられた。ジョウアンが嘆き悲しんでも彼は許し、もっと悲しんだほうがいいとさえ言ってくれた。さらには、〝わめき散らす〟ことにまで力を貸してくれた。

ジョウアンはソニーの顔を思い出して微笑した。額に皺を寄せた、あの生真面目《きまじめ》そうな表情。彼はいつだって真面目だし、落ち着いている。強い力と威厳に、今のジョウアンは頼る必要があるのだった。

ちょうどそのとき、一組のヘッドライトが忽然《こつぜん》と現れ、ジョウアンは報われた気がした。木立を縫って移動する光を、彼女は見守った。車は人里離れたこの秘密の場所を目指して、曲がりくねった隘路《あいろ》を一定の速度で滑らかに進んでくる。ドライバーは、闇《やみ》に包まれた道をよほどよく知っているのか。ここへ何度も来たことがあるのか。

ジョウアンは意外な胸の高鳴りを感じていた。興奮。不安。緊張。なんなのか定かではないけれども、彼女は自分を叱りつけた。そんな感情は幼い女学生がいだくものであって、この年の女にはふさわしくなかった。

彼の車が後ろから近づいてきた。ジョウアンはうなじのあたりにヘッドライトの強い光を感じた。まるで、彼の力強い手、ときどきかすかにバニラの香りのする手が、そこに触れたような感覚だった。本業で扱うものの刺激臭を、バニラが消してくれるらしい。そう言ったときのソニーは恥ずかしそうだったが、ジョウアンは気にしなかった。そして、彼の手のにおいが好きになった。どこか心が安らぐにおいだった。

今や雷鳴は頭の真上で轟《とどろ》き、数も大きさも増した雨粒が車の窓を叩いて視界をにじませていた。ジョウアンは、帽子をかぶって車から降り立つ黒い影を見つめた。彼はエンジンは切ったもののヘッドライトはつけたままだったから、まぶしいのとガラスが濡《ぬ》れているのとで、はっきりとは見えなかった。

何かをトランクから出そうとしている。かばんだ。着替えだろうか？　それとも、わたしへの餞別《せんべつ》？　そう思いながら、彼女はまた笑みを浮かべた。しかし、彼が近づいてくるにつれてはっきりしはじめたその形は、やけに細長かった。手にさげる部分がついている……ダッフルバッグ？

彼はドアのすぐそばまでやってきた。稲妻が走った瞬間、金属が見えた。鎖のようなものが刃を取り囲んでいるのがわかる。コードがぶら下がっている。見間違いに決まっている。いや、ジョークだ。そう、これはジョーク。そうでなければ、なぜ彼がチェーンソーなどを持ってくる？

それから、ジョウアンは彼の顔に目を移した。

明滅する稲光と降りしきる雨の中で、彼の面差しは暗く、物思いに沈んでいるように見えた。帽子のつばの下からじっとジョウアンを見つめている。彼のものとも思えない、怒りに満ちた鋭いまなざし。雨の流れるガラスを隔てていても、目をそらすことができない。

何かおかしい。とてつもなくおかしい。彼はまるで何かに取りつかれているみたいだ。

ジョウアンはパニックに陥った。理性が砕け散る。彼はドアの向こうにたたずんだままこっちを見据えている。落雷の轟音《ごうおん》にジョウアンは飛び上がり、電気ショックを施されたかのように突然行動しはじめた。手は本能的にロックに伸びた。暗がりで必死に手探りする。耳の奥で心臓がどくどくと音をたてている。それとも、これも雷？　あちこちのボタンを押し、叩き、引っかいた。あろうことか、窓が下がりはじめた。ボタンを間違えたのだ――これだからレンタカーはいやだ――ジョウアンはまた別のボタンを押した。

ああ！　もう遅い。

彼がドアを引き開けにかかった。雨音に、アラーム音が交じる。ぴーぴーと耳障りな音が警告している。イグニッションにキーが差し込まれたままだ、ドアはロックされていない、と。

「やあ、ジョウアン」彼は優しく言った。表情の険しさと口調の穏やかさがあいまって、狂気が確実に伝わってくる。そのとき、ジョウアン・ベグリーは気づいた。ここでどんなに泣きわめいても、聞いてくれる人はいないのだ。彼女の最後の叫びは、誰の耳にも届かない。

2

コネチカット州ウォリングフォード
九月十三日　月曜日

リューク・ラシーンはゲームのつもりだった。二月ほど前にこれが始まったときには、ゲームとしか思えなかった。プレーヤーが一人きりの、珍妙な当てっこゲーム。ただ、ゲームにしては、靴下をはいただけの足で私道の端にたたずみ、ビニールに包まれて落ちている新聞を見つめる彼のまなざしは、真剣そのものだった。新聞ではなく、鉄パイプ爆弾を前にしているような顔つきだ。今日だったらどうする？　今日こそ、間違えたら？　間違えていたら、それは何を意味するんだ？

彼はその場でぐるりと一周して、近所の目がないことを確かめた。とはいえ、ここが周囲から見えにくいのはわかっていた。敷地内のいちばん高いところに立っても、木々にさえぎられて近隣の家の窓はもちろんのこと、建物自体もほとんど見えない。太陽が稜線《りょうせん》から顔をのぞかせたばかりだが、ホイップアウィル通り沿いのオークやくるみの巨木が作り出す緑の天蓋《てんがい》は、その光をも通しはしない。だから、往来を行き交うものも彼の家からは見えにくい。木立のあいだからちらりと目にする車も、次の瞬間には視界から消えている。

つづら折りの道路の両側には木や蔓《つる》が生い茂り、ときにそれが頭上でからみ合って、二十メートル先さえ見えないことがあった。ジェットコースターに乗っているのと同じで、ぐんぐん昇ったかと思うと、いきなり急降下して直角に曲がる。胃が喉もとへせり上がってきているのに、ブレーキペダルを踏もうか踏むまいか迷う。三秒か四秒ぐらいは、昔のストックカーレースさながらのスリルを味わえる。劇的な起伏に見事な景観が加わり、文字どおりドライバーは息をのむ。だからリューク・ラシーンは、この土地が大好きだった。そして、誰彼なくつかまえてはこう言うのだった。そうとも、ここコネチカットの真ん中にはすべて揃《そろ》っているんだ。山、川、森、少し行けば、海だって。

彼の娘は、〝観光局のくそ広告〟みたいだと言って、そんなリュークをからかう。すると彼は決まって答える。「船乗りみたいな口をきく娘に育てた覚えはないぞ。いくつになったって、汚い言葉遣いをすると親に口を石鹸《せっけん》で洗われるのに変わりはないんだからな」

かわいい娘のことを思って彼はほほえんだ。あいつはほんとに生意気なんだ。あっちで偉い刑事になってからはとくにそうだ。あの町……くそう！　なぜ思い出せない？　簡単な名前だったのに。政治家がいっぱいいるところだ。ホワイトハウスがあって、大統領が住んでる。ここまで出かかってるんだが。

そのとき、リュークは気づいた。いつの間にか玄関のドア近くまで戻っていた。そして、手ぶらだった。

「しまった！」私道の先を振り返った。新聞は、配達人が投げた場所にそのままあった。たかが新聞を取り込むことさえできなくて、どうして日付を当てられようか。明らかによからぬ兆候だ。リュークはシャツのポケットから小さなメモ帳とペンを引っぱり出すと、今日の日付を――少なくとも、そうであると信じている日付を記して、こう書きつけた。

〈道路まで出て、新聞を忘れる〉

メモ帳をポケットに戻すとき、ボタンのかけ違いに気づいた。今日は二つもずれている。長年、オックスフォードのシャツ――夏は半袖《はんそで》、冬は長袖――を愛用してきたが、別れのときが来たようだ。私道をまた戻りながら、リュークはTシャツやポロシャツを着た自分を想像してみた。裾《すそ》はもちろんズボンの中に入っていない。その格好に黒いベレー帽をかぶったら、おかしいだろうか？　いや、おかしくたって、人目を気にする必要などどこにある？

　リュークは『ハードフォード新報』を拾い上げてビニール袋から取り出すと、マジシャンのような手つきで振り広げた。「さてさて、今日は……うん、九月十三日、月曜日だ」

　当たっていたのが嬉《うれ》しくて、リュークは見出しの一つも読むことなくそれをたたみ直して小脇《こわき》にはさんだ。

「おうい、スクラプル」リュークは木立から現れたジャック・ラッセル・テリアを大声で呼んだ。「今日も当たりだったぞ」

　けれども犬は知らん顔で、口にくわえた大きな骨に夢中だった。バランスを取ろうとしているらしいが、うまくいかずに、運んでいるのか引きずっているのかわからない。

「スクラプルくんよ、そうやってコヨーテの獲物を横取りばかりしてると、そのうちやつらにひどい目に遭わされるぞ」

　リュークがそう言ったとたん、森の向こうから、岩に金属をぶつけるような大きな音が響いてきた。驚いた犬は骨を取り落とし、リュークの足もとへ飛んできた。尻尾《しっぽ》を巻いて、まるで本当にコヨーテに追いかけられでもしたみたいだった。

「大丈夫だ、スクラプル」リュークが犬をなだめるあいだにもまた、大音響が大地を揺るがした。「なんだ、この音は？」

リュークは小道をたどり森へ入っていった。彼の家には奥行き四百メートルほどの森が隣接しており、その向こう側は、かつての採石場だった。所有者は数年前に商売をやめ、機材も、砕かれ運び出されるのを待つ岩の山も、すべてそのままにしてどこかへ行ってしまった。高級建築資材であるブラウンストーンが、ニューヨークシティの排ガスに太刀打ちできなくなる日が来るなどと、誰が予想できただろう？

いつの間にか、人目につかない採石場跡はごみ捨て場と化していた。そのごみを片づけ、土地をきれいにするのに、カルヴィン・ヴァーガスとウォリー・ホブズが雇われたと聞いたことがある。しかしリュークはこれまでのところ、錆《さ》びついた古い機械の隣に巨大な黄色いブルドーザーが加わったのを見かけただけだった。そうだった、そして、リュークは思ったのだった。ヴァーガスとホブズは――町の住人の多くに倣うなら〝カルヴィン・アンド・ホブズ〟は――自由に出入りできるのをいいことに、売却用のこの土地を手ごろな駐車場として使っているのではないか、と。

森の向こうへ出てみると、パワーショベルがロードアイランド州ぐらいありそうな岩を持ち上げて移動させているところだった。リュークは、この採石場がいかに人里離れた場所であったか、あらためて思い出した。森を貫く埃《ほこり》っぽい小道だけで外の世界とつながっている。その道を除けば、完全に四方を取り囲まれた土地だった。一方は、貴重なブラウンストーンを削《そ》ぎ取られた裸の山肌。残る三方は深い森。

　怪物じみた機械の運転台にはカルヴィン・ヴァーガスがいた。丸太のような腕がレバーを押したり引いたりするのに合わせて、巨大な口そっくりのバケツ部分が岩をすくい上げる。別のレバーを前へ倒すと黄色い巨体が向きを変え、轟音《ごうおん》とともに岩が吐き出される。

　カルヴィンの頭が上下した。朝の日差しを避ける角度にオレンジ色の野球帽をかぶっていても、リュークの姿は目に入ったらしく、手を振っている。リュークも振り返した。これは、もっと近づいてもかまわないという意味だろうと彼は解釈した。機械音が耳朶《じだ》を打つ。つま先から奥歯まで、振動が伝わる。リュークはわくわくした。スクラプルはびくびくしている。情けないやつだ。コヨーテの骨をくすねるくせに、これしきの音に怯《おび》え、主人のふくらはぎに鼻をこすりつけたまま離れないとは。

　パワーショベルの黄色い口が、新たな岩とごみをすくい上げた。ごみの一部は砕かれた岩、あとは枯れ木や生ごみだった。錆びついたドラム缶が一つ、瓦礫《がれき》の上から転がり落ちた。尖《とが》った岩に当たって砕けた拍子に蓋《ふた》がはずれ、フリスビーみたいに宙を飛んだ。

　リュークはそのスピードと飛距離に見とれていたから、こぼれ出た中身は視界の端でとらえただけだった。はじめは古着だと思った。ぼろ布の塊だと。次いで腕が一本見えたときには、マネキンだろうと思った。いずれにしても、ありふれたごみだ。

それからリュークは、においに気づいた。ありふれたごみのにおいではなかった。そう、別のもののにおい。何か……何か、死んだもののにおいだ。心底恐ろしくなったのは、スクラプルの鳴き声を聞いてからだった。パワーショベルの騒音に唱和するように甲高い声でスクラプルが吠《ほ》えはじめると、リュークの背筋に悪寒が走った。

カルヴィンは、バケツ部が宙に浮いた状態のままパワーショベルのエンジンを切った。同時にスクラプルも鳴きやみ、不穏な静けさが漂った。カルヴィンが帽子のつばをぐいと押し上げた。運転台で呆然《ぼうぜん》としている大男を、リュークは見上げた。彼自身はじっと立ちつくすばかりだった。

さっきまで耳の奥で感じていた振動は、脈打つような音に変わった。それが機械音の余韻ではないことに、リュークはようやく気づいた。どくどくと音をたてているのは、彼自身の心臓の鼓動だった。頭上を飛び交う雁《かり》の声をかき消しそうなほど激しく脈打っている。日課であるマッケンジー貯水池詣《もう》での行きか帰りか、いずれにしても一ダースほどの雁の鳴き声はけたたましい。ラッシュアワーを迎えた州間道路九一号線のざわめきが遠くに聞こえる。すべてはいつもの朝と変わらない声であり、音だった。

いつもと変わらない。リュークは心の中でそう呟《つぶや》きながら、五十五ガロン缶から吐き出された青白い肉を、朝の木漏れ日が照らすさまに見入った。カルヴィンの表情が目に入った。自分と同じく彼も動転しているはずだった。見ると、確かにカルヴィンはうろたえていたし、むっとしているようでもあった。しかし、リューク・ラシーンが妙だと思ったのは、当然あるべきものが、そこにないことだった。カルヴィン・ヴァーガスの顔には、驚きの表情がなかった。

3

ヴァージニア州クワンティコ
FBIアカデミー

マギー・オデールは、最後に一つだけ残っていたドーナツに手を伸ばした。チョコレート・コーティングの上に、鮮やかなピンクと白の粉がまぶされている。ちっ、ちっ、と彼女をとがめる声がすでに聞こえていた。マギーは振り返り、パートナーであるR・J・タリー特別捜査官を見た。

「それが昼食かい？」彼は言った。

「デザートよ」マギーは、カフェテリアの本日のお勧めだという、セロファンで覆われた一皿も取った。黒板には特製〝タコリート〟と書いてあった。いくらFBIでも、メキシコ料理みたいにおいしいものをまずく作るのは難しいだろうと、つい考えてしまったのだった。

「ドーナツはデザートじゃないだろう」タリーはなおも言った。

「最後の一つをわたしに取られたのが悔しいんでしょう」

「悪いけど、反論させてもらうよ。ドーナツは朝食だ。デザートじゃない」タリーが立ち止まったために、列の流れが滞った。カウンターの向こうのアーリーンが、オーブンから出した熱々のコーンスープを置いて自分のほうを向くのを待ってから、彼はローストビーフを指さした。「専門家に訊《き》いてみようじゃないか。ドーナツは朝、食べるものだ。そうだろう、アーリーン？」

「あら、もしわたしがオデール捜査官みたいなスタイルだったら、朝昼晩、ドーナツを食べるわね」

「ありがとう、アーリーン」マギーはダイエットペプシをトレーにのせると、ちょっともぐらに似た、初めて見るレジ係の女性に、後ろの分も自分が払うことを伝えた。

「おお！」大盤振る舞いに気づいたタリーは、声をあげた。「今日はなんの日だい？」

「特別な日でもない限り、わたしが人に奢《おご》ることはないって言いたいわけ？」

「いや、まあ……珍しくドーナツを取ったりしてるし」

「わたしにだって、気分のいい日ぐらいあるんだから」マギーは先に立って窓際の席へ向かった。窓からは、クワンティコにあまたあるランニングコースの一つが見える。日課であるランニングの終盤に差しかかった五、六人の新人が、一列縦隊になって松の木立を縫っていく。「今学期の授業は終わった、夜ごと悪夢にうなされる事件をかかえているわけでもない、明日からは休みに入る。それもなんと……ほぼ百年ぶりの休みよ。庭仕事ができると思うと、ほんとに楽しみ。南西の一画に植えるつもりで、らっぱ水仙の球根を三ダース買ってあるの。すばらしい秋空の下、ハーヴィーと一緒に土を掘ったりボール遊びをしたり。これでいい気分にならないほうがおかしいでしょう？」

タリーはじっとマギーを見つめている。こっちの話を信じていないのは、水仙のあたりから気づいていた。頭を振って、彼は言った。「きみが休暇をそんなに喜ぶわけはない、オデール。以前、見たことがあるんだ。カレンダーどおりの三連休だったにもかかわらず、きみは捜査の遅れが心配で、火曜日の朝一番に全員が揃《そろ》うのをうずうずして待っていた。だから今回だって、きみのブリーフケースにはお持ち帰り用の書類がぱんぱんに詰まっていると聞いても、おれは驚かないね。さあ、何があった、オデール？　いんこをのみ込んだ猫みたいににたにたしてるのは、なぜなんだ？」

マギーはぐるりと目玉を回した。このパートナーは根っからのプロファイラーだ。常に謎解《なぞと》きをしている。マギーも人のことは言えなかった。おそらく、職業病なのだろう。

「いいわ、そんなに知りたいのなら教えてあげる。わたしの弁護士がね、ついに最後の……最後の最後よ、ほんとに……書類一式をグレッグの弁護士から受け取ったの。今度こそ、全部にちゃんとサインされてるの」

「なるほど。すっかり片がついたというわけだ。で、きみは大丈夫かい？」

「当たり前じゃない。大丈夫じゃないわけないでしょう？」

「そうかな」タリーは肩をすくめ、すでに朝のコーヒーが染みになっているネクタイをシャツの胸もとに押し込むと、マッシュポテトやらグレービーソースやらを一緒くたにしてローストビーフになすりつけた。

グレービーソースに彼のシャツの袖口《そでぐち》が浸《つ》かるのを、マギーは見た。マッシュポテトのダムをこしらえるのに専念している本人は、気づいていない。マギーは首を振っただけで、テーブル越しに手を伸ばして彼の最新の染みをぬぐうことは控えた。

フォークに加えナイフまで使ってランチの造形を続けながら、タリーはさらに言った。

「今も覚えてるけど、おれは離婚が成立したとき、実に複雑な心境だったな」彼は顔を上げてマギーの目を見た。フォークを宙に浮かせたままじっとしているのは、自分の告白が誘い水になったはずのコメントを、待っているのか。

「あなたの場合は二年もかからなかったでしょう。わたしは長かったから、心の準備は十分できてたのよ」タリーはまだこっちを見ている。「大丈夫だから。ほんとに。あなたが複雑な気持ちだったのはわかるわ。あなたとキャロラインは、離婚してもエマを育てていかなきゃならなかったんだし。少なくともグレッグとわたしのあいだに子どもはいないから。わたしたちの結婚生活で唯一、間違いじゃなかったことはそれだわね」

なぜアーリーンはこんなにセロファンを使うのかとあきれつつ、マギーはタコリートのラップをはずしにかかった。が、すぐに手を止めた。どうしても放《ほう》っておけなかった。マギーは腕を伸ばすと、タリーの袖口についたソースをぬぐった。このごろはもう、彼女がこういうことをしてもタリーはいやがらない。それどころか、今回はみずから手首を差し出しさえした。

「ところで、エマは元気？」マギーは尋ね、食事の続きに戻った。

「元気だよ。あちこち飛び回ってる。めったに顔も合わさないよ。放課後はいろいろ忙しいらしい。あと、男子だ……男子の話ばっかりだ」

マギーの携帯電話が会話をさえぎった。

「マギー・オデールです」

「マギー、グウェンだけど。今、ちょっと話せる？」

「タリーと一緒に早めのランチをとってるの。何かあった？」マギーとグウェン・パターソンの仲だ。いくらプロらしいきびきびした口調で隠そうとしても、グウェンが切羽詰まっているらしいのははっきりわかった。二人のつき合いはもう十年以上になる。初めて出会ったのは、マギーがクワンティコの科学捜査班にいたころだった。精神科医であるグウェンはコンサルタントとして、マギーの上司、カイル・カニンガム局長にしばしば呼び出されていた。グウェンはマギーより十五歳年長だったが、二人は年齢の差を超えて、たちまち親しくなった。

「できたら、ちょっと調べてもらいたいことがあるんだけど」

「いいわよ。何？」

「ちょっと心配な患者がいるの。何かトラブルに巻き込まれてるんじゃないかと思って」

「そう」少し意外な気がした。グウェンが自分の患者の話をするのは珍しい。もちろん、そのことで助けを求められたことなどこれまでなかった。「どういったトラブル？」

「絶対そうだってわけじゃないの。わたしの考えすぎかもしれない。でも、確かめてもらえると安心できるわ。土曜日の深夜、留守番電話に彼女から気になるメッセージが入ってたんだけど、つかまらないの。しかも、今朝は週に一度の面談だったのに、来なかった。こんなこと初めてよ」

「職場とか家族に連絡はしてみた？」

「アーティストなの。誰にも雇われてないわ。わたしが知ってる家族はお祖母《ばあ》さんだけ。実は彼女、そのお祖母さんの葬儀のために泊まりがけで出かけてるの。それも、わたしが心配してる理由の一つなんだけど。あなたも知ってるとおり、葬儀って、いろんな感情を生むきっかけになりがちなのよ」

もちろん、マギーは知っている。二十年以上たった今でも、葬儀に参列するたび、まざまざと思い出さずにいられないのだから。勇敢な消防士だった父が、マホガニーの大きな箱に横たわる姿。生前と違う分け方をされていた前髪。ビニールで覆われ、体の両脇《りょうわき》にたくし込まれていた火傷《やけど》の手。

「マギー？」

「滞在を延ばすことにしただけじゃない？」

「それはないと思う。葬儀に行くのも渋ってたぐらいだから」

「帰る途中で車が故障したとか？」マギーは、そう騒ぐほどのことでもないような気がしてならなかった。あらゆるものから一日、二日、離れていたいとその患者は思ったのかもしれない。葬儀でどう感じたか、主治医に根掘り葉掘り訊かれるのがいやだったのかもしれない。その気持ちはよくわかる。とはいえ、みんながみんな、葬儀というストレスに対して自分と同じ反応をするわけではないことも、マギーは承知していた。

「それもないわ。あっちでレンタカーを借りたんだもの。そうそう、車のこともあるのよ。まだ返されてないんですって。ホテル側が言うには、昨日出発の予定だったにもかかわらずまだチェックアウトはしていないし、滞在を延ばすという連絡もないんですって。昨日乗るはずだった飛行機にも乗ってない。そんな人じゃないのよ。いろんな問題はかかえてるけど、だらしないとか、約束を破るとか、そういうことはないの」

「葬儀に出ると動揺しがちだって、あなた、自分で言ったじゃない。きっと、日常生活に戻るまでもうちょっと時間がほしかったのよ。それはそうと、飛行機に乗らなかったって、どうしてわかったの？」航空会社はそう簡単に乗客名簿を公表したりしないものだ。ルールを守れとさんざんマギーに説教をしてきたグウェンだ。反則を犯したと認めないわけにいかないだろう。そういえば、普通なら簡単には得られないはずの情報をグウェンがつかんでいたことは、これまでにもよくあった。

「マギー、まだあるの」ルールを破ったという告白はないまま、グウェンの口調はふたたび切迫したものになった。「彼女、人に会うって言ってたの……男の人に。留守番電話にそれが入ってたんだけど、会うなってわたしに言ってほしくて電話してきたのよ。そういう……傾向がね……あって……」グウェンは言葉を切った。「ねえ、マギー、患者について詳しい話をするわけにいかないのよ。彼女はこれまで、こと男のこととなると選択を間違えることが何度かあったと、それだけ言っておくわ」

マギーがテーブルの向こうに目をやると、タリーがじっとこっちを見つめて聞き耳を立てていた。彼は悪事を見とがめられたように慌てて目をそらした。彼自身は隠そうとしているけれど、マギーは少し前から気づいていた――タリーは、グウェン・パターソンが関係するあらゆることに興味があるらしいのだ。それとも、マギーの勘違いだろうか？

また沈黙が流れた。マギーは待った。騒ぎすぎだと、グウェンもやっと気づいたのだろうか？　どうしてこの患者に限って、そんなに心配するのだろう？　グウェンは過剰に患者の世話を焼くほうではなかった。友人相手ならひどく面倒見がいいけれど、患者に対しては違った。

「マギー、彼女のことを調べる手だてはある？　あっちのほうに知り合いはいる？」

マギーはもう一度タリーを見た。食事を終えた彼は、窓の外を眺めるふりをしていた。さっきとは別の一団が、汗びっしょりのTシャツにジョギングショーツといういでたちで林の中を駆けていく。

マギーは料理をつついた。なぜグウェンは、突然この患者の保護者みたいになってしまったのか。悲嘆に暮れる女性がしばらく日常から離れたいと思っている、ただそれだけとしか思えないのに。新しい友人の存在に慰めを見いだしているのかもしれないではないか。

グウェンにはどうしてそれがわからないのだろうか？

「マギー？」

「できるだけのことはやってみるわ。場所はどこ？」

「葬儀が行われたのはコネチカットのウォリングフォードなんだけど、彼女はその隣町、メリデンの〈ラマダ・プラザ・ホテル〉に泊まってたの。住所も電話番号もわかってる。ほかの情報と一緒に、あとでファックスしておくわ。会うと言ってた相手については、彼女がソニーと呼んでるってことしかわからないんだけど」

話を聞きながら、マギーは胃がひっくり返る思いだった。頭の中ではずっと同じフレーズが繰り返されていた――よりによってコネチカットだなんて。

4

ヘンリー・ウォーターマイアー保安官は、帽子のつばをぐいと上げて額の汗をぬぐった。「くそったれめ！」彼は小さく吐き捨てた。体を動かしたかった。歩くことで苛立《いらだ》ちを振り払いたかった。だが、ここにじっと立っていなくてはいけないのだと、自分に言い聞かせる。両手をベルトのバックルに添え、辛抱強く様子を見守った。頭を働かせろ。死臭と蠅《はえ》は気にするな。まったく！　蠅ってやつは実に憎たらしい。はげたかのミニチュア版だ。鵜《う》の目鷹《たか》の目で死体を狙《ねら》っている。ビニールシートで覆われていようがおかまいなしだ

ヘンリーにとって、普通ではない場所に遺棄された死体を目にするのはこれが初めてではなかった。ニューヨーク市警にいた三十年のあいだに、いやというほど見てきた。しかし、ここへ来てからは皆無だった。この手の犯罪はコネチカットでは発生しないはずだった。妻に説得されて田舎への引っ越しを決意したとき、ヘンリーはまさにこういうものから、逃れたかったのだ。いや、むろんコネチカットでも、フェアフィールド郡など沿岸地

方では常にこの種の犯罪は起きている。世間の注目を集めた事件——きわめておぞましい事件——も数多い。女性政治記者が四輪駆動車で十六人の集団に突っ込んだ事件。解決まで数十年を要したマーサ・モクスレー殺人事件。いかにもコネチカットのお坊ちゃんらしいレイプ犯、アレックス・ケリーの事件。左様に、海沿い及びニューヨーク寄りは犯罪多発地域だが、コネチカット中央部は平和なところだ。こんなおぞましい出来事は、この土地にはまったくふさわしくない。

彼は保存現場を広く取るよう助手たちに命じた。黄色いテープが恐ろしくたくさん必要になりそうだった。木から木へとテープを張り巡らせている二人のうち、アーリスはあろうことかマルボロをくわえたままだし、若いトゥルーマンは三メートル以内に近寄ろうとする部外者を見つけるたび、すさまじい声でとがめ立てする。泣き叫ぶ精霊、バンシーそっくりだ。

「アーリス、わかってるだろうな、そこいらに捨ててるんじゃないぞ」保安官補はぎくりとして顔を上げたが、何を言われているのかわかっていないようだった。「ばか野郎。煙草《たばこ》に決まってるだろう。消せ、今すぐ」

ようやく納得顔になったアーリスは、煙草をつまむと木の幹でもみ消し、指ではじき飛ばそうとして思いとどまった。首から上を真っ赤にしながら、彼は帽子に隠れた耳に、吸い殻をはさんだ。それもまた、はじき飛ばすのと同じぐらいヘンリーには腹立たしかった。ニュー・ヘヴン郡保安官として取り組む初の重大事件、おそらくは人生最後の重大事件だというのに、このろくでなしどものおかげで、周りにはこっちまで能なしだと思われてしまうではないか。

ヘンリーは肩越しにちらりと後ろをうかがった。周囲を探るような格好だったが、本当に知りたいのは、8チャンネルのカメラがまだ自分に向けられているかどうかだった。案の定、いまいましいレンズは相変わらずまっすぐ彼の背中を狙っていた。まるで、体を真っ二つに裂くレーザー光線を当てられているようだった。用心していないと、本当にあれに破壊されかねなかった。

カルヴィン・ヴァーガスのやつめ、テレビ局に連絡するとは、いったいどういうつもりだ？　いや、もちろん魂胆は見え見えだが、ヴァーガスのことは人づてにしか聞いたことがなかった。それがまさに噂《うわさ》どおりの人物だったというわけだ。何も明かすなとあれほどヘンリーが釘《くぎ》を刺したにもかかわらず、今も小柄な美人レポーター相手にぺちゃくちゃとしゃべりどおしだ。ヴァーガスを黙らせることはできない。どこかに閉じ込めでもすれば話は別だろうが、そんなことは論外だ。

気を散らすな。ヴァーガスのことなど、ちっぽけな問題じゃないか。ヘンリーはシートを持ち上げ、視線を無理やりもう一度遺体に向けた。いや、ドラム缶から突き出た部分にと言うべきか。ブラウスの素材はシルク、袖口《そでぐち》はダブルカフスになっているのが見て取れた。爪はプロによる手入れがなされていたようだ。髪は染めていたのだろうか——根元の色が濃く見える。血がべったりとこびりついているため、確かなところはわからない。おびただしい血。これだけ出血すれば致命的だ。検屍《けんし》結果を待たなくても、それぐらいはわかった。

ヘンリーはシートを戻した。この気の毒な被害者は地元の人間だろうか。どこかのちんぴらの情婦だったとか？　保安官事務所を出る前、ニュー・ヘヴン郡を中心とする行方不明者リストを確認してきたが、被害者と特徴の一致する人物は見あたらなかった。去年の春から授業に出なくなった男子大学生、おそらくは家出したと思われる十代の麻薬中毒者、ある朝ミルクを買いに出たきり行方のわからなくなっている初老の女性。そういったリストの中に、高価なシルクのブラウスを着てマニキュアをしたロングヘアの四十代女性というのは、いなかった。

頭をはっきりさせようと、ヘンリーは深呼吸をした。雲一つない青空を仰いで、また別の雁《かり》の群れを眺める。あいつらが羨《うらや》ましい。自分はもう年老いた。疲れ果てた。そろそろ夢の隠居生活に入るときが来たのかもしれない。コネチカット川で釣り三昧《ざんまい》の日々。かたわらにはバドワイザーの詰まったクーラーボックスに、七面鳥の燻製《くんせい》とサラミとプロヴォローネ・チーズのサンドウィッチ。だが、ただのサンドウィッチじゃない。〈ヴィニーズ・デリ〉の、あの白い紙できれいに包まれたやつに限る。あれなら、今すぐにでも食べたい。

彼はドラム缶に目を戻した。シートの下にもぐり込んだ蠅の羽音は、くぐもるどころか大きくなる一方だった。はげたかどもめ。遺体の湿った部分に群がり、検屍官が到着するころには完全に巣くってしまっている。何より厄介なのが蠅、そして、やつらが産み出す蛆《うじ》なのだ。わずかな時間で遺体がこうむるダメージの大きさを、ヘンリーも目の当たりにしたことがあった。ひどい光景だった。それでいて今、自分はヴィニーのサンドウィッチのことを考えている。まったく。いったいどんな目に遭えば、この食欲は衰えを見せるんだ。

妻のロージーなら、これも警察官としての勘が〝なまった〟からだと言うだろう。ひどい言いぐさだ！　彼女は本当に〝なまった〟という言葉を使った。ただの過労だ、燃えつきたんだと、ヘンリーは反論した。ニュー・ヘヴン郡保安官という軽い役目は、気分転換にもってこいのはずだった。ストレス満載のニューヨークから、のどかなコネチカットへ。そして最後は、平穏そのものの隠居生活。

それなのに、これだ……こんなことのために契約書にサインしたんじゃないぞ。惨殺事件を解決できないままリタイアすれば、経歴に傷がつく。あれこれ噂されたり、後ろ指さされたりして、どうしてこの地で老後を送れるだろう。

ヘンリーはもう一度アーリスを見やった。救いがたい間抜けだ。靴底にくっつけた黄色いテープを、トイレットペーパーのようにたなびかせながら歩き回っている。しかもそのことにまったく気づいていない。

ああ、まったくこんなはずではなかった。思い描いていた上がりとは、全然違う。

5

R・J・タリーは、机に積み上げられたファイルを次々にめくるオデールを見ていた。

「休暇どころじゃなくなっちゃった」上機嫌だった彼女もどこかへ行ってしまった。

オデールの様子が変わったのはドクター・パターソンからの電話が原因だったはずだが、背後で次々にファックスが吐き出されているのに、彼女は知らん顔だ。失踪《しっそう》中のパターソンの患者のことがぎっしり書かれたそれらを手に取り、じっくり読み込むかわりに、どこかへ紛れ込んでしまったらしい何かを一心に捜している。おそらく、裏庭を掘り返すかたわらに研究するつもりのファイルだろう。ドクター・パターソン関係が一件ぐらい増えたところで、何も変わりはないのではないか？

タリーが腰を下ろしている一人掛けのソファを詰め込んでもなお、狭いオフィスはきちんと片づいていた。これにはいつも感嘆させられる。地下にある捜査支援課のオフィスはどこもスナック菓子の箱並みに狭いのだが、オデールのところには整然と書物が並ぶ本棚がいくつもある。ただの一冊も横向きに突っ込まれていたりしない。しかもよく見ると、本はテーマ別に分類され、アルファベット順に並んでいるのだった。

それに引き替えタリーの部屋は、まるで物置だった。しかも、棚、机、来客用の椅子、果ては床の上にまで、ファイルや本や雑誌が山積みだった。必ずしもそれぞれに分かれた山とは限らない。机まで行き着けたらラッキー、というときもある。机の下は下で、また別のものが詰め込まれていた。ランニングシューズとショーツとソックスを入れたダッフルバッグを置いてあるのだが、いくつかは——往々にして、汚れたものは——バッグの中でじっとしていなかった。そういえば、最近、得体の知れないにおいがすると思っていたが、原因はあれかもしれない。窓のあるオフィスが懐かしい。クリーヴランドでは、三階の角部屋を使っていた。あれと引き替えに手に入れたのが、地下三階のスナック菓子の箱だ。新鮮な空気が恋しい。この季節は、とくにそうだ。以前は、秋がいちばん好きな季節だった。以前は。離婚する前は。

おかしなことだが、このごろはついそういう考え方をしてしまう——離婚前と離婚後、というふうに。離婚する前のタリーは、もう少しきちんとしていた。少なくとも、ここまでだらしなくはなかった。クワンティコに転勤になってから、調子が狂ってしまった。いや、それは本当ではない。転勤とはほとんど関係ない。キャロラインと別れてからめちゃくちゃになった。そう、離婚がタリーを、混沌《こんとん》の迷宮へと押し流したのだった。今、オデールの態度に釈然としないものを感じているのは、きっとそのせいだ。離婚の成立は、彼女にとって真の解放を意味するらしい。それが少し羨《うらや》ましいのだ、たぶん。

相変わらずファックスのうなりを無視したまま捜し物を続けるオデールの横で、タリーはおとなしく座っていた。何か、彼女の表情がまた明るくなるようなこと、たとえば、〝おやおや？　色別にファイル整理してないのかな？〟というようなことを言ってやりたかった。が、それを口にする前に、彼は気づいた。オデールが引っぱり出したファイルにはすべて、赤いタブがついているのだ。笑みが浮かびかけた自分の顔を、タリーはこすった。こんなにも意外性に欠けるパートナーなのに、その企《たくら》みがこっちにはほとんど読めないのは、いったいなぜだ？　たとえば、最後のドーナツのことであんなに長々とからかわれるとは思わなかった。オデールは手つかずのドーナツをカフェテリアから持ち帰ったきり、セロファンの包装もそのままに机の隅に置きっぱなしだ。そう、ドーナツは彼女の机の隅で、タリーをしきりに誘っている。

ようやくファイル類をブリーフケースに収めたオデールは、後ろを向いてファックス用紙を手に取った。「名前はジョウアン・ベグリーね」ページを順番に揃《そろ》えながら、書かれている内容に目を通す。「十年以上前からグウェンのところにかかってる」

グウェン。タリーはまだ、彼女を名前で呼んだことはなかった。タリーにとって彼女はワシントンDCで開業する精神分析医ドクター・グウェン・パターソンであり、パートナーの親友だった。そしてときには、FBIや、上司であるカニンガム局長への助言者にもなる人物。その自信たっぷりな態度と、もっともらしい専門用語の羅列に、タリーはいつもいらいらさせられる。そして、彼女のストロベリーブロンドの髪と見事な脚が、よけいに事態をややこしくするのだった。

タリーとドクター・パターソンは、昨年十一月、ある事件に携わったおりに、ふとしたはずみでキスをした。いや、はずみなどではなかった。あれは……もう、よそう。過ちだったということになったじゃないか。忘れることに、二人で決めたじゃないか。オデールが、答えを待つような顔でこっちを見ている。何かを訊《き》かれたらしいと、タリーはやっと気づいた。またパターソンのせいだ。

「すまない。なんだって？」

「彼女はお祖母《ばあ》さんの葬儀のためにコネチカットへ出かけたんだけど、土曜日の夜から連絡が取れなくなってるの」

「ドクター・パターソンが特定の患者のことをそこまで気にかけるのは、妙だな。個人的なつながりでもあるのかな？」

「まあ、タリー捜査官。素人じゃあるまいし、患者のことを詮索《せんさく》するような質問を医者にするわけにはいかないわよ」オデールはにっこり笑ってみせたが、タリーはあきれたように目玉を回した。いつもと違うではないか。確かに几帳面《きちょうめん》なオデールだが、規則や手順や礼儀といったことになると、人の迷惑を顧みず平然と無視をするのが常なのだ。「実はね、ここだけの話、ちょっと変だとわたしも思うの」

「じゃあ、どうするつもりだい？」

「調べるって言った以上、調べるわよ」しかしその口調に熱意は感じられない。「コネチカットの警察に、わたしが電話できるような知り合いはいる？」そう尋ねながらも、彼女の注意はすでに、机に置き忘れた赤いタブのファイルに向けられていた。手に取ってちらりと中を確かめ、ブリーフケースにしまう。

「コネチカットのどこ？」

「ちょっと待って。どこだったかしら」オデールはファックス用紙をぱらぱらとめくった。基本的な情報ぐらい、電話で聞いただけで覚えるはずなのにと、タリーは思った。それとも、心はもう裏庭へ飛んでいるのか？　タリーにはそうは思えなかった。大事にブリーフケースに収められた赤いタブつきのファイルのことで、頭がいっぱいなのにちがいない。

「ああ、あった」オデールがやっと言った。「泊まってたのはメリデンだけど、葬儀が行われたのはウォリングフォードね」

「ウォリングフォード？」

オデールはもう一度確かめた。「ええ。誰か、知ってる？」

「いや、だが、行ったことはある。きれいなところだ。知ってるかい？　誰に電話すればいいか、教えてくれる人がいるよ。われらが友人、ラシーン刑事がそこの出身だ」

「われらが友人？　出身地まで知ってるんなら、あなたのお友達でしょう」

「おいおい、オデール、きみたちは仲直り……いや少なくとも、休戦したんじゃなかったのか？」このワシントンＤＣの刑事とオデールとは犬猿の仲だったが、およそ一年前に起きた事件のさなか、ジュリア・ラシーンがオデールの母親を救った。二人の相違点は多々あれど、今では互いに、健全な寛容とでも言うべき感情をいだいているものとタリーは理解していた。

「信じられる？　母ったら、月に一度はラシーンと一緒にお昼を食べてるのよ」

「本当に？　いいことじゃないか」

「娘のわたしでさえ、月に一度なんて会わないのに」

「会ったほうがいいかもしれないね」

オデールは顔をしかめてみせると、またファックスのほうへ向き直った。「ＦＢＩの支局に連絡すればすむことだったわ」

タリーは頭を振った。聡明《そうめい》な女性なのに、ときどきあきれるほど頑固になる。

「そのベグリーという患者は、どういうことでドクター・パターソンにかかっていたんだい？」

オデールはファックス用紙の向こうからタリーを見た。「グウェンがそれをわたしに言えるわけないでしょう。守秘義務があるもの」

「どんなふうにいかれてるかがわかれば、捜査の役に立つかもしれないのに」

「いかれてる？」オデールがまた顔をしかめた。この表情がタリーは苦手だった。自分が素人になったような気分にさせられるのだ。確かに彼女のほうが正しいかもしれないが。

「おれの言ってる意味、わかるだろう。どういう傾向があるのか、つかんでおいたほうがいいじゃないか。ほら、たとえば、自殺願望があるかどうか、とか」

「男の人と何かあったんじゃないかって、グウェンは心配してたわね。向こうで知り合った人らしいけど。危ない目に遭ってるんじゃないかって」

「そこにはどれぐらいいるんだ？」

オデールは紙を繰った。「先週の月曜にワシントンDCを発《た》ってるから、ちょうど一週間ね」

「知り合って一週間の男と、そこまでのトラブルになるかな？　それに、そこへ行ったのは葬式のためだろう？　葬式で出会う男女なんているか？　おれはコインランドリーでだって女性に声をかけたりできないね」

オデールがほほえんだ。上出来だった。タリーの冗談にオデールが笑ってくれることなど、めったにないのだから。どうやら、機嫌は直りつつあるらしい。

「おれにできることがあったら、なんでも言ってくれ」タリーが申し出ると、オデールは怪しむような顔になった。それを見たタリーの頭に、またあの疑念がわいた。ドクター・パターソンはオデールに、ボストンでの一夜についてしゃべったのではないか。待て、一夜はないだろう。その言葉はずいぶん……安っぽい。いや、安っぽいというのとも違うな。なんと言うか……オデールがふたたび笑顔になってこっちを眺めている。「なんだい？」

「別に」

タリーは退散するべく腰を上げた。さっきの申し出が本心からだったことを信じてもらいたくて、もう一度言う。「真面目《まじめ》な話、助けがいるなら言ってくれよ、オデール。いや、本業のほうだよ、庭仕事じゃなくて。おれの脚が悪いのは知ってるだろう？」

「ありがとう」彼女は答えたが、その顔には薄笑いが浮かんだままだった。

ああ、やっぱり知っているんだ。オデールは絶対に知っている。

6

コネチカット州ウォリングフォード

リリアン・ホブズは月曜日が大好きだった。書き入れ時にロージーと離れて一人になれるのは、月曜だけなのだ。ラテのミルクを沸かしたり、チーズデニッシュや『ニューヨークタイムズ』と引き替えに、べたつく二十五セント硬貨を受け取ったりと、ロージーは忙しい。それでもまったく問題はなかった。忙しければ忙しいほどありがたいとロージーは言う。そもそも、二人で営む小さな本屋の一画にコーヒースタンドを設けようと言い出したのは、ロージーだった。

「きっと儲《もう》かるわよ」ロージーは断言した。「今よりずっと店がにぎわうわ」

にぎわい。それはリリアンが何より恐れるものだった。だから最初は反論した。いや、反論という言葉は強すぎるかもしれない。リリアン・ホブズが四十六年の人生で誰かに反論したことなど、ただの一度もなかった。ただ、ロージーの提案が賢明なものとは思えなかっただけだった。むしろ、コーヒースタンドは邪魔になるのではないかと思った。噂《うわさ》好きの連中が居座って、本も買わずにおしゃべりするばかりではないのかと。

しかし、ロージーの読みは当たった。またしても。コーヒーを飲みに来る客のおかげで売り上げは伸びた。『ニューヨークタイムズ』や『USAトゥデイ』といった新聞は毎日売り切れるし、雑誌やペーパーバックを衝動買いする客もいた。コーヒー好きたち――エキストラ・ホイップクリーム入りモカ・ラテに限る人や、エスプレッソ中毒の人も含めて――も、常連になると書棚を眺めたり、仕事帰りや週末にまでふらりと立ち寄ったりするようになった。ときには彼らが家族や友人を連れてくることもあった。確かに、店がにぎわうのは、さほど忌み嫌うほどのことではなかった。

そう、ロージーの言うとおりだった。

それを認めることに、リリアンはなんの抵抗もなかった。ビジネスの主導権を握っているのはロージーなのだ。経営面はロージーの領分で、リリアンは本担当。だからこそ、互いに最高のパートナーでいられる。ときたまロージーにいやな思いをさせられるぐらい、どうということはなかった。毎日朝から晩まで大好きな本に囲まれていられるのだ、なんの文句があるだろう。それでも月曜日は特別で、一週間に一度、クリスマスがやってくるようなものだった。狭苦しくて薄暗い倉庫の中、ヘーゼルナッツ・コーヒーを友に、カッターナイフで武装して、一人迎えるクリスマス。

箱を一つ一つ開封するのは、大切なプレゼントを開けるのに似ていた。少なくともリリアンにはそう感じられた。段ボール箱の封を切り、蓋《ふた》を開き、インクと紙と接着剤のにおいを吸い込むと、たちまちリリアンは別世界へと運ばれる。十八世紀を描いた歴史物であろうと、ハーレクイン・ロマンスであろうと、『ニューヨークタイムズ』で第一位のベストセラーであろうと、箱の中身はなんでもよかった。とにかく書物の詰まった箱の手触り、におい、眺めが好きなのだ。これ以上の快感がいったいどこにあるだろう？

ただ今日に限っては、月曜なのに、開封を待つ箱の山を前にしても、リリアンはつい別のことを考えてしまうのだった。一時間ほど前のことだった。隣の古道具屋の主人、ロイ・モーガンが息せき切って駆け込んできたかと思うと、わけのわからないことをわめきだした。耳たぶまで真っ赤なのにリリアンは気づいた。顔を異様に火照らせて、まるで卒中を起こしたみたいだった。そうでなければ、精神に異常をきたしたか。ただ、ロイは、おそらくリリアンが知っている中でもっともまともな人間なのだった。

言葉も不明瞭《ふめいりょう》だった。やけに早口で、前後の脈絡がない。パニックに陥ったり、逆上したりすると、人はあんなふうになる。要するに、頭がどうかなってしまったみたいだった。とても正気とは思えないことを彼は口走った。

「缶に女が」彼は何度も繰り返した。「ドラム缶に押し込まれてたんだ。五十五ガロン缶。マッケンジー貯水池の東。ブラウンストーンに埋もれてたんだ。マッカーティー採石場の」

サスペンス・スリラーの一場面さながらではないか。パトリシア・コーンウェルかジェフリー・ディーヴァーあたりが書きそうな。

「リリアン」倉庫の入口からロージーに呼ばれて、リリアンは飛び上がった。「ニュースでやってるわよ。見てごらんなさいよ」

出ていってみると、彼女が初めて見る十三インチのテレビにみんなが群がっていた。ペストリーを並べたケースとナプキン入れのあいだに、それは据えられていた。スウィートンローのピンクのパッケージを入れるのに使っているアンティーク陶器も、脇《わき》へ押しやられている。ロージーのお宝なのに。テレビを目にしてすぐ、リリアンは予感した。まずコーヒースタンドができた。そして今度はテレビ。何が起きているのかわからないけれども、それのせいですべてが変わるだろう。喜ばしい変化ではない。嵐《あらし》の前触れが、リリアンにははっきり感じられた。子どものころのように。母の癇癪《かんしゃく》が始まる前に予感できたように。

小さな画面には、彼女の弟と組んで商売をしているカルヴィン・ヴァーガスが映っていた。小柄なレポーターと向き合っている。大きな体を鉄道の枕木《まくらぎ》みたいに硬くして、そのくせ顔には、間の抜けた笑みを浮かべている。秘密の宝を見つけた子どもでもあるまいに。

リリアンはカルヴィン・ヴァーガスの話――ところどころ〝ぴー〟という音で消されていたけれども――に耳を傾けた。岩のあいだからドラム缶を掘り出したときの様子だった。

「で、落っことしたんだ。どすん、てなもんさ。地面にぶつかった拍子に――ぴー――蓋がはずれたわけだ。そしたらなんと――ぴー――中から現れたのは――ぴー、ぴー――死体じゃないか」

リリアンはその場に集まった十人あまりの常連たちの顔をひとわたり見て、弟を捜した。あの子は、お決まりのペストリーとミルクの朝食を今日はもうすませたのだろうか？　いつもどおり苦痛を訴えていっただろうか？　痛むのは背中だったり、持病の四十肩だったり、人一倍敏感な胃であったり、いろいろだった。相棒のこの発見を、弟はどう思うだろうかとリリアンは考えた。

最後に彼女の視線は、カウンターの端でミルクをすすっているウォルター・ホブズをとらえた。騒ぎから、スツール三つ分の距離を置いている。リリアンはぐるりと回っていって隣の席に腰を下ろした。彼はちらりとこっちを見ただけで、すぐまた『ニューズウィーク』に目を戻した。自分たちのすぐそばで発見された死体よりも、遠いところで確認されたアルカイダの死体のほうに興味があるとでもいうのか。

姉のほうを見ることも、彼女の問いかけを待つこともしないで、ウォルター・ホブズは頭を振り振り呟《つぶや》いた。「ばかなやつだ。採石場跡なんかに近寄らなきゃよかったのに」

7

リューク・ラシーンは吐き気を覚えた。そして、戸惑った。死体よりテレビカメラのほうにむかつきを感じるとは。カメラを向けられるまではなんともなかったのだ。レポーターの娘っこにあれこれ訊《き》かれているだけのあいだは。眼鏡の分厚いレンズ越しに、彼女の目がやけに大きく見えるのが面白かった。大きくて、真っ青で、水槽で泳ぐ珍しい魚の目を思わせた。ところがそのあと眼鏡ははずされ、カメラが回りはじめた。カメラはまっすぐ彼のほうを向いていた。高性能のライフルみたいに、照準はぴたりと彼に合っていた。

レポーターの話し方が速くなった。つい今しがた彼女がカメラに向かって名乗った名前を、リュークはもう思い出せなかった。ジェニファーだったか……いや、ジェシカか……いやいや、やっぱりジェニファーだ。たぶん。よくよく気をつけていなければいけない。向こうの質問と同じテンポで考え、答えるのは、自分には無理だ。答えるのに手間取っていたら、彼女の関心はふたたびカルヴィンに向くのだろうか？

「わたしはすぐそこに住んでるんだがね」リュークは腕を高く上げて振った。「しかし、うん、とくに変わったにおいはしなかったね」唾《つば》を飛ばさんばかりに勢い込んで彼は言った。「全然しなかったよ」レポーターは次の質問をするかわりに、じっと彼を見た。ああ、しまった！　本当に彼女に唾をかけてしまった。はっきり見える――額に光る小さな点。「こんなふうに森にさえぎられてるし」今度は別の方角を手で示す。彼女は唾がかかったことに気づいていないのかもしれない。なんだってこの腕はこんなに高く上がってしまうんだ？「何をしようと人目にはつかないんだ」

「辺鄙《へんぴ》な場所だから」カルヴィンが横から言った。リュークがそっちへ目をやると、一瞬怖い顔でにらまれた。でもその顔はレポーターの背中にさえぎられてカメラには映らない。

カルヴィンの発言はレポーターの注意を引いたらしく、彼女は体の向きを変えて彼にマイクを差し出した。背伸びをしている。カルヴィン・ヴァーガスの背丈はゆうに百八十センチを超えている。今朝も、作業中の彼を見たリュークは、まるでブルドーザーの一部のようだと思った――鋼鉄の塊並みに巨大で頑丈な男。首やウエストといったくびれがほとんどないから、まさに塊だ。

カルヴィンと並ぶと、レポーターはまるで子どもだった。分厚い唇にマイクを近づけようとしてつま先立ちになると、なおのことそう見える。彼女はすっかりカルヴィンと話し込んでしまった。さっき、あんなに下品な言葉を連発したカルヴィンなのに。そりゃあ、カルヴィンのほうがいいに決まっている。なにしろ彼は唾を飛ばさないのだから。誰だって、腕を振り回して唾を飛ばすやつより、首のない巨人のほうがいいだろう？

リュークは黙って見ていた。仕方ないではないか？　チャンスをみすみす自分でつぶしてしまったのだ。テレビ出演はこれが初めてではないのに。あれは、炭疽《たんそ》菌事件のときだった。リュークが配達を担当していた家の女性が発症した。原因となった郵便物を配達したのも彼だった。ウォリングフォードのその郵便局は一週間にわたって閉鎖され、施設の隅々まで鑑識が入り、配達人は予防法を叩《たた》き込まれた。リュークはテレビ局のインタビューを受けたが、もちろん多くを語ることは禁じられていた。女性は結局亡くなった。彼女はなんという名前だったか？　あれは何年前だ？　去年か？　一昨年《おととし》？　いずれにしても、被害者の名前が思い出せないほど昔ではなかったはずだ。

そして今また、別の女性が亡くなったためにリュークがテレビに映ろうとしている。その女性の名前も、彼は知らない。リュークは後ろを振り返った。黄色いテープからここまではかなりの距離がある。一センチでも近寄ろうとする者があれば大声で叫びだす保安官補からも、十分離れている。それでも、ひっくり返ったドラム缶は見えた。岩山の途中で、大きなブラウンストーンに引っかかっている。青いビニールシートがかぶせられているけれども、突き出ている青白い腕が、今も見える気がした。あたかも死人が缶から這《は》い出ようとしているようだった。腕と、それから、くしゃくしゃにからみ合った髪の毛。リュークが見ることができたのはそれだけだった——それだけ見れば十分だった。

ふくらはぎが押されるのを感じたリュークは前を向いたまま、手を舐《な》めさせてやるため腕を下へ伸ばした。しかし、舐める気配がない。彼が目をやるとスクラプルは急いで身構え、主人に見せるために運んできた獲物をよりしっかりとくわえた。また、骨だ。リュークはそれにはかまわず、騒がしくなってきた森のほうへ視線を戻した。

不意に、ある考えが浮かんだ。なぜ今まで思いつかなかった？　リュークは、ご馳走《ちそう》を前足で押さえて端に残った肉にかじりついている犬を、もう一度見た。肉を骨から噛《か》み切ろうとしている。リュークの膝ががくがく震えた。

「なんてことだ、スクラプル。いったいどこからそいつを持ってきた？」彼がジャック・ラッセル犬に声をかけたときには、すでに周囲は話をやめて彼らの様子をうかがっていた。リュークはレポーターをちらりと見て、尋ねた。「やっぱり、そうだと思うかね？」

答えるかわりに——あるいは、肯定するかわりに——彼女はカルヴィン・ヴァーガスの十三サイズのブーツめがけて、吐いた。手を上げてカメラをさえぎり、嘔吐《おうと》する合間に叫ぶ。「止めて。お願いだから、カメラを止めて」

8

ヘンリー・ウォーターマイアー保安官が目にしているものがなんなのか、専門家の意見を仰ぐまでもなかった。リューク・ラシーンに見せられた骨にはある程度組織が残っており、小さめの骨が複数くっついていた。小さいほうの骨はすべてが残っているわけではないし、肉はどす黒く腐敗している。しかし、このジャック・ラッセル犬が何を掘り当てたかは一目瞭然《りょうぜん》だった。リューク・ラシーンが震える手で、捧《ささ》げ物をするように、揃《そろ》えた両の手のひらにのせて差し出しているのは、確かに人間の足だった。

「どこから持ってきたんだ？」

「さあ」リュークは少し近寄ってきたが、必要以上に見たくはないとでもいうように、目はヘンリーの顔からそらさなかった。「わたしに見せに来たんだが、どこで見つけたのかわからないんだ」

ヘンリーは移動鑑識班の一人を手招きした。長身痩躯《そうく》のアジア系の男だった。青い制服の名札には〝ガール〟と書かれている。移動鑑識班員の名前を知らないのは悪いことではないのだと、ヘンリーは自分に言い聞かせた。彼らが、目と鼻の先にあるメリデン警察から来ているのであってもだ。保安官である自分が彼らを知らないのは、つまり、凶悪な犯罪はいつもニュー・ヘヴン郡の外で起きているからだ。今回の事件に老後の計画を台なしにされないことを、ヘンリーはまた無意識のうちに祈っていた。経歴を傷つけることなくここまでやってきたのだ。未解決の事件は一つもない。なんとしても、このまま現役を終えなくてはならない。

「あのドラム缶から出てきたものじゃないんですね?」カールは証拠袋を振って口を開くと、リュークの手の下に差し出して構えた。

しかし、さっきまでそれを手放したくてたまらない様子だったリュークは、ヘンリーをぼんやり見つめるばかりだった。袋に入れるようにと彼がうなずいて示すと、突然目覚めた夢遊病者のようにびくりとして——現実に引き戻されたような顔で——骨を手から放した。

ヘンリーはそのまま彼の様子を見ていた。リューク・ラシーンは、彼とロージーがこの地へ引っ越してきて最初に知り合った住民の一人だった。リュークのことは誰もが知っていた。彼は地区内でもっとも有能かつ親切な郵便配達人だった。配達先の住人すべての顔と名前を覚えている。ヘンリーは、いつだったか留守中に配達された小包のことを思い出した。それはビニールで包まれ、雨が降りそうだからというメモ書きと一緒に玄関先に置かれていた。さほど前のことではなかったが、あのあとリューク・ラシーンは早期退職をした。噂《うわさ》では、アルツハイマーの初期だという。

そんなことがあるだろうか？　ヘンリーよりも若く見えるのに。頭も、銀髪とはいえふさふさしているではないか。日に日に額が後退していくように思えるこっちとは大違いだ。元気そうだし、身なりもきちんとしている。長年いろんな郵便物を運んできたおかげで、腕はいい色に焼け、筋肉が盛り上がっている。ヘンリー自身は、腹のあたりに多少肉がついたものの、ニューヨーク市警の制服がまだ着られるのが自慢だった。初めて袖《そで》を通したのは……なんと、三十年以上前か？

目の前にいるリューク・ラシーンを見る限りでは、いたって健康な六十代としか思えなかった。ただ、ときどきぼんやりした目つきになる。今も彼はヘンリーのほうを向いてはいるが、視線はどこか遠くをさまよっているように見える。

「ほかにも、あったかもしれない」リュークは、トレードマークである黒いベレー帽の下に手を入れて頭をかいた。頭皮を刺激すれば思い出すとでもいうのか、ぼさぼさの髪に指を深く突っ込んでいる。

「ほかにも？」ヘンリーはリュークの目を確かめた。病気のせいか？　何を言ってるんだ？　自分のいる場所を忘れたのだろうか？　何が起きているかも？「ほかの、なんだね？」

「骨だよ」リュークは答えた。「スクラブルのやつが持ってきた中に、あったかもしれない。しょっちゅういろんなものを拾ってくるんだ。ごみやら骨やらぼろ靴やら。だけど、骨は……てっきりコヨーテの獲物のおこぼれだと思っていた。ほら、池のほとりでよく見かけるから」

「その骨はまだおたくにあるかい？」

「いいや」

「くそっ」

「だが、スクラブルはたぶん持ってる。うちの周りのどこかに埋めてあるはずだよ」

「調べてみないといけないな。ちょっと掘らせてもらうことになると思うが、かまわないかな？」

「ああ、ああ、もちろんかまわないとも。やっぱり、あのドラム缶の女性の骨だろうかね？」

ヘンリーが答える前に、保安官補のチャーリー・ニューハウスが大声をあげて一同の注目を集めた。彼は鑑識班の二人と一緒に、遺体が入ったままのドラム缶を岩から下ろす作業をしていたはずだ。写真撮影と証拠採集がすみ、検屍《けんし》官の助手は初期検屍を終えている。遺体を現場から運び出す段になって、チャーリーは何を興奮しているのか。ヘンリーの記憶によれば、チャーリー・ニューハウスが興奮するのは、ビールを何杯か飲んだときと、ヤンキースがトリプルプレーをやってのけたときぐらいのはずだったが。

「さあ、みんなおまえを見てるぞ」ほかの者たちと一緒になったヘンリーは、額に手をかざして日差しをよけながらチャーリーを見上げた。「いったいどうしたっていうんだ、チャーリー？」

「関係ないかもしれないんですけどね、保安官」岩から岩へと器用に渡り歩きながら、落とした硬貨でも捜すようなそぶりで下をのぞき込んでいる。さらによく見ようとしてか、彼はしゃがみ込んだ。「全然関係ないとは思うんですけど、ドラム缶がまだいくつか埋まってるんですよ。あと、なんかすごいにおいがしてます」

9

アダム・ボンザードは片方の手でトム・クランシーを脇《わき》へ置き、もう一方の手でひび割れたビニール張りの重いステアリングと格闘しながら、曲がりくねった道を進んだ。上りに差しかかるたび、古いシボレー・エル・カミーノはもう一段ギアが必要だとでも言いたげにうめいた。アダムは、助手席いっぱいに広がったカセットテープをかき分けた。トム・クランシーの『教皇暗殺』にかわるテープが三つはあるはずだった。今の気分にぴったりくるテープを、彼はちらちらと横目で探した。クランシーの小説を聞く気になれないことだけは確かだった。今日は、あれではだめだ。

ヘンリー・ウォーターマイアー保安官の声は緊迫していた。少し混乱しているようでもあった。といっても、アダムが彼のことをよく知っているわけではなかった。去年の冬、ある事件に共にかかわったのだった。メリデンの繁華街にあった古いビルが取り壊されているときだった。土中から頭蓋骨《ずがいこつ》が発見された。小柄な白人男性で、年齢は四十二歳以上七十七歳以下、死亡したのは二十五年ないし三十年前。アダムが鑑定できたのはそこまでだった。頭蓋骨だけから多くを突き止めるのは困難だ。胴体がどこかに埋まっているはずだった。いたるところが掘り返されたが、何も出てこなかった。結局、死亡時期は、考古学よりも建築学に基づいて、大まかに推定されたのだった。証拠がないにもかかわらず、ウォーターマイアーはプロの殺し屋による犯行と決めてかかっている様子だった。

アダムは思い出し笑いをした。コネチカットの真ん中で殺し屋が仕事をするとは思えないが、ウォーターマイアーは素早くそれらしい話を作り上げて聞かせてくれたものだった。少なくともアダムは、眉唾《まゆつば》だと思った。ブルックリン育ちで、殺し屋のことを知らないわけではなかったから。でも、ヘンリー・ウォーターマイアーはニューヨークでパトロール警察官をしていたというから、彼だって殺し屋のことはわかっているのだろう。

アダム・ボンザードは、今度こそ殺し屋かもしれないと思わずにいられなかった。古い五十五ガロン缶に死体を詰め込み、うち捨てられた採石場に運んで何トンものブラウンストーンの下に隠す。いかにも連中の思いつきそうなことだ。しかし、ウォーターマイアーの報告どおり、本当に骨があたり一帯に散らばっているのならば、お粗末な仕事ぶりと言わざるを得ない。プロは普通、そんなミスは犯さない。

アダムの手が、ドアとシートのあいだにはさまっていたテープに届いた。タイトルを読む。完璧《かんぺき》だった。プラスティックのケースを手探りで開けにかかる。また現れたS字カーブをスピードをゆるめてやり過ごしながら、ディクシー・チックスのテープを取り出した。デッキに差し入れ、ボリュームを上げた。

よし、まさにこれが今の気分だ。自然に足が動き、血が沸き立つアップビート。自分では抑えようがない。骨と対面するのだと思うとわくわくする。アドレナリンが体中を駆け巡る。これ以上楽しいパズルはない。もちろん学生を指導するのも楽しいけれども、あっちは生きるための手だてにすぎない。こっちは違う——ドラム缶に入った遺体と、散乱した人骨。こういうのがあるから、この仕事はやめられないのだ。

あいにく、十年たっても両親はまだ理解してくれていなかった。法医人類学の博士号を持ち、ニュー・ヘヴン大学の教授であり学部長でもある彼のことを、母親はいまだにこんなふうに人に紹介するのだ。うちの末っ子なんですけど、独身で、六角形の蛇腹楽器《コンサーティーナ》が弾けるんです。まるで、この二つが彼のいちばんの取り柄みたいではないか。アダムは首を振った。いつになったら気にならなくなるんだ？　ぼくはもう大人だ。両親の思惑が気になるなんておかしい。親に子ども扱いされるのが気になること自体——いや、ただ気になるのではなく、いやでいやでたまらないのだ——彼らの影響を受けている証拠だった。内に秘めた反逆精神はスペイン人である父親譲りだし、かたくななまでのプライドの高さは、母方に流れるポーランドの血によるものだと、アダム・ボンザードは自覚していた。

S字カーブを上りきると、今度は下りだった。古ぼけたピックアップトラックに羽が生えた。アダムはブレーキを踏まなかった。シートにもたれ、ディクシー・チックスのセクシーなリズムに合わせてステアリングを操りながら、ジェットコースター気分を味わう。不意に四つ辻《つじ》が現れ、アダムは急ブレーキを踏んだ。ピックアップは、停止線の数センチ手前でタイヤをきしらせて止まった。直後に宅配便のトラックが目の前を横切っていった。

「ふう！　危ないところだった」

ステアリングを握りしめたままの指は真っ赤だった。けれども宅配便のドライバーは普通に手を振っただけで、指を立てるでもなく、唇も〝ばか野郎〟の形には動かなかった。衝突寸前だったことに気づいていないのだろう。アダムは思い出したように手を伸ばしてディクシー・チックスのボリュームを下げた。そのとき、さっきの急ブレーキで助手席の下から転がり出たらしいバールに気づいた。

後続の妨げになっていないことをルームミラーで確かめてから、彼は腰を折って腕を伸ばし、バールをつかんだ。後ろの窓を下げ、荷台に放《ほう》り込んだ。バールが床にぶつかって大きな音をたてたので、アダムはひやりとした。完成したばかりの手製の内張りが破れたのでなければいいが。ワッフル織りの丈夫なポリウレタンは汚れを落としやすく、したがって、荷台を錆《さび》や腐食から守ってくれるはずだった。泥や骨や血をどれだけ積み込んでも大丈夫というわけだ。愛車を臭気漂う移動遺体保管所にしないための、新たな方策だった。

まだほかにも道具が落ちているのではないかと、アダムは足もとを確かめた。この車を使ったあとは必ず道具をもとの場所へ戻しておくよう、学生たちに念を押す必要がありそうだ。しかし、今回はまだましなほうか。少なくともバールはきれいだった。これはとても珍しい。

10

小脇《こわき》に郵便物の束をはさんだマギーは、片手にブリーフケースをさげ、もう一方の手でダイエットペプシの缶とチューイングボーンを器用に持って、ハーヴィーのあとからパティオへ出た。玄関を入るなりハーヴィーにせがまれ、休暇初日の午後は裏庭で過ごすことになった。

やり残したデスクワークを片づけてしまうつもりで、クワンティコにちょっと立ち寄っただけだった。書類を家にまで持ち込む予定ではなかった。今、ブリーフケースから出したファイルを錬鉄製のテーブルに置きながら、持ち帰らなければよかったとマギーは思っていた。ここ数カ月間、これは机の上のファイルの山に埋もれていたのだから、そのままにしておけばよかった。

マギーは、フェンスに沿って地面を嗅《か》ぎ回るハーヴィーを眺めた。日課のパトロールだ。煉瓦《れんが》でできたチューダー様式の大きな二階屋は、二エーカー近い広さの敷地に立っている。

隣家の屋根さえ見えないほど生い茂った松の木が自然の防壁となっているうえ、最新式のセキュリティシステムが設置されている。それでもこの白いラブラドール犬は、屋外へ出るたびにガードマンと化し、隅から隅まで安全を確かめてからでないと、くつろぐことも遊ぶこともできないのだった。

マギーにもらわれてきたときから、ハーヴィーはずっとこうだった。いや、もらったというのは正確ではない。マギーは彼を救ったのだ。前の飼い主は、たまたまマギーの引っ越し先の近所に住んでいたというだけの理由で、連続殺人犯アルバート・スタッキーに誘拐されて殺されてしまった。残されたハーヴィーは、マギーが引き取った。あの状況でどうして放《ほう》っておけただろう？　けれども皮肉なことに、ハーヴィーを救うことで、マギーもまた、ハーヴィーに救われることになった。毎晩帰宅する理由を与えられ、無償の愛と寛容と忠誠心のなんたるかを教えられた。アルコール依存症で自殺願望を持つ母親には、教えてもらえなかったことばかりだった。グレッグとの結婚生活に欠けていた大切な要素でもあった。

パトロールを終えたハーヴィーがやってきて、マギーの手に鼻をこすりつけ褒美をねだった。耳の後ろをかいてやると、大きな頭を傾けてもたれかかってくる。チューイングボーンをもらうとハーヴィーは喜び勇んで駆けていき、地面に伏せて、大きな前足で押さえた。それをかじるあいだも片方の耳を立て、目は主人から離さない。マギーは頭を振ってほほえんだ。女性として、これ以上何が望めるだろう？　忠誠、愛情、賞賛、そして絶え間ない保護。タリーは離婚が成立して喜んでいるマギーを理解できないと言うけれども、結婚していた十年のあいだ、彼女はこのうちの一つとしてグレッグから感じたことはなかった。

マギーはファイルをつかんだ手を止め、ダイエットペプシをちらりと見た。これまでなら、このファイルを開くときには必ずスコッチのグラスがかたわらにあった。今はキッチンの棚に、封を切っていないボトルが一本置いてある。あくまでも、それが不必要であることの証《あかし》として置いてある。母とは違うということの証として。証であって、誘惑であってはいけないのだ。マギーは、舌舐《な》めずりをしている自分に気づいた。一杯ぐらいかまわないではないかと考えている。ストレートでなければ。氷を入れれば。水で割れば。飲んだことには全然ならないのではないか。ストレスが消えてリラックスできるのではないか。

ふと見ると、無意識のうちにファイルの表紙の角を折り曲げていた。折り曲げるというより、ああ、くしゃくしゃに握りつぶしてしまっている。なんてばかなことを。マギーはダイエットペプシをつかんでぐいとあおると、ファイルを開いた。

このファイルに目を通すのはずいぶん久しぶりだった。書類を足していくことはあっても、全部を読み返すのは避けていた。マギーはこの一件を――彼のことを――研究課題のように扱ってきた。いや、担当する事件同然に扱い、このファイルも連続殺人犯や強姦魔《ごうかん》やテロリストのファイルと一緒にしてあった。おそらく、彼の存在を受け入れるにはそうするしかなかったのだ。おそらく、彼が本当に存在するとは思いたくなかったから、そんなことをしたのだ。

さまざまな証明書や記事の切り抜きやプリントアウトしたデータの中に、写真はただの一枚もなかった。その気になれば見つけられただろう。高校の卒業アルバムを手に入れるか、運転免許証のコピーを請求すればすむことだ。きっとウィスコンシン州の運転免許センターは便宜を図ってくれただろう。ＦＢＩの身分証番号を提示すれば万全だ。でも、マギーは何もしなかった。写真を見てしまったら、その存在感がいっそうリアルになるだろうから。

去年の十一月に母から手渡された封筒が出てきた。この問題の……この……なんと言えばいいのか……とにかく、すべての始まりになった封筒だ。弟の存在を初めてうち明けられたときには、また母が嘘《うそ》をついているのだと思った。いつもの酔っ払いの戯《ざ》れ言《ごと》。あまりに深く父を愛し、懐かしむマギーへの罰。そう思っていた。そんな残酷さを、あの母なら十分持ち合わせているはずだった。マギーは、キャスリーン・オデールにさんざん苦しめられて育った。何度も繰り返す自殺未遂さえ、娘を苦しめるため、罰するためではないかと思われた。だから、怒り狂った母から、父さんは死んだ当日の夜まで愛人との情事にふけっていたのだと聞かされても、マギーは信じなかった。信じることを拒み続けていたところへ、この封筒を渡されたのだった。

以来、幾度となく開いた封筒を、マギーはまた開いた。あたかも割れ物を扱うかのように端だけをつまんで、一枚のカードをそっと引き出した。iの上の部分がかわいらしい渦巻きや円になっている母の文字を、じっと眺める。彼は、父のたった一人の兄弟と同じくパトリックと名づけられていた。マギーが会ったことのない、ベトナムから戻らなかった伝説の伯父だった。オデールの男たちはみな英雄魂の持ち主なのか。十二歳のマギーから父親を奪ったのも、同じ英雄魂だった。くだらないとマギーが罵《ののし》り続けてきた、犠牲的精神。

マギーはカードを封筒に戻した。見る必要はないのだ。住所はもうすっかり覚えてしまった。母からこれを渡されたのは一年近く前だが、最近調べたところでは、今も住所は変わっていなかった。彼はまだ、コネチカット州ウェスト・ヘヴンに住んでいる。グウェンの患者がいなくなったところからわずか四十キロの町だ。

不意に携帯電話が鳴りだし、マギーはぎくりとした。ハーヴィーがおやつから離れてマギーの前に座った。すっかり習い性になっていた。ハーヴィーにとって電話の音は、マギーが自分を置いて出かけてしまう合図のようなものなのだ。

「マギー・オデールです」彼女は電話に出ながら、こんな煩わしい装置の電源など切っておけばよかったと思った。なんといっても、今は休みなのだから。

「オデール、ニュースを見たかい？」タリーだった。

「今、帰ってきたところ。わたし、休暇中なのよ」

「調べてみたほうがいいんじゃないかな。コネチカット州ウォリングフォード近郊で女性の遺体が発見されたとAPが報じてる」

「殺人？」

「だろうな。五十五ガロン缶に入った状態で採石場跡の岩の下から見つかったそうだ」

「なんてひどい。で、あなたはそれがグウェンの患者だと思う？」

「わからないけど」と言いながら彼は認めた。「ただ、同じ町だから引っかかったんだ。偶然にしてはできすぎてると思わないか？」

偶然というものを、マギーは信じていない。でも、いや、まさか。タリーの考えすぎだ。そして、この自分も。後ろめたさゆえか、マギーは後悔していた。グウェンの話を深刻に受け止めなかった。だから、ジョウアン・ベグリーを捜すための問い合わせも、捜索願の提出も、しなかった。「どうしてこっちでニュースになるのかしら?」

「一人だけじゃないかもしれないからさ。別の遺体も埋まっているらしい。まだ、いくつも」

マギーは、タリーの口調の変化を聞き取った。彼はすでに、可能性をあれこれ考えはじめている。これもまた、職業病というものだろう。いや、職業病などという単純なものではなかった。言い表すのは難しいが、マギー自身、それに捕らえられつつあるのを自覚していた。やむにやまれぬ衝動、あるいは強迫観念のようなものだった。タリー同様、事件の背景に思いを巡らせ、あれこれ疑問をいだき、答えを知りたがっていた。しかし真っ先に浮かぶのは、気がかりな一つの問いだった。もしもその中にジョウアン・ベグリーの遺体があったら?

長いつき合いになるけれど、グウェンがマギーに何かを頼んだことなど一度もなかった。今回が初めてだった。できる限りのことをしてあげるべきなのに、何もしなかった。親友の必死の頼みに、取り合わなかった。思い出したくない人と場所に関係しているからという理由で。

「ねえ、タリー」

「うん?」

彼が驚かないであろうことはわかっていた。彼ならきっと理解してくれる。そうでなければ、なぜわざわざこんな電話をかけてくるだろう? 「二、三日、エマと一緒にハーヴィーの面倒を見てもらえる?」

11

こいつはまずい。実にまずい。どうしてこんなことになってしまったんだ？

彼はブレーキペダルに足をのせた。前を走る車に注意を払う。車間距離を保たなければいけない。まっすぐ前を向いていなければならないから、ルームミラーでちらちら様子をうかがうしかなかった。大型の四輪駆動車がぴたりと後ろについて、ばか面をした二人が、もっとよく見ようと窓から首を伸ばしている。何も見えるわけはないのに。遠すぎる。木が多すぎる。道路からは見えないのだ。そうとわかっていても、彼も、つい見てしまいそうになる自分を抑えなくてはならなかった。絶対に見るな。

パトカーが何台も来ているはずだった。テレビ局の中継車も。なんだってこんなことになった？　ニュースで報じられるとは。拒食症にちがいない痩《や》せこけたあのレポーターの口から、聞かされるとは。どんな大惨事も明るく元気に伝える、あの女。

カルヴィン・ヴァーガスのやつ、いったい何を考えてる？　今あの土地を整備する必要が、どこにある？　五年以上もほったらかしだったじゃないか。地主はあそこのことなどどうでもいいと思っている。単なる税金逃れのための方策にすぎない。住まいだって離れている。ボストン在住のやり手弁護士らしいが、きっと自分の土地を見たこともないだろう。それなのになぜ、ヴァーガスは突然つつき回しだしたんだ？　ひょっとすると、知っているのか？　疑いをいだいているのか？　何かを目撃したのか？　知っているのか？　どうして知ることができる？　どうして、どうして、どうして……どうしてだ！　あり得ない。そんなことは不可能だ。

呼吸だ。息をしなければ。息ができない。冷や汗が噴き出る。まだ日付も変わっていないのに。指がうずきはじめた。うなじから腰にかけて寒気が走る。止めなくては。止めろ、止めろ、止めろ。胃に来る前に、発作を止めるんだ。

彼は助手席のダッフルバッグに手を伸ばすと、行く手を見据えたまま中を探った。前の車はのろのろとしか進まない。乗っている人間は相変わらずきょろきょろしている。間抜けどもめ。何が見えるというんだ？　樹木に隠されて何も見えないことぐらい、いいかげんにわかるはずだろう。ばか野郎！　大ばか野郎！　行け、行け、行け！

すでに吐き気を感じていた。発作が始まろうとしている。痛みが腹の奥深くにひそんでいる。じきに腹全体に広がるだろう。鋭利なナイフを突き立てられ、じわじわと腹を裂かれていくようなものだ。彼は全身をこわばらせた。あの激痛と恐怖を前にすると、反射的にこうなる。背中を汗が伝う。ますます切迫して動きはじめた手で、彼はバッグの中身を引っかき回した。

やっと見つけた。彼はプラスティックのボトルをつかんだ。ダッフルバッグの底から引っぱり出す。子どものいたずら防止のため開けにくい構造になっている蓋《ふた》を、彼はまさぐった。震える手に苛立《いらだ》ちながらも、運転のかたわらなんとか開けることができた。喉の渇きで死にかけている人のように、どろりとした白い液体をがぶがぶのんだ。適量を超えても、やめなかった。いったん痛みが始まったら、抑え込もうとするこっちとの速さ比べなのだ。味に顔をしかめながらも、さらに一口流し込んだ。吐きそうになる味だった。味を意識すると、きっと吐く。

意識するな。意識するな。

これをのむと子どものころを思い出す。薄暗くて蒸し暑い寝室と、額に当てられた母の冷たい手。それから、ゆったりとした声。「すぐ楽になるわよ。必ずね」

彼はボトルのキャップを閉め、シャツの袖《そで》で口もとをぬぐった。そして、待った。進行方向を見つめた。前の車の真っ赤なテールライトを見つめた。悪魔の赤い目はまばたきを続け、中のばかどもは相変わらず外に気を取られている。クラクションを鳴らしてやりたいが、それはできない。注意を引きつけてはいけないのだ。待たなくては。おとなしくのろのろ運転をしながら、待たなくては。じっとしていろ、じっと、じっと、じっと。

ひょっとするとヴァーガスではなかったのか。彼の頭がふたたび回りはじめた。もう一人のほう——ラシーンだったのかもしれない。リューク・ラシーン。リュークのクはkではなくてcだ。テレビの画面にそう出ていた。聞き覚えのある名前だ。会ったことがあるのだったか？　ああ、確かにある。しかし、どこで？　どこで、どこで、どこで？　あのじいさんに、どこで会った？　つけられていたのか？　あいつがヴァーガスに何か吹き込んだのか？　二人で何かを企《たくら》んでいるのか？　連れ立って、採石場跡へ捜しに行ったのか？　何かを……いいや、誰かを、捜しに行ったのか？

それにしても、どうしてわかった？　どうやって嗅《か》ぎつけた？　ヴァーガスは愚かな乱暴者だが、あのラシーンとやらは違う。たぶん、違う。たぶん、やつは何かを知っている。リューク・ラシーンは知っている。

でも、どうして？　あんなに気をつけていたのに。どんなときにも用心を怠らなかったのに。用心、用心、用心。そうとも、用心してきた。道具を使ったときも、終われば必ずもとどおりにしておいた。誰も知らないはずだ。気をつけてきたのだから。どんなときにも、細心の注意を払ってきたのだから。

でも、かまうものか。もう、かまわない。あの採石場跡は二度と使わない。二度と、二度と。そこらじゅう、おまわりとレポーターだらけだ。そして自分は、こうして渋滞に巻き込まれている。愚か者たちの行列に。こいつらは、毎年秋になると押し寄せてくる観光客どもよりたちが悪い。あと何週間かすれば、またあれが始まる。色の変わる葉っぱを見るのは初めてだとでもいうような顔をして、列をなした車から景色に見とれる愚か者たち。愚か者、愚か者、愚か者。だが、今は彼もその仲間のふりをしていた。そうしていれば、様子もわかるし、何が起きているのか見当がつくというものだ。

やっと、脇道《わきみち》へ入ることができた。誰もついてこない。ついてくるわけがない。せっかくの大事件から離れるなんて、もったいないのだ。くねくねと続く上り坂を進むにつれ、背中のこわばりがやわらいでいくのがわかった。でも、少しだけだ。彼にはまだ心配事があった。やるべきことがあった。だから、気持ちを落ち着かせて、冷静にならなければいけないのだ。発作がぶり返すのは困る。痛みが始まったら困る。今は、だめだ。考えるべきときなのだから。あの発作、あの痛みがやってきたら、何もできなくなる。来るな、来るな。あの痛み、子どものころから知っているあの痛みは、いまだに前触れもなくやってくる。ぴかぴかの釘《くぎ》を一袋、いや、肉切り包丁をのみ込んだかのような、鋭い、激烈な痛みだ。

あれのことを考えるのはやめるんだ。やるべきことをやらないと。あれのことを考えていては、何もできない。役立たずになってしまう。これから、どうする？　どうすればいい？　安全な処分場がなくなった、今。

12

カールという名前の鑑識員がビニールシートに広げたあれこれを、アダム・ボンザードはざっと眺め渡した。発見された場所と推定部位ごとに、別々の袋に入れられラベルが貼《は》られている。一見して、少なくとも二つの遺体が混在しているのが見て取れた。

「これは犬が持ってきたんですが」カールは、人の左足と思われるものを指さして言った。

アダムは手袋を二重にはめた手で注意深く取り上げ、あらゆる角度からじっくりと見た。指骨のほとんどは失われている。中足骨と数本の足根骨は、わずかに残る組織でつながっている。踵骨《しょうこつ》もまだついているようだ。

「ほかの部分は見つかっているんですか？」

「いえ、まだです。というか、たぶん見つからないでしょう。ぼろぼろに錆《さ》びたドラム缶が二つ三つあるんですが、中身はきっとコヨーテの餌《えさ》になってますよ。今ごろは、そのかけらが郡のあちこちに散らばってるかもしれない」

「身元を割り出すにはどれぐらいの遺留物が必要なんですかね?」ヘンリー・ウォーターマイアー保安官が、シートに並んだものたちを見渡してアダムに訊《き》いた。

「いろいろな条件しだいですね。たとえばこれには、わずかに組織が残っています」アダムがそう言いながら返した足を、カールは茶色い紙袋に収めた。「これならおそらくDNA鑑定が可能でしょう。ただし、比較するサンプルがなければ意味がありません」

「ああ、そうだった」すでに疲れきっているような口調で、ウォーターマイアーが呟《つぶや》いた。「ある人物が行方不明になっているとして、たとえばこの遺体がその人物であるかどうかをDNA鑑定で知ろうとするなら、毛髪なりなんなり、本人のものが手もとにあることが必要なんでしたね?」

「そのとおりです。特定の人物を捜しているような場合は、DNAをリバースすることもできます。世界貿易センタービルの犠牲者の中には、この手法で身元がわかった人たちがかなりいます」

「どういう意味ですか、DNAをリバースするとは?」

「照合するべき本人のサンプルがないとき、父親か母親、あるいはその両方、場合によっては兄弟姉妹のDNAと比べて、十分な一致が見られるかどうかを調べます。少々複雑にはなりますが、有効な方法です」

「要するに」ウォーターマイアーは言った。「これが誰の足であるかは、知りようがないというわけか」

「これ以外の部分が見つかって、それらが同一人物のものであると判断できれば、可能性をある程度絞り込むことはできるかもしれません。男性か女性か、とか。おおまかな年齢もわかるでしょう。そうすれば、行方不明者のリストと照らし合わせる材料ができますね」

「毎年どれだけの人間が行方不明になってるか、ご存じですか、ボンザード先生？」

アダムは肩をすくめた。「そうでしたね。おっしゃるとおりです。あの足が誰のものであるか、特定するのは不可能かもしれません」

カールが新たに人骨を持ってきた。中のいくつかは土中に埋められていたらしく、土を吸収して赤黒く変色している。アダムは白い小さなかけらを指さした。「それは骨じゃありませんね」

「違いますか？」カールはそれをつまみ上げてまじまじと見た。「確かですか？　どう見ても骨のようですけど」そう言ってアダムに手渡した。

「簡単にわかりますよ」アダムは受け取ったかけらを口もとへ持っていき、舌の先をちょっとつけた。

「ちょっと、ボンザード先生。いったい何をしようっていうんですか？」

「石と違って、骨には細かい孔《あな》が無数に開いてるんです。だから、もしこれが骨であれば、こうやったら舌に吸いつくはずです」彼はそれを地面に放《ほう》った。「ただの石ころですね」

「もしも各方面の了承を得られるようなら」アダムのデモンストレーションに顔をしかめたまま、カールが言った。「われわれが採集するものが人骨かどうか、先生に判別をお願いしたいですね」

「だったら……」アダムはウォーターマイアーに向かって言った。「学生たちに手伝わせてもかまいませんか？」

「ここで授業をされては困りますよ、ボンザード先生」

「それはもちろんです。お願いします。院生二人か三人だけですから。そちらも人手が必要でしょう。土を掘り返したり、出てきたものを袋に入れたりといった、単純作業の手伝いぐらいさせますよ。触っていいと言われたものにしか触らせませんから。考えてもみてください、保安官。表をざっと調べただけでこれだけ出てきたわけでしょう。いったいあとどれぐらい埋まっていることか」

「確かに、おっしゃるとおりなんです」ウォーターマイアーは帽子に手を差し入れ、白髪に変わりつつある薄い髪をかきむしった。いつもぴしっと背筋を伸ばしている長身の保安官が、心なしか肩を落としているように見える。

「ドラム缶は全部でいくつあるんですか？」

「それも正確にはわかりません。一ダース近くあるかもしれない。まずは写真撮影と遺留物の採集をやらせてます。いったん缶を掘り返す作業を始めたら、いろんなものが埋まってしまったり踏みつけられたりする恐れがありますから」

「なるほど」

「缶を全部掘り出すには、ばかでかい重機が必要になってきます。それに、監察医のドクター・ストルツを待たなくちゃなりません。ドクターは今、裁判で証言するためにハートフォードにいるんですよ。戻ってくるのは明日の朝になるでしょうね。最初の缶の遺体は助手が検屍《けんし》したんですが、まだほかにもかなりあることがわかると、残りは自分がやるとドクターが言い出しましてね。待つしかないんです。州パトロールに今夜の警備を要請しておきました。マスコミが嗅《か》ぎ回ってます。絶対にへまはできない。それでなくても、この件で警察は知事からこっぴどくお叱《しか》りを受けるでしょうよ」

「そこまでの大事件なんですか？」

ウォーターマイアーはアダムに近寄ると、周囲に目を配って誰にも聞かれる心配のないことを確かめた。「腐食して穴が開いて、中がのぞける缶があるんですがね」

「ええ」

「気持ちのいいもんじゃありませんよ、ボンザード先生」ウォーターマイアーは低い声で言った。「あんなのは初めて見ました。異常な犯罪にはかなりお目にかかってきたが、ここまでひどいのはなかった」

13

リューク・ラシーンはテレビの画面に見入っていた。大好きな番組だった。毎晩、同じ時間に始まる。再放送だが、彼にとってはどのエピソードも新鮮だった。登場人物の名前は覚えられなくても、父親役の老人には、まるで自分自身を見ているような親しみを感じる。向こうもジャック・ラッセル・テリアを飼っているというそれだけの理由からかもしれないが。エディー――それが犬の名前だ。どうやら、犬の名前はまだ覚えられるらしい。

リュークはリビングルームを見回した。明かりをつけたほうがよさそうだ。暗くなってきた部屋の中で、テレビだけが光を放っている。いつの間に夜になったのだろう？　ついさっき昼食を食べたような気がするのに。暗いのは嫌いだ。しまいに明かりをつける方法もわからなくなるのではないかと、ときどき心配になる。照明器具の働きが本当にわからなくなったら、どうすればいい？　キッチンのあの箱に関しては、すでにそうなっているじゃないか。あれだ、あの箱……食べ物を温めるものだ。くそう！　あんなものの呼び方さえ、思い出せないとは。

彼は手を伸ばして二つの電気スタンドに明かりをともし、それからあたりを見回した。リモコンのありかを覚えていると思いたかったが、やっぱりまたどこかへいってしまった。まあいい、この番組が気に入っているんだ。わざわざチャンネルを変えることもあるまい。リュークは椅子に背中をあずけてテレビを眺めながら、無意識のうちにスクラブルの耳の後ろをかいた。今日の騒動で、犬もすっかり疲れているようだ。あれは、今日だな？　今はまだ月曜だな？

電話のベルが鳴り、リュークはぎくりとした。めったに電話などかかってこないから、この音が鳴るたびに驚かされる。驚くのがわかっていながら、ある理由から、電話機はすぐそばに置いてあった。

「もしもし？」

「ああ、おやじさん。夕方のニュースに出てたんだって？　巡査部長が見たって」

「映りはどうだったかな？」

「ねえ、おやじ、いったい何があったってのよ？」

「ジュリアや、わしがそういう言葉遣いを好かないのは知ってるだろう」

「おやじさんがマッカーティーの採石場跡で死体を見つけたって、ほんとなの？」

「カルヴィン・ヴァーガスが岩を動かしていたら、ドラム缶から女の人が出てきたんだ」

「うっそ。誰なの、その人？」

「わからん。なんだかおまえのいるワシントンで起きそうな事件だろう？」

「とにかく気をつけて。なんとなくいやな予感がする。それから、わけわかんないところへ一人で出かけないでよ」

リュークはテレビを見つめた。「フレイジャー」番組のタイトルが画面に出ると、彼は声に出して読んだ。

「何よ、それ？」

今回のそれは、スイッチが切れるような感覚とともにやってきた。リュークは何度かまばたきをしてみたが、無駄だった。部屋を見回した彼は、うろたえた。窓の外は暗い。暗いのは嫌いだ。部屋の中には本棚がある。片隅に新聞が積み上げられていて、壁には絵がかかり、ドアのそばには上着がぶら下がっている。何一つ、見覚えがなかった。ここはいったいどこなんだ？

「おやじさん、大丈夫？」誰かが耳もとで叫んでいる。「ねえ、どうしちゃったのよ？」叫んでいるのだが、風洞を通って聞こえてくるような声だった。少しエコーがかかっている。意味をなさない言葉がひとしきり響いていたが、やがて何かの吠《ほ》え声にさえぎられた。その何かは、何度も何度も吠えた。

深い眠りから突然覚める感じのするときもある。今回は、スクラプルだった。正面でお座りをしたスクラプルが彼を見上げ、まるでモールス信号のように吠え立てていた。

「おやじさん、どうしたの?」

「ここにいるよ、ジュリア」

「大丈夫なの?」

「ああ、もちろんさ」

電話の相手は無言になった。リュークは娘に心配をかけたくなかった。それ以上に、恥ずかしかった。父親がどうなりつつあるか、娘には知られたくない。見せたくない。

「あのさ、父さん」優しくなった声は、彼女が子どもだったころを思い出させた。かわいらしくて、内気な娘だった。「できるだけ早くそっちへ行くから。あさってぐらいには行けると思う。わかった?」

「ジュリア、その必要はないよ。わたしは大丈夫だ」

「予定が立ちしだい、連絡する」

「わたしのために都合をつけてくれなくてもかまわんよ」

「ああ、もう! ポケベルが鳴ってる。行かなくちゃ。ほんとに、気をつけてよ。じゃあ、近いうちにね」

「おまえも気をつけるんだよ。愛してるよ、ジュリア」しかし彼女はもういなかった。彼の耳に届くのは発信音だけだった。今度電話がかかってきたら、来る必要はないとはっきり言ったほうがいい。言わなければならない。娘に会いたいのはやまやまだが、へまをしたり忘れ物をしたりするところを見せるわけにはいかない。父親のせいであの子に恥をかかせてはいけないし、何より、娘に哀れまれるのはいやだった。

リュークはもう一度周囲を見た。一つ一つのものが認識できるだけで嬉《うれ》しく、心が落ち着いた。テレビに目を戻すとき、窓の外で何かが動いたような気がした。リュークは動きを止めた。気のせいだろうか？　本当に誰かいたのだろうか？　裏の窓のすぐ外を、誰かが通ったのだろうか？

いや、そんなばかな。車のドアが開閉する音など聞こえなかった。こんなに暗くなってから散歩する者はいない。今日は疲れてるんだ。だからありもしないものが見えたような気がしたんだ。けれども、リュークが窓辺まで行ってブラインドを下ろし、戸締まりを確かめているときにも、スクラプルはじっと窓のほうを見ていた。耳をぴくつかせ、尻尾《しっぽ》を巻いている。さっき吠えたのは、ぼんやりしている主人の目を覚まさせるためではなかったのか？　スクラプルも人影を見たのか？

14

午前零時になろうとしていた。

彼は木陰にうずくまって、尾根のてっぺんから下界を眺めていた。ここからだと採石場跡の様子がよく見えるが、動きはずいぶん少なくなった。数人の州パトロール警官が懐中電灯を振ったり、照明装置を据えつけたりしているだけだ。マスコミの何社かは帰っていった。残ったところは、中継車の屋根にものものしいストロボを装備している。いったい何が出てくると思っているんだ?

今は、怒りよりも疲れがまさっていた。吐きすぎたせいで胃が痛い。大人になってからあんなに激しく嘔吐《おうと》したのは初めてだった。自分で自分をコントロールできなくなるのは、実にいやなものだ。いやだ、いやだ、いやだ。今も、秘密基地が侵略され汚されるのを見ていると、下腹がうずき、臓物を引き裂かれるような痛みが走る。けれども、自分ではどうすることもできない。

すべての原因はたった一人の男なのだ。彼を破滅させようとしているにちがいない、一人の男。その老人の家が遠くに見える。実際に見えるのは、表の部屋のブラインドから漏れる黄色い光だけだが、そこがリビングルームであることは調査済みだ。広い空間のどこにソファがあるかも、記憶にとどめた。部屋の中央に置かれたソファはいちばん大きな窓に向いていて、その窓のそばには、安っぽいワゴンにのったテレビがある。おおかた、ニュースを見ながらでも、長い私道に入ってくる者があればすぐわかるようにという魂胆だろう。

夕方、テレビにリューク・ラシーンが映ったとき、どこかで見たことがある顔だと思った。町でちょくちょく見かけたのだったと思い出してからも、一日中、どこか引っかかるものがあった。このとき、唐突に、まるで雷に打たれでもしたかのように、彼は思い出した。そう、雷だ、嵐《あらし》だ。

あの老人は、土曜日の夜、あそこにいた。あの犬ころを連れて、ハバード・パークをうろついていた。真っ暗なのに、嵐なのに、うろついていた。なんであれを忘れていたんだ？　そうだった、あのときも銀色の頭に奇妙な黒い帽子をのせていた。老人が西山頂までの道順をジョウアンに教えているところまで、彼は見ていたのだった。あのときは、向こうからこっちが見えないように、細心の注意を払ったのだ。あいつが行ってしまうのを待っていたら、遅刻してしまった。時間に遅れるのは大嫌いなのに。

しかし、あれだけ用心していたにもかかわらず、ばれてしまった。あいつは何かを知っている。姿を見られたのだろうか？　物陰に隠れて見ていたのか？　いったい何を見たんだ？　そして、採石場のことをどうやって知ったんだ？

違う、違う、違う。そんなはずはない。

もしあいつが知っているのなら、なぜ保安官はぼくをつかまえない？　あいつは何を企《たくら》んでいるんだ？　ぼくを破滅させたいだけなのか？　そうなのか？　なぜ、なぜ、なぜ？　なぜ、あいつはそんなことをする？

また頭の中がぐちゃぐちゃになってきた。ぐちゃぐちゃは嫌いだ。嫌いだ、嫌いだ、嫌いだ。嘔吐してあたりをぐちゃぐちゃにしたら、いつも始末させられた。立ちはだかった母さんに頭を押さえつけられた。自分の吐いた反吐《へど》に、顔を突っ込む羽目になった——素早くよけられないときは。

「あんたがやったんだから、あんたが始末するんだよ」母さんの金切り声が今も聞こえる。

このぐちゃぐちゃを始末しないと。早くしないと。

15

九月十四日　火曜日

マギーは、鍵《かぎ》と身分証と携帯電話をベルトコンベアーから取り上げると同時にトレーを押しやって、次のトレーのノートパソコンに手を伸ばした。携帯電話のボタンを押して首と肩にはさみ、パソコンをケースに滑り込ませた。そろそろ熟練の域に達してもいいころなのに、いまだにマジックテープで固定するのには手間取ってしまう。

「もしもし？」耳もとで声がした。

「グウェン、マギーよ。よかった、つかまって」

「いったいどこにいるの？　ポトマック川の底からかけてるみたいな感じだけど」

「違う、違う。ポトマックの川底じゃないわ。もっとひどいところ。ナショナル空港でセキュリティチェックを受けてるところよ」その言葉を聞いて顔をしかめた女性職員に、マギーはほほえんでみせた。相手はにこりともしない。ハンディタイプの探知機を振って、脇《わき》へ寄るようにと合図する。「やれやれ。ちょっと待ってて、グウェン」

「両手を横に上げて」職員は命令口調で言った。マギーはそばの椅子にパソコンを置いてその上に携帯電話をのせると、すっかり馴染《なじ》みになった指示に従った。セキュリティチェックには必ず引っかかるのだ。そしてこれもいつもどおり、棒みたいな探知機がぴーぴー鳴りはじめた。マギーはポケットから鍵と身分証を出し、それもパソコンの上に放《ほう》った。

「座って靴を脱いで」

ヒールのフラットなパンプスを脱いで、足の裏を探知機に向ける。そのあいだずっとマギーはほほえみを絶やさずにいたのに、向こうは決して笑顔を返そうとはしなかった。黙ってうなずいただけでマギーを解放したあと、次のテロリスト候補あるいは生意気な乗客をつかまえるべく、前線へと戻っていった。

マギーは携帯電話を手に取った。「グウェン、まだ切ってない？」

「いいかげんにしなさいよ、その癖」親友の説教が始まった。「あなたはＦＢＩの捜査官でしょう。空港の安全確保の重要性を誰より知ってなくちゃいけないのよ。なのにいつもわざとチェックに引っかかるような真似《まね》をして」

「そんなことしてないわよ。わたしはただ、荷物と一緒にユーモアのセンスまでカウンターで預けなきゃいけないのが、納得できないだけ」

「休暇を取ったんじゃなかったの？　カニンガムに今度はどこへやられるの？」

「これからコネチカットへ行くの」

沈黙が流れた。電話が切れたのかと思うほど、長い沈黙だった。

「グウェン？」

「ジョウアンのことで何かわかったの？」

「いいえ、それはまだ」マギーは十一番ゲートを捜した。すでに搭乗口へと列が動きだしているはずだった。「向こうへ行って自分で調べようと思って。ひょっとしたら、〈ラマダ・プラザ・ホテル〉のプールサイドでピニャコラーダを飲んでる彼女を発見するかもね」

「マギー、あなたにそこまでしてもらうつもりはなかったのよ。電話を何本かかけてもらえればそれでよかったのに。わざわざコネチカットまで行ってくれるなんて。それも休暇中に」

「どうして？　ちょっとは旅行でもしなさいって、あなたいつもわたしに言ってるじゃない」搭乗券はどこにしまったのだった？　いつもは上着のポケットに入れるのに。

「本当の旅行ならね。本当の意味での休暇を最後に取ったのは、いったいいつだった、マギー？」

「さあ。去年はカンザスシティに行ったけど」マギーはパソコンケースについているたくさんのポケットを探りはじめた。どこかに搭乗券があるはずだった。タリーのだらしなさが伝染しつつあるのかもしれない。

「カンザスシティ？　それはだいぶ前でしょう。それに、あのときは警察関係者の会議だったんじゃない。休暇じゃないわ。そもそも、休暇の意味、わかってる？」

「もちろん、わかってる。どこかのビーチでピニャコラーダを飲んで酔っ払うことよ。ほら、あのピンクの小さい傘が刺さってる飲み物。それで最後には汚らしく日焼けして、とんでもないところが砂だらけになるの。わたしはあんまり惹《ひ》かれないわね」

「休暇中に行方不明者を捜すことには、惹かれるの？　ねえ、コネチカットまで行くのなら、その近くにいる某氏にやっと会えるってこと？」

「あった、あった」搭乗券は、マギーがマジックテープと格闘している隙《すき》にパソコンの裏側に滑り込んだらしい。〝近くにいる某氏〟というのが〝ボストンの検事局にいる某検事補〟を指しているのは承知のうえで、マギーはグウェンの言葉を聞き流した。「グウェン、もしジョウアン・ベグリーのことで何かわたしに隠してるなら、今がしゃべるチャンスよ」

親友はまた黙り込んだ。

「グウェン？」

「伝えられることは全部ファックスに書いたわ」

慎重に言葉を選んでいるのがわかる。

「あのね、グウェン、いずれニュースで知ると思うから先に言っておくわ。昨日の朝、ウォリングフォードに近い採石場跡で女性の遺体が見つかったの」

「えっ！　ジョウアンなの？」

グウェンのうろたえた声は聞きたくなかった。マギーにとって、彼女は常に頼りになる存在であってほしい。

「それはまだわからない。本当は話すつもりじゃなかったんだけど、もう全国ニュースに出ちゃってるから。身元はまだ判明してないのよ。捜査を指揮してる保安官に連絡を取ろうとしてるんだけど、なかなかつかまらなくて。電話をくれるように伝言しても、なしのつぶて。まあ、長い長いリストの、わたしなんかいちばん下に決まってるから仕方ないわね」マギーはまた携帯電話を首で押さえると、職員に見せるべく身分証と航空券を手に持った。「もう搭乗が始まってるのよ、グウェン。何かわかったらすぐ知らせるわ」

「マギー、ほんとにありがとう。遺体がジョウアンじゃないことを祈るけど、正直なところ、なんだかいやな予感がするわ」

「今から心配しても仕方ないわよ。じゃあ、またね」

マギーが携帯電話をポケットに収めたと同時に、搭乗券を求める職員の手が伸びてきた。

飛行機に乗り込んだマギーは、スーツケースのポケットをあちこち開けて、空港の書店で買ったペーパーバックを捜した。急にだらしなくなってしまったのはどうしてだろうと、マギーはまた思った。リサ・スコットラインが新しく出した法廷ミステリーだが、彼女の本はいつも、三万八千フィートの高度を飛んでいることを忘れさせてくれる。サイドポケットから、ペーパーバックと一緒にあの封筒が出てきた。出発間際にファイルは置いていくことに決め、封筒だけをここに突っ込んだのだった。

マギーはスーツケースを頭上のコンパートメントに収めると、窓際の席に落ち着いた。白髪交じりの小柄な女性があたふたと隣の席へやってきて、慣れない様子で腰を下ろした。マギーはペーパーバックを開いたが、読みはじめるかわりに、封筒をじっと見つめた。

〝近くにいる某氏〟に会うのかとグウェンは言った。ニック・モレリのことだ。そう、なぜ会わない？　ニックのいるボストンまでは、コネチカットからだとおそらく二時間程度のドライブだろう。彼とは数年前、ネブラスカで起きた事件を共に担当した。あのとき二人のあいだに生まれたものがなんであったにしろ、マギーの離婚手続きが長引くうちに自然と疎遠になっていった。離婚が正式に成立するまではと、深い関係を結ぶことをマギーが拒んできた。法律や道徳にこだわったわけではなく、たぶん、精神的な負担を恐れたのだ。本音を言えば、マギーはニックに対する自分の気持ちに自信を持ったことは一度もなかった――あれはあまりにも性急で激しすぎる感情だった。共通点のない分、どちらも思いの強さで補おうとしていた。彼女とグレッグの関係と、正反対だった。そもそも、それだからこそニックに惹かれたのかもしれない。

そして去年。あれは感謝祭の前後だった。マギーがニックの住まいに電話をかけると女性が出て、彼は今シャワーを浴びているところだと言った。以来、マギーはニックとの距離を徐々に広げていった。電話での会話が少しずつ短くなり、やがて、また電話すると言っておきながらしないことが増え、ついには留守番電話に録音された彼からのメッセージに返答もしなくなった。離婚成立まで待ってくれるとは、はじめから期待していなかった。それに、新しい恋人ができたと知って驚きはしたものの――確かに、いくらか傷つきもしたけれど――日がたつにつれ、自分でも思いがけなかった安堵《あんど》感を覚えるようになり、彼女の決意はますます固まっていったのだった。一人のほうがいいのだ、とマギーは決めていた。少なくとも、しばらくのあいだは。

客室乗務員が離陸前の注意事項をアナウンスしはじめ、マギーの思考は途切れた。その放送をさりげなく無視していると、隣の女性が必死に前の座席のポケットを探りだした。ラミネート加工されたマニュアルが見つからないらしい。マギーは自分のを取って手渡した。女性は急いでありがとうと言うと、遅れを取り戻すべく人差し指で文字をなぞった。

マギーはふたたびペーパーバックを開くと、封筒を栞《しおり》がわりにして読みはじめた。

16

リリアン・ホブズは、かかえてきたペーパーバックの山を表の平台にそっと下ろした。ロージーはすでにディスプレイの変更に取りかかっている。彼女がまたしてもすばらしいアイディアを思いついたのだが、リリアンは心ここにあらずだった。マスコミ各社の車が、ほとんど三十分おきに店の前を通るのだ。どうして気を散らさずにいられるだろう？　センター・ストリート霊園の煉瓦《れんが》塀の上から寒々しい灰色の墓石がのぞく日常の風景に比べたら、なんと刺激的な眺めだろうか。

今朝は、新しいポータブルテレビで『グッドモーニング・アメリカ』を見ながら、五、六人のレポーターにコーヒーを出した。『グッドモーニング・アメリカ』のダイアン・ソーヤーとチャーリー・ギブソンがこの小さなコーヒースタンドに姿を現すのも、時間の問題かもしれない。事実、今あそこでダブル・エスプレッソを注文しているレポーターにも、リリアンは見覚えがあった。名前は思い出せないけれども、フォックス局のニュースに出ていた人だ。

リリアンは意識を半分ショーウィンドウの外に向けたまま、本を並べはじめた。ロージーの提案は、平台にミステリーばかりを置くことだった。連続殺人物も、一つ二つ入れようと言う。確かに気持ちのいい光景ではないけれど、時流にはぴったりだ、と。ロージーは今こそ売り上げを伸ばすチャンスだと考えていた。不快に思う人がいるのではないかとリリアンは心配だったが、やがて、気づいた。愛読するミステリー作家たちにスポットを当てる絶好の機会ではないか。

リリアンにとって、実生活で見聞きする出来事の多くは、本で読んだエピソードを思い出させるものだった。採石場跡の騒動もしかり。とりわけ今回のは、ジェフリー・ディーヴァーかパトリシア・コーンウェルが書きそうな事件そのものだった。小説ならパズルのピースをはめ込めばいい。あるいはピースをただ整理すればいい。そうすれば、興奮のクライマックスと、胸のすく結末が待っている。すっきりしない場合でも、必ず筋は通るようになっている。ところが、現実に起きる事件は小説ほど簡単には解決できないし、まったく筋の通らない犯罪も多い。現実の事件を二、三ページのエピローグにまとめることができたらどんなにいいだろう。

リリアンは本を並べる手を止め、いちばん上の一冊をぱらぱらとめくった。このシリーズの登場人物は全員知っている。主だったストーリーと犯人たちの手口も知っている。とくに気に入った部分は、そらんじることさえできる。そんな彼女でも、採石場跡の事件は不可解だった。リリアンは頭を振った。事実は小説より奇なりとはよく言ったものだ。彼女はこの事件を、新しいミステリー――それも、これまで馴染《なじ》みのなかった作家による作品と同じように扱っている自分に気づいた。読み進めながら、できる限りたくさんの手がかりを探し出し、一つ一つのピースをパズルのようにはめてみるのだ。リリアンは、巨匠たちの作品に登場する犯人の容姿や性格や性癖を思い出しながら、プロファイリングまで始めていた。巨匠とはもちろん、コーンウェルやディーヴァーやジェイムズ・パターソンのことだった。誰にも理解されないのはわかっていたから、推理した結果についてはロージーにすら話していなかった。話すかわりに、彼女の夫のヘンリーが漏らしたかもしれない情報を引き出そうと、さりげなく水を向けるのだった。

リリアンはペーパーバックを積み上げて独創的なピラミッドを作り上げた。続いて、選《え》りすぐった六冊を、プラスティック製のスタンドに立てかけた。これは、絶対必要だからと彼女がロージーを説得して買い入れた、新しいディスプレイ用品だった。デニス・ルヘインの『ミスティック・リバー』を、ジャン・バークの『骨』と、めったに手に入らないジョン・フィルピンとパトリシア・シエラの『ザ・プリティエスト・フェザー』ではさむ形にした。『ミスティック・リバー』の表紙は、アイスブルーに白い文字。両側の二冊はそれぞれ黒地に赤、黒地に白だった。あれもこれもと欲張って仕入れてしまったけれど、それが売り上げ向上につながることを、ロージーに証明してみせるまたとないチャンスだった。

店のドアがちりんと鳴り、リリアンは肩越しに振り返った。弟のウォリーが指を一本立てて振っている。手を振り返した彼女は、弟のあとからカルヴィン・ヴァーガスが入ってくるのを見て緊張した。彼の広い肩と太い首と轟《とどろ》く笑い声のせいで、たちまち店が狭苦しくなった。ラケットみたいな手でウォリーの背中を叩《たた》いているのが、力任せにぶっているようにしか見えない。リリアンは作業に戻った。あの二人が交わすジョークなど知りたくはないし、知る必要もなかった。くだらない話ばかりしているのだから。それに、弟がカルヴィンにいじめられているところなど見たくなかった。もちろん、ウォリー本人はそれをいじめとは呼ばないだろうけれど。

リリアンの弟とそのビジネスパートナーは、奇妙な関係にあった。三人が同じ中学校に通っていたころから、カルヴィンはがき大将だった。それがそのまま大きくなり、より下劣になったのが今のカルヴィンだった。昔からぐずだったウォリーは、がき大将とコンビを組んでいるのが平気どころか、嬉《うれ》しそうにさえ見える。いろいろと問題はあるし、犠牲も払っているはずなのに。リリアンはいらいらと眼鏡を押し上げて首を振った。あの組み合わせを奇妙に感じているのは彼女だけではなかった。〝カルヴィン・アンド・ホブズ〟などというあだ名を頂戴《ちょうだい》しているのだから、そうとしか思えない。漫画に出てくる空想好きでちょっと風変わりな男の子と、そのペットである虎《とら》の名前だが、ホブズという虎は、カルヴィン少年のいるところにしか存在しないのだ。

いじめっ子といじめられっ子は、今日も相変わらずだった。ただし、彼らを見ているうちにリリアン・ホブズの胸にわいてきたのは、今日は嫌悪感だけではなかった。恥ずかしさがあった。弱い弟が恥ずかしい。弟がそれを気にしていないらしいのが恥ずかしい。気にするどころか、あの子は注目されるのを楽しんでいるようにさえ見える。どんな代償を払ってでも注目を浴びたいというのか。そうでなければ、あの状況に耐えられないから？それとも、長年のうちに染みついた習慣？　わが子をさんざん貶《おとし》めたかと思うと、舌の根も乾かぬうちに褒めたたえる、そんな気まぐれな母親に育てられたから？

リリアンが感じているのは恥ずかしさではないかもしれない。後悔だ。姉として、ちゃんと弟を守ってやるべきだったという後悔。だけど、どうしてそんなことが可能だっただろう？　彼女だって母から同じ扱いを受けていたのだから。それでもリリアンは、読書の楽しみに一人浸ることを覚えた。大勢の友達がいてすてきな場所がある空想の世界に、逃げ込む術《すべ》を知った。でも、ウォリーは。あの子は、運がなかった。おかしなものだ。一つの殺人事件にこんなふうに記憶を掘り起こされるなんて。掘り起こす！　やれやれ、趣味の悪い洒落《しゃれ》みたい。けれどもリリアンの顔は独りでにほころんだ。

カルヴィンは、どうやって最初に遺体を見つけたかという話をまたしている。声高に、自慢げに。いったいこれで何度目だろう？　それも、たかだか二十四時間のあいだにだ。おまけに、語られるたび細部に新たな事柄が加わって、話はどんどん大げさになっていく。もとの話の細かいところは、本人も覚えていないらしかった。

「一目見て、こりゃだめだと思ったね」カルヴィンの演説が始まると、新しい聴衆は、ぞくぞくする物語を一言も聞き漏らすまいと耳を傾ける。「頭蓋骨《ずがいこつ》はもう粉々よ。そこらじゅう血の海さ。ドラム缶からどんどんあふれてくるんだ。バケツ何杯分も。このウォリーが一緒じゃなくてよかったよ。こいつはからきし意気地がないからな、朝食一週間分にできるぐらいのげろを吐いただろうよ。なあ、ウォリー？」カルヴィンが例の巨大な手でウォリーの髪の毛をくしゃくしゃにしたので、ウォリーはますます子どもっぽくなったように見えた。

あきれて目玉を回したリリアンは、弟が自分のほうを見ているのに気づいた。あんなにいじめられながらも、ウォリーは相棒の隣に座ったままばかみたいな薄笑いを浮かべている。

「うちの店もとんだサービスをするようになっちゃったわね」ロージーがリリアンのかたわらへやってきて、後ろの棚からペーパーバックを数冊抜き取った。

「出てってもらう？」リリアンは言ったものの、そうねと答えられたときのことを思うと胃が痛くなった。

「そこまですることはないわ。みんな話を聞きたくてたまらないんだもの。ほら、見てごらんなさいよ」ロージーは、カルヴィンとウォリーの周りに増えていく人々を示した。

「最新の事件の詳細が生で聞ける本屋ってのも、悪くはないかもね。あなたも、別にかまわないでしょう？」

「ええ、もちろんよ。だけどヘンリーが困るんじゃない？」

「ここはヘンリーの店じゃないわ」ロージーが強い口調で言ったので、リリアンは自分の言葉を悔やんだ。「それに、情報を得られる場所があるとなれば、みんなヘンリーを追い回すのをやめるでしょう、きっと」

でも、出所はカルヴィン・ヴァーガスであって、偽りの、あるいは脚色された情報でしかないのだということは、リリアンは言わずにおいた。不意に、ロージーの表情がやわらいで笑顔になった。昨日からの気疲れが、彼女の口もとと額の新たな皺《しわ》となって表れはじめていた。リリアンはパートナーの顔をじっくり見るたび、昔は本当にきれいな人だったのだろうと思わずにいられなかった。高校時代にプロムの女王に選ばれたというけれど、その名残はまだ十分にあった。ロージーは今でも魅力的だった。皺は彼女の容貌《ようぼう》を個性的なものにはしても、決して損ねてはいなかった。

パートナーが優しい表情になったわけがわかった。彼女の夫、ジョン・ウェインばりの偉丈夫が店へ入ってきたのだった。全員の関心がヘンリーに移った。次々に質問を浴びせられて、彼はカウンターにたどり着くのも一苦労といったありさまだった。

「助け船を出したほうがよさそうね」ロージーが笑いながら言った。

リリアンは、夫を出迎えるロージーを見守る一方で、弟のウォリーがこそこそと裏口から出ていくのにも気づいていた。いつものペストリーとミルクの朝食もとっていないというのに。

17

ヘンリーは、居並ぶカメラや声を張り上げるレポーターたちをかき分けて進んだ。分厚い眼鏡をかけた小柄な美人レポーターは、彼がどこへ行っても追いかけてくる。さっきは本屋にいた。毎朝彼が立ち寄るのを知っていたかのように、待ちかまえていた。あのときと違って今はカメラマンを従え、しかもそのカメラは回っている。間違いない。なぜなら、コーラ瓶の底みたいな眼鏡は、カメラが回りだすと同時にどこかへいってしまうからだ。あんなものが必要な身で、よくテレビ業界に入ろうなどと考えたものだ。

「ウォーターマイアー保安官、採石場跡には百人以上の遺体が埋まっているというのは本当ですか?」

「百人?」彼は笑った。適切な反応ではなかったが、あまりにもばかげている。「本当じゃないことを願いますね」

「食べられた形跡のある遺体があるという噂《うわさ》が流れていますが、これについては? 詳しく話していただけますか、保安官？」

あきれて目玉を回しそうになるのを、今度はこらえた。「今日中にはもっと詳しくお話しできるよう、鋭意努力しているところです」

途切れない質問やシャッター音や、ビデオカメラのうなりにも、後ろを振り返ることなくヘンリーは歩き続けた。記者会見を開かなくてはいけないのはわかっていた。それも、早急に。今朝、ランドル・グラハム知事秘書から電話があり、騒ぎを鎮めるよう要請された。マスコミは今回の事件を、コネチカット史上最悪の連続殺人と呼びはじめている。それを知事が非常に憂えているというのだ。小ずるいグラハムに、ヘンリーは言ってやりたかった。マスコミの言うとおりかもしれないぞ、騒ぎを鎮めたいなら自分がこっちへ来てやってみたらどうだ、と。だが、それを言うかわりに、すべて自分が掌握しているから心配はいらないと答えておいた。要するに、嘘《うそ》をついたのだった。

朝露に濡《ぬ》れた深い草むらが日差しを受けてきらめいている。採石場の入口まで来ると、レポーターの声も聞こえなくなった。岩と樹木に囲まれたこの場所は、ほかから完全に隔離された格好になっている。ヘンリーはあたり一帯を見回した。ヴァーガスとホブズ所有の、黄色く輝くパワーショベル。それに寄り添う過去の遺物、錆《さ》びついたベルトコンベアー。どちらも聖域には場違いな感じがする。聖域と呼びたくなるぐらい、ここは美しい場所だった。大きな踏み石が山の上まで点々と続き、常緑樹の森と、黄とオレンジに葉を染めたオークやくるみの木立に周囲を固く守られている。殺人者がここを墓場に選んだのはなかなか賢明だったと、今さらながらヘンリーは思った。

喧噪《けんそう》から離れたところにたたずんだまま、ヘンリーはエル・カミーノから荷物を降ろすボンザードたちを眺めやった。三人の学生――女が一人と男が二人――は、教授と違って見るからに地味で真面目《まじめ》そうだった。今日のボンザードは、ピンクとブルーのアロハシャツにカーキ色のショートパンツ、それに茶色いハイキングブーツといういでたちだった。ヘンリーは笑みを漏らした。ボンザードはいい。若いけれども有能だ。部下たちよりよほどあてにできる。ほとんどの保安官補は、交通事故以外で血まみれの死体を見るのは初めてだった。鑑識班のメンバーは信頼できるが、保安官補たちは実に頼りない。ヘンリーがそう思ったそばから、トゥルーマンがレポーターに向かって怒鳴りはじめた。ばかめ！あれはたしかＮＢＣの記者だ。すばらしい！トム・ブロコーの『ナイトリー・ニュース』で今のが放送されたら、さぞかし見物だろう。

まったく、ひどいことになってしまった。あのロージーでさえ、楽観的にはなれないでいる。ヘンリーに必要なのは、この事件がうまく解決しなかった場合に責任転嫁できる相手だった。誰も批判できない専門家が望ましい。それがドクター・ストルツでないのは確かだった。その監察医が、レポーターたちをかき分けてやってくる。また出廷でもするのか、スーツにタイを締めて上等な革靴を履いている。あんな靴じゃ滑って……ほら、案の定だ。ストルツは濡れた草に足を取られてバランスを崩し、貧相な尻から地面に落ちた。ヘンリーは思わず噴き出しかけて顔をこすった。見ると、ボンザードも同じことをしていた。

シャツのポケットで震えだした携帯電話を、ヘンリーはつかんだ。ビヴァリーには、重要な電話だけ回すよう言ってある。またグラハムでなければいいが。重要でない人物のリストに、グラハムも入れておくべきだったか。

「ウォーターマイアーです」嚙《か》みつくように彼は言った。

「FBIのマギー・オデール特別捜査官です」

「FBIに協力を要請した覚えはありませんがね、オデール捜査官」

「実は、わたしたちお互いに助け合えるんじゃないかと思ってお電話しました、ウォーターマイアー保安官」

「どういうことです？」

「わたしはプロファイラーです。今、そちらがかかえていらっしゃるのは、連続殺人事件のようですね」

首を突っ込みたがる専門家気取りがまた一人現れたとヘンリーは思った。当然のように断りかけたが、ふと口をつぐんだ。もしかすると、これこそ彼が必要としている人物かもしれなかった。排他的な土地柄とはいえ、ＦＢＩの協力を仰ぐかどうかでヘンリーに異を唱えるような強者は、この田舎にはいないだろう。援助は確かに必要だ。それに、スケープゴートが必要になったとき、このオデール捜査官はちょうどいいかもしれない。

「助け合うとおっしゃったが、わたしには何をしろと？」

「行方不明者を捜しています」

「そいつはまた、雲をつかむような話ですね。あいにく、今のわたしにはとてもそんな暇はありません。もういっぱいいっぱいで。おわかりでしょう」

「いえ、そうじゃありません、ウォーターマイアー保安官。間違っていることを祈りたいんですが、保安官はすでに彼女を見つけてくださったかもしれないんです」

18

マギーはレンタカーのスピードを落とした。ブラッドリー国際空港を出る前に、ブレーキのきしみに気づくべきだった。洗車したての白いフォード・エスコート以外の車にしてくれと粘るべきだった。これだからレンタカーはいやなのだ。外からはよく見えても、車内には最後に乗った人間の痕跡《こんせき》が必ず残っている。このエスコートを最後に運転したのは、煙草《たばこ》を吸う脂性の人だったらしい。窓を下げ、ウェットティッシュを二枚ばかり使ってそこらじゅうを拭《ふ》き、〈マクドナルド〉のフレンチフライのいいにおいを漂わせれば、この問題は解決する。けれどもブレーキのきしみはそうはいかない。とくにこの先、大いに必要になってきそうなのだから。

曲がりくねった上り坂もそれに続く急な下りも、心臓に悪かった。しかもそれが延々と続くのだ。ウォーターマイアーやタリーにとっては些細《ささい》なことだったのか、どちらも、道順を教えてくれるときにこれには一言も触れなかった。タリーの教え方はまるで小言みたいだった。娘のエマとめったに会えないのがよほど寂しいのか、彼はマギーのことを、初めて一人で遠出するティーンエイジャーのように扱った。手取り足取り教えてやらないと迷子になるに決まっているとでも言わんばかりに。一度マギーがさえぎって、自動車協会で地図を買うからいいわと言ったら、ものすごく怖い顔をされた。それで、もう邪魔をしないほうがいいと悟ったのだった。

そこらへんの紙切れ――レシートやらナプキンやらクリーニング店の受け取りの裏やら――をメモ用紙がわりに使うR・J・タリーが、人に道順を教えるとなるとあんなに細かく神経質になるなんて、誰が想像しただろう。マギーは思わずほほえんだ。コンビを組んで一年半。ようやく、他人行儀でなく本当のパートナーとして接してくれるようになった。それはマギーにとって嬉《うれ》しいことだった。

彼女はエスコートの助手席に広げたタリーお手製の地図に目をやり、ウォーターマイアーに指示された目印を捜した。けれども地図上で見つかるより先に、次のカーブのあたりに水が見えてきた。標識を見ると、確かにそれがマッケンジー貯水池だった。池を渡るホイップアウィル通りもすぐにわかった。そこからさらに二回、急坂を上り、一回下ったところで、二車線の道路沿いが騒がしくなってきた。パトカー、中継車、移動鑑識車、覆面パトカーなどが片方の車線を占領している。

制服の警官がこっちに向かって、通過しろという仕草をした。マギーが車を路肩に寄せて彼のそばに停車してもまだ、首を横に振っている。

「行った、行った。なんにも見えないし、質問には答えられないからね」

「FBIのマギー・オデール特別捜査官です」彼女は窓から身分証を差し出したが、警官は少しも動じず、ガン・ベルトに両手をかけたままだった。マギーはもう一度言った。

「ヘンリー・ウォーターマイアー保安官にはお話ししてあります」

警官は肩から無線機をはずすと、マギーの身分証を手に取り、本物かどうか確かめでもするように光にかざした。「ああ、こちらトロッター。レンタカーに乗った女性が、FBIだと言ってるんですが。ウォーターマイアー保安官と話したみたいです」自分自身の言葉を信じていないような、投げやりな口調だった。雑音に混じって、何か問いかけているらしい声が返ってきた。マギーには一言も聞き取れなかったが、トロッター巡査は問題なく雑音を翻訳できるらしい。ためらうことなく身分証に顔を近づけて、彼は答えた。

「ええと、マーガレット・オデールです」

応答は不鮮明だったが、トロッター巡査の表情が変わったのがわかった。窓越しに身分証を返してよこすと、車を停《と》める場所を丁寧に説明しはじめた。

「現場までは歩いていただくことになりますが」と、草が伸び放題の砂利道を指さす。言われなければそこに道があるのさえわからなかっただろう。「黄色いテープのところでウォーターマイアー保安官が待っています」彼はそれだけ言うと、手を振りながら次の車へ近づいていった。ロードアイランドのナンバープレートをつけた黒いチェロキーも、今話題の怪奇事件の現場を一目見ようとやってきたのにちがいなかった。

　ウォーターマイアーは、制服を着ていなかったとしても容易に見分けがついただろう。マギーはジョン・ウェインを思い浮かべた。初期の、まだスマートだったころのジョン・ウェインに、テンガロンハットではなくて保安官の制帽をかぶらせた感じだった。首に埃《ほこり》っぽいネッカチーフを巻くかわりに、ウォーターマイアーは襟をゆるめてタイをはずしていた。茶色いシャツの袖《そで》を肘までまくり、帽子を目深にかぶっている。マギーを見ると、彼は現場保持のためのテープを持ち上げて彼女がくぐるのをじっと待った。笑顔はなく、自己紹介もせず、マギーの姿形に眉を上げるでもなかった。ずっと前から仕事仲間だったような口調で、彼は言った。

「現場検証が続いているのでまだ新たな缶には手をつけていません。岩を動かしたり、大事になるんでね。急いでことを進めて証拠が台なしになったんじゃあ、どうしようもない」

「おっしゃるとおりです」

「その行方不明者というのは……」ウォーターマイアーは疑うような目でマギーを見た。「地獄の口を開けたりはしないでしょうね？」

「どういう意味でしょう？」

「おたくのことは調べさせてもらいましたよ、オデール捜査官」マギーからの反発を待ち受けるかのように、ウォーターマイアーは言葉を切った。彼女が何も言わないでいると、先を続けた。「田舎の保安官事務所といったって、石器時代じゃないんです。それぐらいのことはできるんですよ」

「そうでしょうね、ウォーターマイアー保安官」

「つまりですね、おたくほどの人がわざわざクワンティコからこんなところまでやってきた。ＦＢＩが捜してるぐらいだから、それはよほど重要な人物なんでしょう？」

「どの行方不明者も、誰かにとって重要なんじゃありませんか、ウォーターマイアー保安官」

ウォーターマイアーはまじまじとマギーを見た。今度は、唇の端にうっすらと笑みが浮かんでいるように思われた。彼はそれ以上言わなかった。

「こういう事件、最近聞いたことがありますかね？」歩きだしたウォーターマイアーは、自分の大きな歩幅に彼女が遅れがちなのに気づくと、歩調をゆるめた。「いや、つまり、よその州には、こんなことやらかすやつは出てきていないでしょう？」

「調べてみましたけど、凶悪犯罪者逮捕プログラム《VICAP》には登録されていませんね」

「このあとドクター・ストルツが」ウォーターマイアーは、小柄で髪の薄いスーツ姿の人物を指さした。「昨日発見された女性の解剖をする予定になってます。よかったら、一緒にどうぞ。ただし、損傷がかなり激しい。見た目では身元はわからないと思いますよ」

「捜している女性の身体的特徴を何点か把握しています。彼女であると確定はできなくても、そうでないという判断は下せるはずです」

「ドクター・ストルツは頭をかかえてますよ。傷んだドラム缶をどうやって収容するかが問題でね。簡易遺体保管所のようなものをここに作ったらどうかと、ドクターは言ってます。しかし、あとさき考えずに、むやみに引きずり出したら……いったいどうなることやら。おたくはＦＢＩに入って十年になるそうだが、こんな事件、経験ありますかね？」

「一度、カンザス州で。一九九八年か九九年だったと思いますが、ジョン・ロビンソン事件というのがありました」

「ああ、そうだった。インターネットを使ったやつでしたね、たしか」

「ええ、そうです。インターネットを通じて、自分の農場へ女性たちをおびき出し、遺体を五十五ガロン缶に詰め込んだんです」マギーは足もとへ目をやった。いたるところに岩が突き出ていて、それを背の高い草が覆い隠していた。「あの事件にわたしは直接かかわってはいませんでしたが、たしかドラム缶は倉庫で発見されたんです。ですからここと違って、遺体を収容するにあたって遺留物を損ねてしまう恐れは少なかったでしょう。埋まっている缶の数は見当がついているんですか？　そのうちのどれぐらいに遺体が入っているんでしょう？」

「一ダースぐらいかな。もっとかもしれない。全部に遺体が入っているわけではないでしょうけど。中をのぞけるのもあるんですよ。ひどいもんです。そりゃあもう、ひどい」ウォーターマイアーは帽子を押し上げて額の汗をぬぐった。「白骨化したのもありましたが、別の缶のは……」彼は頭を振り、最初に彼女に見せるつもりのドラム缶を指さした。「わりに新しいようです。われわれが見る限りではね。いずれにしても、相当手ごわい敵であることは間違いない」

ウォーターマイアーが立ち止まったので、マギーも足を止めた。捜査員たちが作業をしているところからは三十メートルほど離れていた。掘り出された缶を数人が取り囲んでいる。周辺の地面の上を、手袋と膝当てをつけた鑑識員たちが、碁盤目を描くように移動している。マギーは、保安官の緻密《ちみつ》さに感心した。往々にして小さな町の警察というのは、犯行現場に一般人が立ち入ることについて無頓着《むとんちゃく》なものだ。市長や市議会議員にちょっと見せるぐらい、なんの問題もないと考えている。彼らの政治的な思惑が——保安官は選挙で選ばれるものだから——結果的に現場を損ねてしまうことが、よくあった。

マギーはふと気づいた。ウォーターマイアーは何やらためらっている様子だ。ほかの捜査員たちと一緒になる前に、言っておきたいことでもあるのだろうか。

「わたしはね、ニューヨーク市警に三十年以上いました。だから、凶悪犯罪がまったく初めてってわけじゃないんです」彼はマギーの目をじっと見つめて、彼女が了解のしるしに軽くうなずくのを確かめてから、言葉を継いだ。「四年ほど前に夫婦でこっちへ移ってきたんですよ。家内は友達と一緒にウォリングフォードで小さな本屋をやってます。わたしのほうは、場数を踏んできたのを買われて保安官に選ばれた。夫婦して、この土地が気に入ってるんです……とても。あと何年かしたら引退して、ここで隠居暮らしをしようと思ってます」

ウォーターマイアーは言葉を切り、人数を数えでもするように捜査員たちを眺め渡した。マギーは胸の前で腕を組むと、反対側の足に体重をかけ替えた。返事を求められてはいないことも、さらには、彼の話がまだ終わっていないことも、マギーは承知していた。だから、待った。

ようやくウォーターマイアーがこっちへ向き直り、マギーとふたたび目を合わせた。彼の瞳に宿るものに、マギーは見覚えがあった。もちろん、決意や苛立《いらだ》ちや怒りも、そこには表れている。けれどもマギーの目を引いたのは、怯《おび》えだった。ほんの一瞬、それは垣間見えた。経験豊かなヘンリー・ウォーターマイアー保安官が今、怯えているのだ。

「こいつはとてつもなく厄介な事件ですよ」捜査員が取り囲むドラム缶のほうを示して、彼は言った。「犯人がどんなやつにしろ、きっと何年も前からやってるんでしょう。率直に言います、オデール捜査官。おたくが捜してる人が本件とは無関係だったとしても、力を貸してもらえるとありがたい。このいかれた野郎をなんとしても見つけ出さなきゃならんのです。わたしは賭事《かけごと》はやらないが、もしやるんだったら、犯人はまだこのあたりをうろついてるほうに賭《か》けますね。なんとしてもそいつをつかまえないことには、この町で老後を送る夢にはさよならのキスをしないといけなくなる」

ウォーターマイアーはマギーからの返答を待っている。でも、もう彼女の目を見ようとはしない。どれほどの信頼をマギーに捧《ささ》げてしまったか、自分でわかっていながら、たいしたことではないと懸命に思い込もうとしている。彼にとってマギーは初めて会う相手であり、勝手に捜査に首を突っ込んできた女だ。そんな相手を信頼して本音を吐露する。切羽詰まっているからにしろ、単なる作戦にしろ、ウォーターマイアーのような誇り高い一匹狼《おおかみ》にとって、容易にできることではないはずだった。

マギーはドラム缶を囲むグループのほうへ向き直ると、ただこう言った。「それなら、少しでも早く取りかかったほうがいいですね」

マギーはウォーターマイアーの反応を確かめることなく足を踏み出した。けれども彼はすぐに追いついてきて、歩幅を加減しつつマギーと肩を並べて歩いた。

19

マギー・オデール特別捜査官の紹介を終えたヘンリーは、彼女と捜査員たちがさりげなく言葉を交わしたり互いに値踏みしたりする様子を、じっと眺めていた。当然のことながら、オデールがいちばん長く見つめていたのはボンザードだった。派手なアロハをまとったボンザードは、教授というよりカリフォルニアあたりのサーファーのようだった。しかし、ああ見えて頭脳は明晰《めいせき》で性格は謙虚、骨の素性を突き止める腕は一流なのだ。けれども、監察医であるドクター・ストルツの見方はそうではない。初めてボンザードを目にした彼は、得意の〝いったい何事だね?〟という表情をヘンリーに向けてきた。そして今、ドクターが何も言わなくても、ヘンリーにはわかっていた。〝FBIだって? おまえは早くもあいつらを呼び込んだのか?〟苦々しげな顔は、彼にそう語っているのだった。

自身の能力を見くびられたようにストルツは感じるのかもしれないが、実際のところ、ヘンリーにとって他人の思惑などどうでもよかった。とうの昔から、モットーはただ一つだ――自分の身に降りかかる火の粉だけを払え。

ヴァーガスの作業の振動でひび割れてしまったドラム缶がいくつかあり、中の一つのそばに遺体袋が広げられている。ヘンリーは、気の毒な犠牲者を缶ごと、昨日の女性が待つ遺体保管所へ運んだほうがいいと考えていた。しかし、ストルッツはこの場で処理するべきだと主張した。運搬中に微細な遺留物が損なわれる恐れがあると言う。こうして見ていても、ヘンリーにはこの場で遺体袋に移すのが意味のあることとは思えなかった。だが、ストルッツが決めたことなんだ、と彼はもう一度自分に言い聞かせた。リスクを負うのはストルッツだ。言い換えれば、ストルッツがかぶる火の粉だ。一度に振り払える火の粉は一人分だけであって、今のヘンリーは自分のを払うだけで手いっぱいだった。

ドラム缶の外からは、遺体の頭部と肩のあたりしか見えなかった。白髪交じりの頭髪と、濃紺のスーツの襟らしきものもわかる。ストルッツとボンザードが、ゴム手袋をはめた手で内部を注意深く探り、破れたり裂けたり崩れたりしないと思われる、遺体の硬い部分をつかんだ。反対側では、保安官補が二人、缶のひび割れた部分に巻きつけたロープの端をしっかりと持っている。世にも恐ろしい綱引きが、いよいよ始まろうとしていた。

ヘンリーはヴィックス・ヴェポラッブの小瓶をオデール捜査官に差し出した。遺体が引き出されたら、においはますます強烈になる。しかし彼女は丁重に断った。強がっているわけではなさそうだった。本当に必要がないのだ。平気ではないにしても、慣れているのだろう。あの鼻を突く腐敗臭が平気な人間などいるとは思えない。死んだ人間のにおいは独特だ。ほかのどの動物とも違っている。ヘンリーはあれが大嫌いだった。いつまでたっても慣れないし、慣れたいとも思わなかった。けれども彼は、ヴィックスを塗らずにポケットにしまった。ストルツやボンザードに必要ないのはわかっていたし、学生たちは遠巻きに見守っているだけだった。邪魔はさせないとヘンリーに約束したボンザードが、そこにいるようにと指示したのだろう。

遺体がゆっくりと引き出されはじめた。ぐちゃりという不気味な音に、ヘンリーはぎょっとした。比較的新しい遺体だった。新しいだけにかえって無惨な光景になる。ヘンリーはちらりとオデールに目をやった。自分と同じようにひるんでいる彼女を見たかったのかもしれない。せめて、わずかに眉をひそめているところでも。ところが、そういった表情はまったくなかった。待ちかまえているようではあるけれども、不愉快そうではなかった。そうか、これよりはるかにひどい光景を彼女は見てきたのだ。

オデールの背丈は百六十センチぐらいだろうか。筋肉質だがすらりとしていて、ヘンリーが思い描くFBI捜査官よりも魅力的だった。それでいて、自信をうかがわせる落ち着いた物腰がこっちを安心させる。電話で話したときにもそれを感じた。自信であって、うぬぼれではない。もしも彼女が、連邦政府レベルではびこっている役人特有のうぬぼれを引っさげてやってきたのだったら、ヘンリーは絶対にあんな告白はしなかった。

　ろくに知りもしない相手にあそこまでさらけ出すとは、われながら正気の沙汰《さた》とは思えない。しかし、風向きが悪くなったときには、マーガレット・オデール特別捜査官がきっと役に立つのだ。大事なのはただ一点――わけのわからない変質者のせいで三十年のキャリアをふいにするわけにはいかない、それだけだ。オデールには気の毒だが、いつ知事に捜査の進み具合や見通しを尋ねられるかわからないのだ。そのときに備えておかなくてはならない。即答できない場合を考えて、責任をなすりつけられる相手を確保しておくのは、悪くない考えではないか。

「おい、気をつけてくれ」ストルッツがボンザードに向かって大声で言ったとたん、はじけるような音とともに遺体がすっかり外へ出た。その下半身がだらりと垂れた拍子に、ストルッツが手を滑らせた。胴体がもろに岩にぶつかり、遺体はうつぶせのままぐしゃりという音をたてて袋の上へ落ちた。頭が固い地面に当たって割れた。

「しまった」ストルッツがまた叫んだ。「もっとうまい方法を考えないとだめだ。今ので新たな傷がついてしまったかもしれない。犯人がやったこととわれわれがやったことを、どうやって区別するんだ？」

ヘンリーは〝あんたがこうしようって言ったんじゃないか〟という言葉を、文字どおりのみ込んだ。ドラム缶二つ目にしてもう、ストルツは明らかな矛盾発言をしてその無能ぶりを露呈してしまった。ヘンリーは、ボンザードとオデールを入れたのは正解だったとあらためて思った。異例の事態が起きた場合、二人の部外者がそれを目撃し、立証してくれるだろう。

一同がいったん持ち場を離れて集まり、この原始的な方法を考え直しているあいだに、オデールが遺体を観察するために近づいてきて、岩に膝をついた。頭蓋骨《ずがいこつ》はぱっくり割れているものの、それ以外に傷はなさそうだった。濃紺のスーツさえほとんど皺《しわ》もない状態だった。

「きれいな遺体だ」ヘンリーは呟《つぶや》いた。

「きれいすぎますね。血がまったくついていない」ボンザードはそう指摘すると、写真を撮るカールのために場所を譲った。

ボンザードの教え子たちがおずおずとやってきて、もっとも勇敢な女学生が教授の肩越しに遺体をのぞき込んだ。男子二名は、今にも吐きそうな顔をしている。年かさのほうは力のない手にカメラを持ってはいるものの、一枚も撮影しようとはしない。カールが終わるのを待っているのだろう。彼らは、自分の進むべき道について考え直すことになるかもしれない。

「上等なスーツだ」カメラを置いたカールは、ピンセットを取り出し、上着の背中についた糸くずをつまんだ。

「まだ液化は始まっていないようだな」ストルツがオデールと反対側にしゃがみ込んだ。

「頭蓋骨を切られていますね」オデールはいつの間にか四つん這《ば》いになっていた。

「ここの岩にぶつかって割れたんだろう」ストルツが言った。

「いえ、違うと思います。これを見てください」オデールは、ストルツがよく見えるよう脇《わき》へ寄りながら、ちらりとヘンリーを見上げた。初めて彼女の目に感情がよぎったように彼は思った。それは、さっきヘンリーが期待していた、おののきの断片のようだった。

「鋸《のこぎり》を使っていますね。骨鋸《ほねのこ》か、もしかするとストライカーという頭蓋切開専用の鋸かもしれません」

「ストライカーだって?」ストルツが興味深そうな顔をした。

オデールはいったん立ち上がって岩を回り込むと、頭頂部から頭蓋骨の内部をのぞいた。割れた骨片が、蓋《ふた》か、はずれた部分用かつらのようにぶら下がっている。オデールは、頭蓋骨に鼻を突っ込まんばかりに顔を近づけて言った。「何を使ったにしろ、痕跡《こんせき》はごくかすかですね。刃ぶれもしていませんし」

「刃ぶれ?」呟きながら一同を見回したヘンリーは、ボンザードが感心したような面持ちでオデールを見ているのに気づいた。

「専門用語のようなものです」ボンザードが解説を買って出た。「ものを切るときに薄い刃が跳ねるような動きをすることがあるでしょう。弓鋸がいい例ですね。とくに切りはじめなんか」根っからの先生だとヘンリーは思った。だが、純粋に人に情報を提供したくてたまらないのがボンザードであって、彼には、偉ぶろうとか誰かを出し抜こうとかいった下心はまったくない。そこがストルツと違う点だ。

「ここから見る限りでは」オデールが続けた。「頭蓋内は空っぽですね」

「ストライカー? 空っぽ? きみは何を言ってるんだ? 脳が消えてなくなったとでも言うのかね?」ストルツがオデールの隣へ移動しながらまくし立てた。

いつものヘンリーなら笑っただろう。この小男が大声を出したり感情をあらわにしたりすることはめったにない。表情だけ変えるのがお得意だった。ストルツばかりに注目している場合でないのはわかっている。わかってはいるものの、ストルツの無能ぶりと慌てように注目しているほうが、わが身を直視するよりはるかに楽だった。事件はどんどんヘンリーの手に負えないものになっていく。

「写真を撮り終えたんなら、早いところ仰向けにして遺体袋に入れるんだ」ストルツが命令口調で言った。

　ヘンリーは後ろに控えたままでいた。認めたくはないが、あたふたする小男を眺めるのが面白くなってきていたし、ボンザードも学生もいるから、手は十分足りている。オデールまでがジャケットの袖《そで》をまくって遺体の肩を持とうとしているではないか。二度までも遺体を取り落とすわけにはいかないと、誰もが思っている。遺体の向きがわずかに変わったところで、ヘンリーの胃がひっくり返った。

「なんてこった」

　彼の呟きに全員が手を止め、ヘンリーと遺体とを見比べた。

「スティーヴ・アールマンじゃないか」

「知っている人ですか？」オデールが訊《き》いた。

　ヘンリーは思わずそばの岩に寄りかかったあと、がくりと膝を折った。「知ってるも何も、五月にあった彼の葬儀でわたしは棺《ひつぎ》を担いだんだ」

20

ミスター・アールマンのタイとジャケットの襟は、ずれないようしつけ糸とピンで留められていた。マギーが片方のまぶたを持ち上げてみると、中央が盛り上がった円盤状のプラスティックが現れた。目の位置をはっきりさせるためと、まぶたを閉じておくために、葬儀屋が使うものだった。

「頭蓋骨《ずがいこつ》の切開は解剖のあとだったんだな」ドクター・ストルツは眼鏡を完全にはずしてしまってポケットに入れた。

「それはあり得ない」ウォーターマイアー保安官が言った。「解剖はされなかったんだから」

「確かですか?」マギーはそう言うとまた立ち上がり、遺体のほかの部分を観察しはじめた。検屍官《けんし》は相変わらず頭蓋骨のはずれたかけらをつついている。それにしても、スーツが異様にきれいなのはどういうわけだろう。まるで、棺《ひつぎ》からドラム缶に直行させて密閉したみたいではないか。「どう見てもストライカーを使ってるようなんですが」

「間違いない。骨鋸《ほねのこ》の一種だ」ストルツが力を込めて言う。

「いや、解剖は行われていません」ウォーターマイアーがもう一度言う。

「手術の跡ということは？」いつの間にかアダム・ボンザードがストルツの隣で四つん這《ば》いになり、遺体の頭頂部をのぞき込んでいた。

「手術もしなかった」ウォーターマイアーがしんみりと言った。「スティーヴは手術不能の脳腫瘍《のうしゆよう》で死んだんですよ」

マギーはウォーターマイアーの顔を見た。彼のことが心配だった。友人の命を凶悪犯に奪われた人の気持ちなら、誰よりもわかっているつもりだった。一年近く前、マギーが遺体袋のファスナーを開けると、額の銃痕《じゆうこん》も生々しい友人が現れたのだ。自分を見上げていたリチャード・ディレイニー特別捜査官の虚《うつ》ろな瞳を、マギーは決して忘れないだろう。どれだけ訓練を受けても、どれだけ経験を積んでも、あの衝撃と無念さと胸のむかつきに備えることなど、誰にもできはしないのだ。

ウォーターマイアーが帽子を取った。岩と樹木が描く稜線《りようせん》に太陽が沈みはじめたころから、空気がひんやりしてきたのにマギーは気づいていた。それなのにウォーターマイアーはシャツの袖《そで》で顔の汗をぬぐっている。彼は帽子をかぶり直すと、今度はつばをぐいと押し上げた。マギーは、大きな岩の上にひとまとめにされている鑑識機材に視線を走らせた。赤と白のツートーンカラーの水筒が見えた。それに手を伸ばして、カールを見やる。彼がうなずくのを確かめてから蓋《ふた》を開け、マギーはゆっくりと水を飲んだ。そして、できるだけさりげなく、順番だから次へ回すという顔をして、水筒をウォーターマイアーに手渡した。彼はためらうことなく受け取ると頭をのけぞらせて一口あおり、また次へ回した。

「そのことはみんな知っていたんですか？」マギーはウォーターマイアーに尋ねた。

彼はマギーのほうを向いた。話しかけられているのはわかっていても、目は無表情だった。「そのこと？」

「脳腫瘍を患っていると、ミスター・アールマンは周りの人たちに話していたんでしょうか？　友達や親族やご近所に？」

「ああ、うん。隠してはいませんでしたね」ウォーターマイアーは答えた。「そうかといって、病気のことを愚痴るでもなかった」

「公にされたことは？　死亡告知に死因として記載されましたか？」

ウォーターマイアーは帽子の下に手を入れて頭をかきむしった。「死亡告知がどうだったかは覚えていないが、とにかくスティーヴのことはみんなが知っていたんです。ウォリングフォードで肉屋をやってました。何年も前にラルフ・シェルビーから買い取った店なんだが、屋号はそのまま変えなかった。〈ラルフの店〉で通ってるからってね。いかにもスティーヴらしい。実に謙虚な男でした。人がよくて、正直で。病気になってからも商売は一日も休まない。客の注文を受けて手ずから肉を切ってました。スティーヴの死後、店は居抜きで買い取られたんですが、新しい持ち主は肉屋はやりたくなかったようで、今は小間物屋のようなものになっていますよ」

ドクター・ストルツがじろりとマギーを見た。「要するに何がおっしゃりたいのかな、オデール捜査官？」

「手術の跡でないとすれば、死後に切開されたわけですね？」

「そうだ」

「葬儀のとき棺の蓋は開いていましたか？」

尋ねられたウォーターマイアーは、もう黙ってうなずくだけだった。

「だったら、葬儀のあとですね」

「誰かが墓を暴いた？」ウォーターマイアーは言ったが、そんなことは想像もしたくないという顔だった。

「いったいいつ、どうやって、そんなことができる？」ストルツが言った。「棺は、厳重に密封されたケースに入っているのに」

「すべての棺がケースに入っているとは限りませんよ」ボンザードが横から言った。「それだけの追加料金を払う意思が遺族にあるかどうかによります。たしか、七百ドルから千ドルぐらいしたはずですから」

「別の可能性もあります」マギーは言った。「棺が埋葬される前に遺体を取り出したのかもしれません」

「葬儀場から遺体をさらったってことですか?」立ち上がったボンザードが膝を払いながら訊《き》いた。

彼のいでたちは犯罪人類学者にも、大学教授にさえも、似つかわしくなかった。けれども、日に焼けた逞《たくま》しい脚をした彼には似合っていた。マギーは、ボンザードの脚に見とれていた自分に気づいた。彼の膝は岩と同じ赤錆《あかさび》色の粒にまみれ、ソックスの上のほうには草がこびりついている。それを見たマギーは、遺体の着衣にも同様の付着物があるかどうか確かめることを考えついた。

「犯人の立場によっては、遺体をすり替えることも可能だったでしょう」マギーは答え、スーツをじっくり観察した。生地は軽いウール。湿ってべたついているのは防腐保存処置《エンバーミング》に使った薬液が切開口から漏れたものと思われる。

やはり頭蓋骨は、エンバーミングがすみ、納棺の準備が整ってから切開されたのだ。それが葬儀の前であれば、薬液が漏れているところを参列者に見られないよう、切開口をふさぐ必要があったはずだが、修復が試みられた形跡はなかった。スーツの表面をさらに子細に調べてみても、緑の草や茶色い粒は見られない。切開はこの場所で行われたのではないのだ。草や砂に限らず、粘り気のある薬液が染みている以外、スーツはまったくきれいなままだった。

「この手で棺を担いだんですよ」虚ろな、どこか遠いところから聞こえてくるような声だった。「重かった。スティーヴは間違いなくあの中にいた」

マギーは保安官を見上げた。こめかみをこすっているけれども、考え事をしているというのではなく、強く、顔が歪《ゆが》むほど強く力を込めて、まるで脳裏に浮かぶイメージを消し去ろうとしているかのようだった。

「あらゆる可能性を考慮する必要があると申し上げているだけです」マギーは言った。「いずれにしても、棺や墓所に近づくのが容易だった人を特定しなければなりませんね」

ストルツの視線を感じたマギーは、相手の目を見つめ返した。懐疑的な目だった。反感も伝わってきた。マギーが捜査に加わってまだ一時間もたっていないのに、早くもストルツは彼女に邪魔者のレッテルを貼《は》ったというわけだ。別にかまいはしない。いつものことだ。

「普通、葬儀の前に遺体にはきれいな衣類を着せるものです」マギーは続けた。「つまり、衣類に付着物があるとすれば、安置所か、さもなければその後移された場所でついたとしか考えられません」

ストルツは無言でうなずいただけだった。

「スーツを調べれば、毛髪なり繊維なり、切開を施した人物の遺留物が発見されるかもしれません。遺体に触れずにこういうことはできないわけですから」

「ここまでして脳を手に入れたがるなんて。きっと、教材として大学に臓器を売ってるんですよ」カールを手伝っていた女子学生が言った。カールはドラム缶からこぼれた可能性のある証拠物を黙々と集めているのだった。役に立ちたくてうずうずしている女子学生が口の開いたビニール袋を持ち、そこへカールがピンセットではさんだ細々したものを入れていく。

すでに二袋分を発見して手にしている彼に、マギーは感心した。片方の袋には、毛髪か動物の毛らしき塊が、もう一つには、くしゃくしゃに丸まった白い紙が入っている。

「それは何かしら？」マギーは紙のほうを指さした。

「よくわかりませんが」カールは袋を彼女に差し出した。「メモの類《たぐい》ではありませんよ。もしそれを期待なさってるなら。そもそも、何かを書くための紙じゃないみたいです」

マギーは袋を明るいほうへかざして、中身に目を凝らした。「蝋《ろう》引き加工してあるみたいですね」

「それより先に考えるべきことがあるだろうに」ストルツがぶつぶつと言った。「消えた脳のこととか。連続殺人犯は、被害者の所持品を持ち去ることが多い。衣類、宝飾品、あるいは体の一部分という場合もある」彼はボンザードからカール、ウォーターマイアーと視線を移し、ようやく最後にマギーを見た。「戦利品として。そうだね？」

「はい、連続殺人犯にしばしば見られる行動です。ただし、ここにちょっとした問題があります」マギーの言葉に誰もが動きを止めた。全員が自分のほうを向くのを確かめてから、彼女は続けた。「ミスター・アールマンは殺されたのではないということです」

21

サンドウィッチや飲み物を運ぶサイモンを手伝おうと、アダム・ボンザードは手を伸ばした。そうするあいだも、この学生のことが気にかかった。ロマーナとジョーは今回の研究課題にそれは熱心に取り組んでいるのだが、サイモンは……いや、実際のところよくわからない。青白い顔も控えめな物腰も、いつもどおりだ。だから、みんなの昼食を調達する役目を彼が買って出たときも、サイモンらしいとアダムは思った。誰かが何かをやらなければいけなくなると、誰よりも先に名乗り出るのがサイモンなのだ。

二人は、ふくらむ一方のレポーターとカメラマンの群れをかき分けて進んだ。州パトロールのトロッター巡査の奮闘が成果を上げ、テープをかいくぐろうとするマスコミ関係者はもういなかった。けれども、機関銃のように繰り出される質問までは防ぎようがなかった。

「教授、WVXB8チャンネルのジェニファー・カーペンターです。最新情報はいつ発表されるんでしょうか？」

　今は眼鏡をかけているけれども、このブロンドの美女ならアダムもテレビで見たことがあった。

「ぼくは責任者じゃないんです、ミズ・カーペンター。ウォーターマイアー保安官に訊《き》いてください」

「保安官には何度もお訊きしているんですが。何が発見されたのか、教えていただけませんか？　隠す理由はなんなんです？」

「別に何も隠しちゃいませんよ」アダムが答えると、レポーターはさっと眼鏡をはずした。彼女の後ろでカメラが回りはじめていた。やられた！　カメラはまずい。一言もしゃべるべきではなかったのに、どうして黙っていられないんだ？「状況を慎重に見極めようと努力しているだけです。発表の準備が整いしだい、みなさんにお知らせします」

　アダムはくるりと後ろを向くと、採石場目指して歩きだした。少し離れた木の陰でサイモンが待っていた。

「はげたかどもめ」笑みが返ってくるものと思いながら、アダムは言った。

「彼女、先生のことを好きみたいですね」

　どうせそのあとにお節介なせりふが続くのだろうと、アダムはちらりとサイモンを見た。

学生たちには、独身であることをいつも茶化されているのだ。ところがサイモンは真顔だった。大学院に入ったのが遅かった彼は、たしかほとんどの学生より年上のはずだった。

「へえ、そうかな？　ああいうタイプ、ぼくはちょっとぴんとこないけどね」

相手がマギー・オデール特別捜査官なら、話は別だった。初めて紹介されたときから、自分の好みのタイプというものがあるとしたら、彼女は有力候補だと思わずにいられなかった。茶色い瞳は魅惑的だし、ＦＢＩらしい紺のスーツが、役人風でありながら、彼女が着ると生き生きして見える。それより何より、頭がいい。刃ぶれもちゃんと知っていた。間違いなく、アダムの心を奪い得る女性だった。女性の薬指に指輪がはまっていないかどうか、確かめる気になったのは何年ぶりだろう。

アダムの母親に言わせると、それは異常に長い年月なのだった。〝若い男性が長く一人でいると、ろくなことにならないんだから〟ことあるごとに母は息子にそう言った。しかしケイトとの別れを最後に、彼は一人でいることを選んだ。それに、ケイトがいなくなったあとの空《むな》しさを埋める術《すべ》など、とうてい思いつかなかった。溺死《できし》したケイトは、アダムの心を道連れにしたのかもしれない。今でも、ケイトのことを思うと必ず、生気のない冷たい体が脳裏に浮かぶ。いつまでも彼女の胸を押し続け、青い唇に必死に命を吹き込もうとするアダムを、彼女から引き離すたくさんの手を思い出す。

ふと気づくと、サイモンがじっとこっちを見つめていた。

「大丈夫ですか、ボンザード先生？」

「もちろんさ」アダムは道路のほうを振り返り、別のことに気を取られているふりをした。だがすぐに、本当に忘れていたことがあったと気づいた。「仕事へ行くのは何時だったっけ？」

サイモンは腕の時計に目をやった。「今日は夕方からでいいんです」

「車のキーはまだ持ってるよね？」

「あ、はい、すみません」サイモンはサンドウィッチの袋を反対の手に持ち替えると、ジーンズのポケットを探った。

「すまないが、もう一度車に戻ってもらえるかな？」

サイモンは、喜んでという顔をした。

「バールがあれば、ドラム缶を開けるのに役立つかもしれないだろう。取ってきてくれるかい？」

「はい、もちろん」答えながらすでに荷物をアダムに渡して、彼が全部きちんと持ったかどうか確かめている。「まだシートの下にあるんですか？」

「荷台に放《ほう》り込んだんだが、そのあとたくさん荷物を積み込んだから、奥のほうへ押しやられてるかもしれないな」

サイモンの後ろ姿を見送ったアダムは、ずっと前に葬ったはずのケイトの面影を頭から消したくて、深々と息をついた。ウォーターマイアーが手を振っている。彼が途中までやってきて荷物の一部を受け取ってくれたので、アダムは取り落とさずにすんだ。

「おうい、みんな。昼にしよう」ウォーターマイアーが声を張り上げた。

道具を置いて証拠袋をコンテナに入れた捜査員たちが、一箇所へ集まってきた。採石場の真ん中で、朽ちていく死体の入ったドラム缶に囲まれて、サンドウィッチを食べコーラを飲む。それが当たり前という空気の中で、食事が始まった。

「これはどこのですか？」サンドウィッチの包みを開けながら、オデール捜査官がアダムに尋ねた。

「〈ヴィニーズ・デリ〉という店のですよ」

「ここのサンドウィッチはコネチカット一ですよ」ウォーターマイアーが言ったが、彼女が質問したのは、それが見るからにうまそうだったからというわけではなさそうだった。もしそうなら、白い包み紙をこんなに興味深げに眺めてはいないだろう。

「ミスター・アールマンと一緒に見つかったものに似ていますね」オデールがカールのほうを向いて言った。

「そうですね」

「いったいなんの話です、オデール捜査官？」彼らがサンドウィッチに注目しないのが、ウォーターマイアーには不満なようだった。

「この白いつやつやした紙です」それを聞いて、アダムは思い出した。「ミスター・アールマンの缶から出てきたものによく似ているんです」

「こんな紙、どこの店だって使ってるでしょう」

「いえ、そんなことはないと思います、保安官。普通の食料品店では見かけません。きっと特殊なものなんでしょう」

「要するに、何をおっしゃりたいのかな？　犯人は犠牲者を切り刻みながらサンドウィッチを食べたとでも？」

　アダムは訝《いぶか》しく思った。ウォーターマイアーの顔が火照り、声がやたらに大きいのは、単に疲労のためだけだろうか。秋とはいえ日差しは強い。岩の温度は上がり、彼の鼻の下には汗が噴き出ている。確かに年配の保安官にはこたえるだろう。それとも、心の混乱がやっと表に表れはじめたのか？　今までの彼が、冷静すぎたのかもしれない。

　いずれにしても、ウォーターマイアーはオデールの前に立ちはだかるようにして返事を待っていた。彼女のほうは大男を前にしながらまったく動じず、包装紙の一部を破り取ってポケットに入れた。ほかの面々は、食事に戻る許可を待つかのようにたたずんだまま、成り行きを見守っている。ウォーターマイアーがなぜ急にオデールに厳しく当たりだしたのか、アダムにはわからなかった。なんのかのと言ったって、彼女を捜査に加えたのは保安官自身ではないか？

「その紙に何か意味があると考えてるんですか？」ついにウォーターマイアーが言った。普段の口調にほぼ戻っていた。そう簡単にオデールを動揺させられるものではないと、気づいたのにちがいなかった。

「犯人がこういった特殊なものを使う場合、手近にあったからという理由が多いんです。容疑者を絞る際の手がかりの一つになり得ます」

「ただの紙切れが？」

「実に単純なものがきっかけとなって犯人に行き着くことが、間々あるものです。一歩間違えれば、取るに足りない遺留物として見落とされそうなものが、です。たとえば、ジョン・ジューバートという連続殺人犯はロープを使いました。これが、珍しい繊維でできていました。韓国製で、どこの家にでもあるというようなものではありませんでした。ジューバートはそれで犠牲者の少年たちを縛ったのです。彼の車のトランクからこのロープが大量に見つかり、逮捕にいたりました。結局、ボーイスカウトが使うロープだったんですが、隊長であるジューバートの手もとには常にこれがあったというわけです。まさかこんなものが自分を特定するきっかけになろうとは、本人も思わなかったでしょう。この白い紙がなんであれ、おそらく犯人の近くにたくさんあるんだと思います」

「なるほど」ウォーターマイアーはまだ納得しがたいようだった。「しかし、そんな紙をいったい何に使ったのかね？」

「それは、ほかの遺体も見てみないことにはなんとも言えません。ですが、現時点でわたしが思うのは……」オデールは言葉を切り、ここで自分の推理を明らかにするべきかどうか決めかねているような顔で一同を見渡した。「一時的に包んでおくのに使ったんじゃないでしょうか」

「包んでおくって、何を」ウォーターマイアーはじれったそうに言った。

「ミスター・アールマンの脳などを」

22

マギーは、ウォーターマイアー保安官が差し出したダイエットコークを受け取った。本当はダイエットペプシのほうがよかったのだが、これは言わば彼からの仲直りの申し出なのだ。二人以外はみな昼食を終えていたから、ウォーターマイアーはマギーと並んで岩の上に腰を下ろした。

「今日は、作業が終わったら、マスコミのピラニアどもに骨を投げてやらないと」ウォーターマイアーは自分で自分の洒落《しゃれ》に笑った。「そのあと昨日の遺体の解剖に取りかかるとドクター・ストルツが言ってます。そっちの都合は?」

「もちろん、大丈夫です」

ウォーターマイアーは黙ったままいつまでもマギーの隣にいた。何か彼女に言うべきことが、あるいは言いたいことが、あるのだろうか。

「ここは実に美しい場所じゃありませんか?」

マギーは驚いて彼を見た。ニューヨーク市警にいた強面《こわもて》保安官の口から、まさかこんなせりふが出るとは。

ウォーターマイアーの視線を追ったマギーは、初めてここの風景をじっくり眺めることになった。なんという静けさだろう。木々はオレンジ色や黄色の葉を茂らせ、その幹は燃え立つように赤い蔓《つる》植物に彩られている。どこまでも青い空は、作り物と見まがうほどだった。足首が埋まるほど伸びた雑草のあいだにまで、小さな黄色い花が顔をのぞかせている。

「ええ」やっとマギーが答えた。「本当に、きれいですね」

「みんな、準備はいいか?」ウォーターマイアーがつかの間の平穏を破った。気をつけの姿勢をとりかねない勢いで、いきなり立ち上がる。

ほかのメンバーのところへ戻ってみると、ちょうどアダム・ボンザードとその教え子たちが新たなドラム缶を開けにかかったところだった。今度ばかりはマギーもジャケットの裾《すそ》で鼻を覆った。バールで蓋《ふた》をほんのわずかこじ開けただけなのに、すでに耐えがたいほどのにおいが漂っていた。ボンザードが渾身《こんしん》の力を込めても、蓋はじりじりとしか上がらない。マギーは、コーヒーの缶を開けるときのことを思い出した。

「うわあ、こいつはちょっとすごいぞ」教授はそう言って手を止めると、バールを握ったままシャツの袖《そで》で顔をぬぐった。岩のように固そうな腹が、一瞬見えた。ほんの数時間のうちに二度も彼の体に目を奪われた自分に気づいて、マギーは顔をそむけた。

誰もがただじっと待っていた。気の毒な教授と交代しようとする者はいない。三人の若者たちも同様だった。ジョーという名前の学生は遠巻きに見ているだけだし、ロマーナという女子学生は好奇心はあるものの二の足を踏んでいる。立ちすくんでいる年かさのサイモンは、片手に移植ごてを、もう一方の手にカメラを持っているのに、どちらも使おうとはしなかった。目の前の光景にショックを受け、圧倒されているのだろう。光景というより、においにかもしれない。

「切ってしまったほうが早いんじゃないかな？」ウォーターマイアーが提案した。

「いったいどうやって？」ストルツが、常に汗で光っている額をぬぐって言った。「そんなことをしたら、ただでさえ傷んでいる遺体をますます傷つけてしまう恐れがあるじゃないか。ここから運び出す前に、少なくとも中身を確かめておくべきだろう。わたしの研究室に生ごみ入りのドラム缶が一ダースも並ぶのはごめんこうむりたい。いいな？　ここで中身を確認するんだ。時間も手間もかかるのはわかっているが」

「どうぞお好きなように。先生が決めることですから」

「わたしは何も……」ストルツの言葉が途切れた。缶の蓋の隙間《すきま》からいっせいに蠅《はえ》が飛び出してきたのだった。「なんだ、これは？」

「くそう」ウォーターマイアーが後ずさりした。

ボンザードは一瞬ためらったが、すぐに蓋をもとへ戻した。「この蝿、集めたほうがいいんでしょう？」彼はマギーと、それからカールを見た。カールはすでに蝿を入れるものを探しはじめていた。

「ロマーナ、サイモン、カールを手伝ってくれないか？」

女子学生は文字どおりカールのそばへ飛んでいったが、サイモンのほうは、ボンザードの言葉が聞こえなかったかのようにじっとしている。

「サイモン？」

「あ、はい」

マギーが見ていると、移植ごてとカメラを置く彼の動作はまるでスローモーションだった。ボンザードはこの学生には少し期待しすぎかもしれない。おそらく彼は、ぬくぬくとした清潔な研究室で、腐った肉などついていないきれいな骨を調べるのがこの職業だと思っていたのだろう。

ボンザードがもう一度蓋をこじ開けた。カールとロマーナがにわか作りの網の両端を持って、蝿を数匹捕らえた。容器の口を広げて待ちかまえていたサイモンは、蝿が中へ振り入れられると、大急ぎで蓋を閉めた。容器をカールに返してしまうと、サイモンはふたたび移植ごてとカメラをそれぞれの手に持って、もとの体勢に戻った。

ボンザードは蠅にかまうことなく作業を続けた。ついに蓋が開いて、地面に転がった。蠅の大群が舞い上がった。腐った卵のような刺激臭も。ジョーと保安官補たちが逃げ出した。木の陰を目指したものの、ジョーは間に合わずに嘔吐《おうと》した。ウォーターマイアーやカールでさえ後ずさりしたほどだった。保安官は帽子で鼻を覆っている。

「なんてにおいなんだ」ウォーターマイアーが帽子の奥からくぐもった声で言った。

においと距離を置きながらも缶の内部を見ようと、マギーは岩に上った。「誰か懐中電灯を持っていませんか？」

ボンザードがさっさとバールを投げ捨て、道具箱をがちゃがちゃとかき混ぜはじめた。においにひるんだのを隠すためにわざとそんなことをするのだろうかと、マギーはつい考えた。が、ペンライトを手渡されたときに気づいた。彼は動揺などしていない。ライトを握る手はしっかりしているし、まっすぐマギーの目を見つめているのだから。

「あの蠅どもはどうやって中へ入ったんだろう？」ウォーターマイアーが言った。「ドラム缶は密封されてたはずなのに。もぐり込めるような隙間でもあったんでしょうかね？」

「そうかもしれません」マギーが答えた。「あるいは、缶に入れられる前に、遺体が野ざらしにされていた期間があるのかもしれません」マギーは黒々と開いた穴にペンライトを差し向けたが、点状の光が移動するばかりで、よく見えなかった。しかも、午後の低い太陽がさまざまな影を投げかけている。頭上で揺れる枝の影のせいで、ドラム缶の中で何かが動いているように見える。

「それにしたって、そう長くは生きられないでしょう」ウォーターマイアーが主張する。

「卵を産むんですよ」光に浮かび上がる布の切れ端やもつれた毛髪や、靴らしきものに注意を向けたまま、マギーは答えた。

「黒蠅の素早いことといったら」ボンザードが話に加わった。「五キロ離れていても血のにおいを嗅《か》ぎつけて、まだぬくもりの残る死体に寄ってくるんですからね。ときには、まだ死んでもいないうちから」

マギーはみんなの顔色を確かめたが、もう誰も青ざめてはいなかった。教授の詳細な描写にも、ひるむ様子はなかった。さすがに覚悟を決めたのだろう。

「この遺体は難しそうだな」ボンザードが、別の懐中電灯で缶の内部を照らして呟《つぶや》いた。

「組織がほとんどなくなってるみたいだ」

「すばらしい」ストルツは言い、急に風が出てきたために上着をはおった。この場で缶を開けて、遺体が入っているのを確かめるべきだとあれほど主張していたわりには、彼は自分で中を見ようとはしなかった。「さあ、車に積み込むんだ」

「これは興味深い」ボンザードは観察を続けていた。「背中がこっちを向いているんですが――いや、おそらく背中だと思われるんですが。皮膚に変わった模様がついていますね」

「入れ墨かね?」ストルツが関心を示した。マギーもそばへ見に行った。

ボンザードの懐中電灯が照らし出しているのは、遺体の背中、少なくとも背中の残骸《ざんがい》らしき部分の、みみず腫《ば》れにも似た赤い模様だった。すでにあちこち蠅に蝕《むしば》まれているけれども、蠅はまず柔らかい部分にたかるものだから、腹側のほうはもっとひどく損傷しているのだろう。

「ただの死斑《しはん》だな」ストルツはあっさりと言った。「この女性……男性かもしれないが、そういう模様のついた何かの上に横たわった状態で死んだんだ。そこへ血液が集まってきた。それにしてもたまらないな、このにおいは!」彼はげんなりした顔で頭を振った。「ヘンリー、今日のところはこれで終わりにしようじゃないか。わたしはまだこれから解剖をしなくてはならないんだ」

「こっちはどうしますか?」ウォーターマイアーは、へこみのあるドラム缶を指さした。

マギーはその中は見ていなかった。彼女が来る前に開けられたものなのだろう。

「ボンザードに任せるさ」道路へ向かって歩きだしながら、ストルツは頭の上で手を振った。「骨しか残っていないんだからな。わたしにはどうしようもない」

マギーも肌寒さを感じて、ジャケットのボタンを留めた。まだそんな時刻とも思えないのに、太陽は山の向こうに沈みはじめていた。ボンザードと学生たちがドラム缶を運び出す準備に取りかかった。ウォーターマイアーが指示した先は、森の中の開けた一画だった。そこまでなら、車も入れる小道が通っている。マギーはふと、吹く風にはためくものに気づいた。うち捨てられたドラム缶の蓋の下から、白いものがはみ出しているのだった。

「カール」マギーは鑑識員を手招きした。「見て」

彼はマギーの隣にしゃがみ込んだ。「間違いありませんね」そう言って、証拠袋とピンセットを取り出した。マギーが蓋を持ち上げているあいだに、カールがちぎれた白い紙をそっとつまみ上げた。

やはり、あの蝋《ろう》引きの紙だった。

そのときマギーは、肘のあたりをつつかれるのを感じた。振り向くと、ジャック・ラッセル・テリアが今にも彼女の手を舐《な》めようとしているところだった。

「また来たか」カールが呟いた。「ウォーターマイアー保安官に見つかったら――」

「くそう、ラシーンのやつめ」

「あ、遅かったか」

「何度言ったらわかるんだ、ラシーン？」森の向こうから駆けてくる老人に向かって、ウォーターマイアーが怒鳴った。「犬ころをここへ近づけるなよ」

「すまないね、保安官。どうもこいつにはこいつの考えがあるみたいなんだ。ほら、戻ってこい、スクラプル」

しかし犬はさっさとお座りをして、マギーが耳の後ろをかいてやると、その手にもたれかかった。

「なんとかしてわからせてくれ」ウォーターマイアーはまだ言っている。「ここに立ち入っちゃならないってことをな。証拠品を持っていかれたら困るんだ」

「いろんなものを見つけてくるんでしょう？」マギーが笑顔で見上げると、老人は困ったようにそわそわと足踏みをしていた。そういえば、ラシーン刑事はこのあたりの出身だとタリーが言っていた。「ジュリアという娘さんがいらっしゃいますか？」

「さあ、どうだったかな」老人がそう呟いた。マギーは立ち上がった。今のは自分の聞き間違いだったに決まっている。

「いらっしゃる？」マギーはもう一度尋ねた。

「ああ、いるいる。あの子の名前はジュリアだ」老人はマギーと目を合わせたが、無理にそうしているように見えた。彼も、娘と同じ青い瞳をしている。ラシーンは黒いベレーの下に手を入れて頭をかいた。「そう、ジュリア・ラシーン刑事だ……あそこの……ワシントンＤＣ警察の。ええ、ええ、わたしの娘はジュリアといいます」

23

リューク・ラシーンは、ポケットから出した鍵束《かぎたば》をぎこちなくまさぐった。スクラプルは辛抱強く待ちながら、そうすれば早く開くとでもいうように、一心にドアを見つめている。リュークは、愛犬にうんざりされているのを自覚していた。あれから何度か撫《な》でようとしたのだが、そのたびに避けられていた。

「もう、人を食ったりするんじゃないぞ。いいな?」そう言い聞かせるのは三回目だった。「たとえすでに死んでる人でもだ」これまでの二度と違って、スクラプルは彼の言葉を無視した。びくりとするでもなく、聞いているしるしに耳を立てるでもなく、ひたすらドアをにらみ続けている。

なんとかしてこいつの機嫌を取らないと。腐った牛乳以外にも、冷蔵庫に何かあったはずだ。リュークはもう一度順番に鍵を確かめ、懸命に思い出そうとした。家の鍵など、以前は何も考えずにさっと取り出せたものだ。なのに今では、ありったけの勘を働かせなければならない。少なくとも、残っているのは、総動員だ。

　やがて、不意にひらめいた。ドアノブをつかんだリュークは、それが簡単に回るのを確かめて笑みを浮かべた。そのうち鍵を持って出るのを忘れて入れなくなるような気がして、ドアをロックするのはもうやめたのだった。リュークはほっとした。ほっとしたら、気温が下がってきていることもちゃんと感じ取れた。このごろ、体の反応の順序はいつもこうだった。まず驚き、絶望して、それから安堵《あんど》する。まだ思い出せる、と。

　記憶力が衰えても、その自覚がなければさほど悲惨ではないだろう。自分でわかっているからこそ、つらい。靴紐《くつひも》を何度も結び直しながら、こんなこと、かつては苦労するどころか考えもしないでできたのに、と思っているのだ。靴の紐を結ぶ。それのどこが難しい？　五歳児にだってできる。簡単なことだ。ただ、リューク・ラシーンはもう、スリッポンしか履かない。

　それにしても、ジュリアの名前を忘れるとは。許されることじゃない。よくも娘の名を忘れたりできたものだ。ジュリアが口を尖《とが》らせるのが目に見えるようだ。犬ころの名前は忘れないくせに、自分の娘の名前を思い出せないなんて、と。

　どこかの窓を閉め忘れていたのか、家の中はひんやりしていた。夏は間違いなく終わったのだ。オークの葉が真っ赤に染まるのを見るまでもなかった。夕方の涼しさや、夜のこおろぎの鳴き声が、秋の訪れを十分感じさせてくれる。

リュークはリビングルームの真ん中で足を止めた。たたずんだまま、周囲を見回した。何かおかしい。昨夜みたいに、いっさいわけがわからないというのではない。そうではなくて、何かがいつもと違っている。急に悪寒がした。うなじの毛が逆立つのがわかる。

採石場跡からの帰り道でも、同じ感覚に襲われた。草に隠れている岩につまずかないよう、下を向いて小道をたどるあいだ、ずっと誰かに見られているような気がしていた。彼が現場を去るのを見届けようというウォーターマイアーたちの視線ではなかった。誰かがリュークのあとをつけていた。背後で枝が鳴るのが聞こえた。空耳かと思ったけれど、スクラプルにも聞こえたらしい。スクラプルは一声うなったものの、すぐに尻尾《しっぽ》を巻いて耳を倒すと、家へ向かって走りだした。リュークを待つのももどかしげだった。走るスピードをゆるめたのは、弱気なスクラプルには保護者としてのリュークが必要だという、ただそれだけの理由からだった。何かおかしくはないか。普通は逆じゃないのか。犬は、本能的に主人を守ろうとするものではないのか?

何者かがひそんでいはしないかと、リュークはリビングルームの中を見て回った。木の陰に隠れているかもしれないと、窓の外も見た。スクラプルがお気に入りのラグにのんびり寝そべっているのだけが救いだった。リュークは急いで玄関へ行き、ドアに鍵をかけた。

キッチンの戸締まりも確かめた。たぶん、すべては気のせいだろう。しかし、この病気が幻覚や妄想を引き起こすとは、どこにも書かれていなかったはずだが。いや、娘の名前さえ覚えられないのに、何が書いてあったかなど、覚えているはずがないではないか。

自分自身に愛想を尽かして、リュークは頭を振った。ささやかな夕食の支度をととのえるべく、冷蔵庫を開ける。スクラブルと一緒に食べられるものが、一つぐらいはあるだろう。リュークはいちばん上の棚に目をやった。

またしてもパニックの波が彼を襲った。いったいこれはどういうことだ？　落ち着け。なんでもないじゃないか。まったくどうってことはない。いつものとおり、うっかりしていただけだ。そう自分に言い聞かせて、リュークは冷蔵庫の最上段からテレビのリモコンを取り出した。

「家中、捜し回ってたんだ」

24

ヘンリーは遺体保管所まで一緒に行こうとオデールを誘った。親切心からだと彼女は思っただろう。本当は、採石場跡の出口でマスコミというピラニアに襲われたとき、オデールにそばにいてほしいからだった。ストルツが役に立たないのはもうわかった。レポーターたちに対する監察医の態度はアレルギーかと思うほど邪険なものだし、今日はとっくに帰ってしまっていた。

「さてと、おたくの考えを聞かせてもらいましょうか、オデール捜査官。現時点でわかっていることからして、わたしはどこから犯人捜しを始めるべきですかね？　大枠を教えてもらえるとありがたい」

「大枠？」

「そう。白人男性、二十代、引きこもり。幼いころ母親から虐待を受けたため、暴力以外の手段で女性と接することができない、とか」

「スティーヴ・アールマンの場合はそれに当てはまりませんよね？」

そうだった。スティーヴを忘れていた。哀れなあの男のことはできれば考えたくなかった。

「わかりました。じゃあ、意見を聞かせてくださいよ」

「具体的な犯人像はまだ描けませんが、ええ、おそらく二十代から三十代前半の白人男性でしょう。四輪駆動車かピックアップトラックを所有している。あるいはその種の車を比較的自由に使える。町からは離れていて、なおかつ採石場跡から八十キロ以内のところに、一人で暮らしています」

ヘンリーは、驚きも感嘆もあらわにしないよう用心しながらオデールを見た。

「何を判断するにしても時期尚早ですが」促されなくとも、彼女は話を続けた。「遺体が遺棄された状況からだけでも、犯人についてかなりのことはわかります。連続殺人犯の多くは、犠牲者を人目につきやすいところに放置するものなんです。自分の作品を見せびらかそうとしているとしか思えない犯人もいます。儀式の一部としてそうする場合もあるし、自分のしたことに人々が驚く様子を見て興奮するため、という場合もあります。ところが今回の犯人は、大変な手間暇をかけて遺体を隠蔽《いんぺい》しようとしています。遺体を発見されたくなかったんですね。自分のしたことに戸惑いさえ感じているかもしれません。この犯人には偏執的な妄想癖があるんじゃないかと思います。そうだとすれば、隠し場所を暴いたわれわれに、自分がおびやかされていると感じるでしょう。追い詰められたと思い込んで、とんでもない行動に出てしまうこともあり得ます」

「つまり、へまをやらかして、尻尾《しっぽ》を出す、と？」

「混乱に陥り、自分をおびやかす存在と思い込んだ相手を殺してしまうかもしれません。いわゆるパニック殺人ですね。おっしゃるとおり、捜査の手がかりを残してくれるとも考えられるのですが、新たな犠牲者が出る可能性もあるということです」

「それはごめんこうむりたいものですね」ヘンリーは、何も訊《き》かなければよかったとさえ思いはじめていた。それでなくてもすでに知事の不興を買っているのだ。こいつがまたぞろ殺しはじめたら、いったいどんなことになる？　冗談じゃない！　考えただけでも恐ろしい。

道路まで来ると、州パトロールから新たに二人の警官が到着したところだった。トロッターと交代して夜間の見張りに立つためだ。知事の使いっ走り、ランドル・グラハムからは、州兵を出動させたらどうかという提案があった。そう言われてまずヘンリーの頭に浮かんだのは、州兵まで動きだしたと知ったときの地元住民の騒ぎぶりだった。これ以上世間の注目を集めるのは、なんとしても避けたかった。

「ウォーターマイアー保安官……」二人が声の届くところまでやってくるのを待ちかまえていたらしく、マスコミの質問攻めが始まった。「いったい何が起きているんですか？」

「犠牲者は何名ですか？」

「連続殺人犯が逃亡中というのは、本当ですか？」

「被害者の氏名はいつ公表されますか？」

「最初の犯行はいつだったんでしょうか？」

「ちょっと待ってください」ヘンリーは片手を上げ、もう一方の手でオデールの腕を軽くつかんで引き留めた。振り向いた彼女は、半ば驚き、半ば苛立《いらだ》った表情をしていた。自分がコメントを求められるとは思っていなかったのだろう。かまうものか。大事なのは、ウォーターマイアー保安官を尊敬する地域社会で老後を送る、そのことだけなのだ。そのためには、地域を守るために彼は全力を尽くしていると、人々が信じていなくてはならない。

「詳しいことはお話しできませんが、ええ、密封された五十五ガロン缶が岩の下に埋まっていたのは本当です」間違って引用されることのないように、ゆっくりしゃべった。「ええ、遺体の入っている缶も、中にはあります。今の段階でお話しできるのはそれだけです。ですが、捜査は順調に進んでいますので。専門家が遺留品を収集して——」

「でも、犯人のほうはどうなっているんですか、保安官？」後ろのほうから誰かが大声で言った。「連続殺人犯が今もどこかをうろついているってことですよね。それはどうするんですか、保安官?」

まったく! そんなにパニックを引き起こしたいのか。ヘンリーは帽子を深くかぶり直した。そうすることでさらなる攻撃を遮断したり、煽《あお》りには乗らないことを知らしめたりできれば、どんなに楽だろう。

「それについても、鋭意捜査中です」彼は嘘《うそ》をついた。事件発覚からまだ二日しかたっていないのだ。容疑者など浮かぶはずがないではないか。「こちらのマギー・オデール特別捜査官がここにいるのも、そのためです」ヘンリーは彼女を軽く前へ押し出した。「ヴァージニア州クワンティコからやってきたFBIのプロファイラーで、今回のような犯罪の専門家なんです。これでおわかりいただけたでしょう。最高のチームを組んで捜査に当たっていますから、ご安心を。では、これで」

ヘンリーは今度はしっかりとオデールの腕をつかみ、トロッター巡査が人垣を分けてこしらえた道を、歩きだした。

「事情聴取はすでに始まっているんですか、保安官?」

「詳しい情報はいついただけますか? 犯人のプロフィールなどは?」

「これで終わりです。今日はもう、お話しすることはありません」ヘンリーは手を振り、動こうとしないカメラマンを押しのけながら歩き続けた。

道路を渡りきると、すぐにオデールは彼の手を振り払い、無言で自分のフォード・エスコートへ向かった。

オデールを怒らせてしまったとしても、それがなんだというのだ。明日になれば、おそらく彼女は帰っていく。大切な行方不明者を捜すことだけが目的なのだから。そしてその相手は、これから向かう遺体安置所で待っている可能性が高いのだから。

25

ドクター・ストルツが遺体袋のファスナーを開くあいだ、マギーは手袋をはめた手を下ろしたままじっとしていた。解剖に立ち会うのには慣れていた。法医学の心得もあるので、遺体を枕木《まくらぎ》にのせることから、サンプルの採取や臓器の計量まで、一通りの作業はできる。だが、手伝うべきときとそうでないときがあることもわかっている。そして、今は手出しをするべきではなかった。ドクター・ストルツにはっきりそう言い渡されているのだ。だからマギーは、ヘンリー・ウォーターマイアー保安官と並んでじっとしていた。保安官に不意打ちを食らわされた腹立ちはまだ治まらないが、とにかく早くこの件を片づけて旅を終わりにしたかった。

ウォーターマイアーへの怒りも、解剖を手伝いたい気持ちも、マギーはひたすら抑え込んだ。本当は早く遺体の胸をきれいにして、切開の跡や刺し傷や裂傷を確認したかった。出血量から考えて、相当な数の傷があるにちがいないのだ。

彼女の苛立《いらだ》ちを察知したのだろう、ストルツが言った。「胸の傷は直接の死因ではない。わたしが予備検屍《けんし》をした限りではね」彼は、からみ合った長い頭髪をかき分けはじめた。血糊《ちのり》のこびりついた毛束を、手袋をはめた手で慎重にほぐしていくと、側頭部に三日月形の大きな傷が現れた。「これが致命傷だったはずだ」

「胸全体に大量の出血のあとが見られます」マギーは監察医の意見を否定する言い方にならないよう気をつけた。「頭部の傷は、意識を失わせただけとは考えられませんか？」

ストルツはウォーターマイアーのほうを向くと、これでも言いたいことを言わずにいるのだとでもいうように、薄い唇を引き結んでみせた。それから、胸の傷口をスポンジで洗う作業に取りかかった。「死亡直後に切りつけられたのであれば、大量に出血しても不思議はない。とりわけ胸部には大きな血管が走っているからね。それに、傷はどれも非常に深い。心臓に達している可能性もある」

「ちょっと待ってくださいよ。そこまでの傷なら、やはりそれが致命傷だったんじゃないですかね」ウォーターマイアーはそう言ってストルツににらまれた。

「胸のこれは刺し傷ではないようだ」監察医は、きれいにしたばかりの皮膚をめくり上げた。「切開されているんだ。だが、切り方はうまくない。少なくともミスター・アールマンの場合ほど正確ではないな」

「何がなくなっているんですか？」マギーより先にウォーターマイアーが訊《き》いた。

「今にわかる」ドクター・ストルツは片手で切開口を開き、もう一方の手でステンレスの台の脇《わき》から伸びたホースをつかんで傷口へ水を吹きかけた。「心臓か、ひょっとすると肺かと思っていたんだが。この手の犯人がよくやるように。しかし、こういうのにお目にかかるのはわたしは初めてだね」

傷口の洗浄がすむと、ストルツは切り裂かれた皮膚を一方へ押さえつけ、ウォーターマイアーとマギーが近くへ寄れるよう後ろへ下がった。

切開された部分をのぞき込んだウォーターマイアーは、頭をかき、首をひねった。けれどもマギーにはすぐわかった。そして、グウェンに渡された写真を取り出すまでもなく、遺体はジョウアン・ベグリーでないことがはっきりした。

「どうもわたしにはよくわからないんですがね」ウォーターマイアーはしまいにそう言った。マギーとストルツを見比べるうちに、理解できていないのは自分一人だということに気づいたようだった。

「この女性は乳癌《にゅうがん》の手術を受けているんだ」ストルツが解説した。「犯人が持ち去ったのは、乳房《にゅうぼう》再建のための人工乳腺《にゅうせん》だよ」

ここへ来る前、マギーは覚悟を決めていた。患者が殺されていたことをグウェンにどう電話で伝えるか、その言葉まで考えていた。だから安堵《あんど》していいはずなのに、どういうわけか新たな不安が胸に広がっていく。死んでいないのならば、ジョウアン・ベグリーはいったいどこへ行ってしまったのだ？

26

ジョウアン・ベグリーは鳩《はと》の鳴き声で目覚めた。少なくとも、あれは鳩だろうと、蜘蛛《くも》の巣がかかったような頭で判断した。その巣にまつげがからまって目が開かないし、口はからからに乾いている。けれども鳩の鳴き声は、ウォリングフォード郊外の祖母の酪農場で過ごした夏を思い出させてくれた。遠いハミングを聞くうちに、ジョウアンはまた浅い眠りに落ちた。草原を渡ってきた風なのか、露に濡《ぬ》れた草のにおいを含んだ空気が頭上で揺れる。そよ風と鳩の鳴き声は、満ち足りた気分をジョウアンのもとへ運んできてくれた。

不意に、金属同士がぶつかり合う音がした。続いて、モーターの低いうなりも。ぱっと目を開けて体を起こしたとたん、腕が何かに引っぱられた。手首に革の枷《かせ》がはまっているとわかると、新たなパニックが襲ってきた。ジョウアンはいっぺんに現実に引き戻された。いや、悪夢がよみがえったと言うべきか。

自分の体をベッドの枠につなぎ止める手枷を、ジョウアンは呆然《ぼうぜん》と見つめた。一瞬、病院にいるのかと思った。彼に病院へ連れてこられたのだろうか？　部屋にはかすかな光があるだけで、大きな窓の外は真っ暗だった。周囲を見回すと、太い角材でできた壁と、同じ角材の屋根の垂木《たるき》と、分厚いガラスのはまった窓が目に入った。どの窓も閉まっている。夢の中でそよ風だと思ったのは、ベッドの上の換気扇だった。低くうなっているのは、部屋の隅に置かれた上蓋《うわぶた》開閉式の冷凍庫だ。キャビンか、改築された納屋か何かだろうか。もちろん、怖いことは怖い。でもここは消毒薬臭いけれども暖かいし、居心地は決して悪くなかった。しかも、薬のにおいにかすかに混じっているのは、あろうことかライラックの香りだった。

いったいどこへ連れてこられたのだろう？　そして、それはなぜ？

ジョウアンはもう一度周りを確かめたが、視界がぼやけているせいで、棚に並んだものがすべて歪《ゆが》んで見えた。ゴッホの絵から抜け出たみたいに、長く伸びたり渦を巻いたりしている。幻覚かもしれない。そう、きっとこれは夢。悪い夢にちがいない。

靄《もや》のかかった頭で、ジョウアンは懸命に考えようとした。冷静にならなければ。うろたえてもなんにもならない。それに、体力も気力ももう残っているとは思えないから、パニックなどのためにエネルギーを使うわけにはいかない。あれは昨夜だったか……それとも、何日も前？　どれぐらいの時間がたったのか、わからない。とにかく、彼に薬をのまされたのだ。何やら瓶に入った液体だった。それをのむようにと、丁寧な口調で頼まれたのだ。「苦しくなんかないよ」あの少年のような声で、彼はきっぱりと言った。かつては魅力的だと思えたあの声で。「咳止《せきど》めシロップみたいな味なんだ」

しかし、ジョウアンが断ったとたん、彼は襲いかかってきて彼女の頭をかかえ込んだ。その力の強さ、逆上ぶり、そして……異常さに、ジョウアンは愕然《がくぜん》とした。引っかこうが足をばたつかせようが、無駄だった。強引に液体を流し込まれた。咳《せ》き込んでもむせても、おかまいなしだった。そう、彼は狂っていた。完全に正気を失っていた。ジョウアンの知らない人物になってしまった。彼女が知り合ったはずのソニーとは、まったくの別人だった。

それを思うと涙が出た。なぜ彼はこんなことをするの？　わたしをここへ連れてきた理由は？　これから何をするつもり？　大声で叫んだら、誰かの耳に届くだろうか？

ジョウアンはまた部屋中に視線を巡らせた。たとえ枷をはずすことができても、ドアには間違いなく鍵《かぎ》がかかっているだろう。ふと気づくと、足首にも革の枷がはまっていた。でも、そのことだけに気を取られている場合ではなかった。落ち着こう。彼と話をしよう。そう、話し合いだ。彼はどこへ行ったの？　わたしは置き去りにされたのだろうか？　彼の意図がわからない。性的な暴行を働くわけではない。それなら、目的は何？

答えを探し求めるかのように、ジョウアンはあちこちに視線を走らせた。棚にはさまざまな大きさの広口瓶が並んでいた。陶製の密閉容器やプラスティック容器、ガラス瓶もあった。ベッドのそばのテーブルには水槽がのっていて、水面近くを漂うくらげが照明に浮かんでいる。ベッドをはさんで反対側にもテーブルがあり、貝殻のかけらを貼《は》り合わせてこしらえたような器がいくつかのっている。

壁には写真が何枚か飾ってあった。少年と両親を写したモノクロ写真。少年がソニーなのかどうかはわからない。ここは誰かの作業場か、それとも隠れ家か。怖がる必要はない。ジョウアンはそう自分に言い聞かせた。ソニーと話し合えばいいのだから。彼がどうしたいのか、話せばきっとわかる。

いくらか楽な気分になったジョウアンは、ふたたびベッドに横たわった。枕《まくら》はとても柔らかい。得体の知れない薬をのまされはしたけれど、彼は気遣ってくれてもいるのだ。その薬だって、眠くなるだけだった。頭痛がしたりむかついたりということはなかった。このまま静かに待っていよう。彼が戻ってきたら、話をしよう。緊張がほぐれていくのが自分でもわかった。枕もとの棚に目が留まったのは、そのときだった。

ジョウアンは跳ね起きた。より近くへ寄って見ようとすると、腕が引っぱられ、よじれた。新たなパニックが襲ってきて逃げ出したくなったが、必死に目を凝らした。棚に並んでいるのは、空《うつ》ろな眼窩《がんか》をジョウアンへ向けた三つの頭蓋骨《ずがいこつ》だった。

ああ、そんな！　どうして？　ここはいったいなんなの？

離れたところに並ぶ容器の中身を確かめようとしたが、遠すぎてよくわからなかった。次にジョウアンは、ベッドの脇《わき》の水槽に浮かぶ二匹のくらげを見た。透明な体に逆光を浴びながら、水面を漂っている。ほかには何もない。底に小石が敷かれているわけでもなく、水草で彩られてもいない。ジョウアンは身を乗り出すようにして顔を近づけた。くらげというのは、あんなふうに常に水面に浮かんでいるものだろうか？

やがて彼女は、どちらのくらげにも数字が記されていることに気づいた。製造番号のような、数桁《すうけた》の数字だった。

「なんてこと！」突然、思い当たった。美容外科を訪ねたときに同じものを見たことがある。これはくらげなんかじゃない。乳房に入れるシリコンだ。

27

　ドクター・ストルツは機嫌の悪さを隠そうとはしなかった。彼がウォーターマイアーをにらみつけるのを、マギーはまた目にした。今日一日のうちに、これで三度目だったか四度目だったか、もうわからなくなった。保安官は、自分は帰らなければならないがオデール捜査官は残ればいいと言い出した。一瞬マギーは、ストルツがだめだと言ってくれることを期待したが、彼にもそこまでは言えるはずはなかった。そのかわりストルツは、部外者がどうのとマスクの奥で呟《つぶや》いた。部外者とはマギーだけでなく、ウォーターマイアーのことも指しているように聞こえた。

　なぜ残ったのか、マギーは自分でもよくわからなかった。遺体がジョウアン・ベグリーであるかどうか確認するためにだけ、ここへ来たはずなのに。この犠牲者が、この女性が、何か手がかりを与えてくれることを期待しているのだろうか。グウェンの患者をどこから捜しはじめればいいのか、その手がかりを。

マギーはステンレス製の解剖台の脇《わき》に立って見守った。手は白衣のポケットに入れたままにしておいた。手伝わずにいることは苦痛だった。半ば本能から、半ば悲しい習慣から、つい手を出してしまいそうになる。ストルツに見つかる前に気づいてやめたものの、すでに一度、ピンセットを手に取りそうになっていた。

ストルツはゆっくりと作業した。かといって几帳面《きちょうめん》というのでもない。むしろやり方は杜撰《ずさん》で、体腔《たいこう》の周囲をやたらにあちこち切る様子は、はらわたを切り刻んでから一気にかき出す魚屋を思わせる。マギーが見慣れた、監察医が遺体に払う敬意といったものは、そこにはなかった。あるいは、わざと彼女に見せつけているだけかもしれない。最初マギーは、彼がロキタンスキー方式をとるのかと思った。すべての臓器を人体の内部という一塊として同時に取り出すこの手法は、臓器ごとに個別に摘出して調べるウィルヒョウ方式に比べて、今日ではあまり一般的ではなかった。

肘を曲げて手を前後に往復させる奇妙な動きを、マギーはじっと見つめた。まるで鋸《のこぎり》を使っているような手つきだった。しかしほどなく、手袋をはめた手を体腔に差し入れたストルツは、肺を片方ずつ取り出しにかかった。ウィルヒョウ方式だとわかって、マギーは安心した。ストルツは右肺をどさりと秤《はかり》にのせ、カウンターの記録係に向かってトレー越しに大声で告げた。「右肺、六百八十グラム」ホルマリンを満たした容器にそれを落とすと、続いて彼は左肺をすくい上げた。「左肺、五百十グラム。どちらも色はピンク」

マギーはそうは思わなかった。右に比べて左肺の色はくすんでいると言いたかったが、黙っていた。記録するほどの問題ではないだろう。今回の犯行によって、少なくとも肺は傷つけられなかったのだ。犯人は人工乳腺《にゅうせん》を取り出す際、肺には触れなかった。この女性が喫煙者だったと断定できるほどの変色もない。左肺がやや退色しているのは、彼女が都市で過ごした時間が長かったことを示しているにすぎないのかもしれない。

ドクター・ストルツがトレーから注射器を取り上げた。手にしたそれを眺めてから、一回り大きなものと取り替え、心臓に針を刺して血液を吸い上げた。心臓には、犯人に傷つけられた明らかな痕跡《こんせき》がある。ストルツがサンプルを採取している場所のすぐそばに、マギーは傷を見て取った。ストルツは採取したものに満足げにラベルを貼《は》ると、注射器を置いた。心臓を取り出すことはせずに、そのまま胃へと移っていく。

マギーは苛立《いらだ》ちを隠した。仕方ない、この人にはこの人なりのやり方があるのだろう。

人体の働きとは実にミステリアスなものだが、中でも胃ほど不思議な器官はないと、マギーは常々感じていた。たるんだピンクの小さな袋に似ている胃は、メスで軽くなぞるだけで簡単に切れる。手荒なストルツだが、この臓器に限っては意外なほど丁寧に扱った。小型のトレーにそっとのせたそれを、ゆっくりと慎重に切り開いていく。指先だけを使って、胃壁をめくる。そのあとは彼本来の手つきに戻り、ステンレスのレードルをつかむと、内容物をすくっては小さなボウルに移しはじめた。

マギーは解剖台を回り込んでそばまで行った。ストルツが気にする様子はなかった。すっかり興奮していて、しゃべりたくてうずうずしているようだった。

「ずいぶん残っている」ストルツがすくっては入れるたびに、レードルがボウルの内側に当たってがちゃがちゃ音をたてた。「死亡時刻を推定するにはこいつがいちばんあてになりそうだ。缶に入っていたために、判断材料の多くは失われてしまっているからな」

この作業に熱が入っているのは、そのためだったのか。ようやく腕の見せどころがやってきたというわけだ。

「それはピーマンですか?」マギーが訊《き》いた。

「ピーマン、玉ねぎ、これはおそらくペパロニだ。どうやらピザを食べたらしい。これだけ消化されずに残っているということはつまり、食後間もなく殺されたんだな」

「どれぐらいあとでしょう?　二時間ぐらい?」食べたものの九十五パーセントは、二時間以内に消化されて胃から出ていくのをマギーは知っていた。しかし、厳密にそうと決まっているわけではなかった。消化を早める要因もあれば、遅くする要因もある。その代表格が、ストレスだ。

「小腸へ達しているものは少ない」ストルツは体腔に手を差し入れ、腸を確かめて答えた。「二時間はたっていないだろう。二時間足らずというところか」

「ではもう一つうかがいますが、冷凍食品か店で出されたものか、わかりますか？」

ストルツは眉を上げて彼女を見た。「ピザのことかね？　それがいったいなんの関係がある？」

「もし店のピザなら、殺害される前にそこへ立ち寄っている可能性があります。連れがあったかもしれません。その線から捜査を始められるのではないかと」

「冷凍かそうでないか、区別するのは不可能だ」ストルツは首を振った。「しかし……」ありふれたバターナイフそっくりのものでボウルの中身をかき混ぜながら、彼は考え直すような顔を見せた。「色が、とくに野菜の色が、普通よりも鮮やかなようだ。これまでの経験から言うと、冷凍物ではない可能性が高いかもしれん」

マギーは手帳を取り出し、胃の内容物を記録した。ストルツに視線を戻すと、彼は腕組みをしてじっとこっちを見ていた。また不機嫌な表情になっている。しかめ面は、今や彼を苛立たせる唯一の人間となったマギーに、まっすぐ向けられていた。

「まさか本気で言ってるんじゃないだろうね？　犯人は被害者をまずピザ屋に誘い、そのあと頭を殴って胸のシリコンを取り出したというのか？　そんなばかな」

「そうでしょうか？　なぜそうおっしゃるんです、ドクター・ストルツ？」今度はマギーが苛立つ番だった。ストルツは専門家としての彼女の能力を疑い、部外者が答えを出せるものかと思っている。

「一つには、そうなると犯人は地元の人間ということになるじゃないか」

「それはあり得ないと？」

「ここはコネチカット州の真ん中だよ、オデール捜査官。犯人は沿岸部か、さもなければもっとニューヨークに近い場所にいるはずだ。採石場跡は、病的なゲームのための処分場として使われたにすぎない。わたしの考えでは、犯人はかなり離れたところに住んでいるね。自分の裏庭に死体を捨てるような危険を誰が冒す？」

「リチャード・クラフトはそうだったじゃありませんか？」

「誰だって？」

「リチャード・クラフトですよ。妻を殺害して、ばらばらにした遺体をさらに木材破砕機にかけたという」ストルツの傲慢《ごうまん》そうな表情が当惑の表情へと変わるさまを、マギーはじっと見つめた。「たしか、吹雪のさなか、ニュータウンの犯人の自宅からさほど遠くないところで犯行は行われました。コネチカット州ニュータウン――この町からほんの少し西へ行ったところでしたね？」

28

リリアンは黙って耳を傾けながら、信じられない思いでいた。これまで発見された遺体についてヘンリーが話すのを、ロージーと一緒に聞いているところだった。もちろん内密の話だし、ヘンリーが話してくれていないこと、話せないことがあるのは当然だった。さっき店へ入ってきたときのヘンリーは、ひどく混乱した様子で、疲れきっていた。見かねたロージーが、今日は店を早じまいしようと言い出すほどだった。なんと珍しいことかとリリアンは思った。今、カフェイン抜きのコーヒーを飲む三人は、印刷された無数の物語に囲まれているけれども、ヘンリーの語る話はそのどれよりも興味深い。ディーヴァーやコーンウェルなんて問題外。こんなストーリーを練り上げられるのは、スティーヴン・キングかディーン・クーンツだけだろう。

「ねえ、あなた」小さな手を夫の大きな手に重ねて、ロージーが言った。「犯人はきっと流れ者だわ。今ごろは怖《お》じ気《け》づいてどこかへ行ってしまってるわよ」

「いや、妄想癖のあるやつだとオデールは言ってる。そういうやつは、自分のよく知っている土地に執着するんだそうだ。このあたりで一人暮らしをしてる人間を全員思い浮かべてみた。だが、誰もそんな犯人像とは結びつかないんだ」

「犯人は近くに住んでるとプロファイラーが言ってるの？」胸がどきりとしたのはなぜなのか、リリアンは自分でもよくわからなかった。たぶん、あまりにも現実味を帯びてきたからだ。この事件のことは、あくまでも頭の中でだけ考えていたかったのだ。

「犯人は毎日ニュースを見ては喜んでるにちがいない」

「だけど、妄想癖があるんなら、喜んでなんかいないでしょう」ロージーが言った。「秘密の場所を見つけられて、焦ってるんじゃない？　怒ってるかもしれないわ」

ヘンリーが彼女を見た。驚いている。妻に核心をつかれたのがそんなに意外だったのだろうか。でも、常識ではないか。犯人が動揺しているであろうことぐらい、天才やシャーロック・ホームズでなくたって見当がつく。リリアンは、ロージーの意見につけ加えた。

「ええ、とっても怒ってるでしょうね。捜査の関係者に恨みをいだいて攻撃してくる恐れはないかしら？」

「オデールもそれを言ってた」同じことを別の人間からも指摘されたのが、ヘンリーには面白くないらしい。「動転して何をやらかすかわからないと言うんだが、尻尾《しっぽ》を出すようなへまはしないんじゃないかとわたしは思ってる」

プロファイラーと自分が同じ考え方をしていると思うと、リリアンはわくわくした。ひょっとすると、才能があるのかもしれない。この手の謎《なぞ》を解くには実体験が必要だなんて、誰が言ったのだろう。わたしはもっぱら本から学んできた。

「きっとプロファイラーはこう言ったんでしょう。犯人は孤独な人間で、仕事をしていても周りにはほとんど気づかれないような、平凡なタイプだって」リリアンはこのゲームが気に入った。お気に入りの小説の中から、連続殺人物をあれこれ思い出してみた。「人前に出ても目立たないのよ」コーヒーを飲みながらじっと聞いているヘンリーとロージーに向かって、リリアンはしゃべり続けた。「普段は善良な一市民に見えるの。手先を使う仕事をしてるわね。いろんな道具が手近にある職人とか。もちろん、人殺しに走ってしまう遠因は、母親との不安定な関係にまでさかのぼることができるはず。母親は、とても支配的だったにちがいないわ」

今、自分は、目の前の夫婦から尊敬のまなざしを向けられている。リリアンはそう感じた。もしかすると、驚愕《きょうがく》だろうか。いや、尊敬だと思いたかった。

「なぜ犯人のことがそんなによくわかるんだい?」リリアンはヘンリーの表情を読み違えていた。疑いの混じった驚きだったのだ。

「本をよく読むから。小説をね。推理小説を」

「そうなの、この人はほんとに本が好きなのよ」証言する使命感に駆られたかのように、ロージーが言った。

リリアンはロージーとヘンリーを見比べた。ヘンリーは、探るような目つきになっていた。リリアンはどきりとした。首筋から赤くなっていくのが自分でもわかった。そわそわと眼鏡を押し上げ、髪を耳にかける。この事件のことを、犯人のことを、リリアンが知っているると、ヘンリーは本気で考えているのだろうか？

「わたしももっと読書したほうがよさそうだな」ようやくヘンリーは笑みを浮かべて口を開いた。「そうしたらこの事件も早く解決できるかもしれん。しかし正直なところ、さっきのきみは、特定の人物を思い浮かべているような口ぶりだったぞ。きみのよく知っている人物を」

「そうだったかしら？」あの犯人像に当てはまるのは誰だろう。考えようとしたとたん、リリアンの胃が宙返りをした。自分がしゃべったあれやこれやにぴったり合う人物が、確かにいた。でもそれは小説の登場人物ではなかった。あれはまさしく、弟のウォリーそのものだった。

29

マギーが〈ラマダ・プラザ・ホテル〉に着いたのは、夜も更けてからだった。一日分の疲れを感じはじめていた。肩甲骨のあいだがひどく凝っているし、目は早く眠らせてくれと懇願している。疲労のあまり錯覚まで起こしているのかもしれない。駐車場で荷物を降ろすとき、誰かに見られているような気がしてあたりを見回してみたけれど、人影はなかった。

フロント係――名札によれば〝実習中〟のシンディ――がチェックインの手続きを進めるあいだ、マギーはグウェンになんと報告するべきか決めかねていた。今日はあんなにいろいろなことがあったのに、ジョウアン・ベグリーの消息についてはわからずじまいだった。やはり彼女は、ここ〈ラマダ・プラザ・ホテル〉にこもっているのではないだろうか。

フロント係がクレジットカードの処理に取りかかった。ホテルがジョウアンの部屋番号を第三者に教えるはずはなかった。かといって、ＦＢＩの身分証を示して注意を引いたり警戒されたりするのは避けたかった。だからマギーは、こう言った。「友達もここに泊まってるんだけど、伝言をお願いできるかしら？」

「もちろんです」シンディは答え、ペンと折りたたんだカードと、ホテルのエンブレムのついた封筒をマギーに渡してよこした。

マギーは自分の名前と携帯電話の番号をカードに記すと、封筒に入れて封を折り、〈ジョウアン・ベグリーへ〉と上書きした。それを受け取ったシンディは、コンピュータをチェックして部屋番号を名前の下に書き込み、かたわらへ置いた。

「こちらがお部屋のキーカードです、ミズ・オデール。番号は内側に書いてあります。エレベーターはあの角を曲がっていただいて右手になります。お荷物はお運びいたしますか？」

「いいえ、自分で運びます」ガーメントバッグのストラップを肩にかけ、パソコンのケースを持ち上げたマギーは、何歩か歩いてから、振り返った。「あら、わたしったら、明日の何時に会うか、時間を書くのを忘れちゃったわ。ちょっと書き足してもかまわない？」

「ええ、どうぞ」シンディは封筒を取ってカウンターの上を滑らせた。

マギーは取り出したカードに時間を書き入れるふりをしてからもとへ戻し、今度はきちんと封をしてシンディに返した。「どうもありがとう」

「どういたしまして」ジョウアン・ベグリーの部屋番号をマギーに教えてしまったことに気づかないまま、シンディは封筒を脇《わき》へやった。

部屋へ入るなり、マギーは荷物をベッドの上に放《ほう》り出した。靴を脱ぎ捨てジャケットを脱ぎ、ブラウスの裾《すそ》をパンツから出した。アイスペールを見つけると、キーカードを持って六二四号室へ向かった。エレベーターを降り、製氷器の前に立ってアイスペールに氷を満たす。それから裸足《はだし》で廊下を進み、ジョウアンの部屋の前までやってきた。そして、待った。

マギーは氷を一かけら口に入れた。そういえば、採石場跡でのサンドウィッチ以来、何も食べていないのだ。あとでルームサービスでも頼もう。ちょうどそのとき、角を曲がった先でエレベーターの止まる音がした。白い上着と黒いズボンに身を包み、トレーを捧《ささ》げ持った若者が現れ、角を向こう側へ折れた。いちばん奥の部屋へ届け終えた彼が、廊下を戻ってくるのを待ってから、マギーはキーカードをスロットに差し入れた。

「いやだ、まただわ」彼に聞こえるように言った。

「どうかなさいましたか？」

「またドアが開かなくなっちゃったの。これで二度目よ」

「わたしが試してみましょう」

彼は受け取ったカードをスロットに通したが、やはり赤い光が点滅するだけだった。もう一度、さらにゆっくりとやってみてから、彼は言った。「フロントに言って新しいカードと交換してもらったほうがよさそうですね」

「ねえ、わたし、すごく疲れてるのよ、リカルド」相手の名札にちらりと目をやって、マギーは言った。「フォックス・ニュースをちょっと見たら、すぐに寝たいの。だから、開けてもらえないかしら？　そうしたら、これから階下《した》まで行って戻ってくるなんてこと、しないですむんだけど」

「いいですよ。ちょっと待ってください」彼はポケットを探ってマスターキーを取り出した。次の瞬間には、彼は開いたドアをマギーのために押さえていた。

「どうもありがとう」われながら、だんだん芝居がうまくなってきたような気がする。マギーは戸口に立ったまま手を振り、彼が角を曲がってしまうのを待った。そして、中へ入った。

ジョウアン・ベグリーはアーティストとしてかなり成功しているのにちがいないと、まず思った。部屋はスイートだった。少なくともこの二日間は部屋にいなかったことが、一目でわかる。ホテルのサービスである『ＵＳＡトゥデイ』が三日分、コーヒーテーブルの上に重なっている。一週間分の朝食券にあたるパンチカードもそばにあった。日曜以外はすべて穴が開いている。エクスプレス・チェックアウト用の請求書の日付は、九月十二日の日曜日。月曜に日付が変わっている改訂版もあった。さらには、火曜日のも。

ドア近くのクローゼットにスーツとブラウスが数着ぶら下がり、ベッドルームの椅子の背にはジャケットが無造作にかけられていた。そのポケットを叩《たた》いたマギーは、革の表紙の小切手帳を見つけた。開いてみると、ありがたいことにジョウアン・ベグリーは記録を残してくれていた。コネチカットへ来てからはあまり使われていない。まず、マーリー・アンド・マーリー社あてに千ドルが支払われており〝葬儀手付け金〟と記されている。ほかには〈ストップ＆ショップ〉で〝スナック菓子〟、〈ＤＢマート〉で〝ガソリン〟など。

最後の記入は九月十一日の土曜日だった。マギーはそれを見ても、最初はなんとも思わなかった。支払い先は〈フェリーニズ・ピザ〉。メモ欄に〝マーリーと食事〟とある。マギーはページをさかのぼって確かめた。葬儀屋と食事をしたのか？　食事をしながら葬儀の後処理について打ち合わせをしたのだろうか？　確かにそういうこともあるだろう。ほかの目的、たとえばデートならば、おそらくミスター・マーリーが支払っただろうから。

九月十一日、土曜日。もしもグウェンの懸念が当たっているとすれば、ジョウアン・ベグリーはこの日の夜、食事をしたあと姿を消したのだ。だが、小切手帳がここにあるのだから、いったんホテルへ戻ってきたのは間違いない。着替えに戻ったのだろうか？　グウエンに電話をしたときに彼女が会おうとしていた相手は、マーリーだったのだろうか?

　小切手帳をもとあったところに返しかけたマギーは、今日の解剖のことを思い出した。第一のドラム缶から発見されたあの女性は、おそらくは〈フェリーニ〉でピザを食べた直後に殺された。誰かと、ひょっとすると殺人犯と、ピザを食べた直後に。マギーは小切手帳を自分のパンツのポケットにしまった。

　そのあとも部屋中を調べて回った。サイドテーブルの上には開いたままのスーツケース。足もとには靴が二足、転がっている。バスルームを見ると、たくさんの化粧品や洗面用具が広げられ、ドアの裏側には寝間着がかかっていた。

　マギーはスイートルームの真ん中にたたずんで、疲れたまぶたをこすった。ジョウアン・ベグリーがビーチで息抜きをしているのでないことだけは確かだった。もしも新しい恋人と出奔したのであれば、身の回りのものを置いていくわけはない。ジョウアンはここへ戻ってくるつもりだったのだ。それなのに、戻らないまま明らかに数日たっている。いったい何が起きたのだ?

　手がかりを求めてもう一度部屋中を見回した彼女は、電話のそばのメモパッドを思い出した。やっぱり!　いちばん上のページに文字のへこみが見える。昔ながらのやり方だが、マギーは引き出しから鉛筆を取り出すと、それを斜めに寝かせて紙をこすった。手品のように、へこみが白い線に変わっていき、文字と数字が浮かび上がった。ハバード・パーク。パーシバル・パーク・ロード。西山頂。午後十一時三十分。

マギーはメモを破り取ってポケットに入れた。ドアの前で立ち止まり、最後にもう一度部屋を眺めた。照明を消す前に、誰もいない部屋に向かってマギーは呟《つぶや》いた。「あなたはいったいどこにいるの、ジョウアン・ベグリー？」

30

「きみの病気のことを聞かせてほしいんだ」ベッドの端に腰を下ろして、彼は言った。

ジョウアンは眠っていたのだった。真夜中のはずだった。けれど明かりがついたとたん、びくりとして目が覚めた。するとそこに、彼がいたのだ。目をすがめなければよくわからなかったが、彼はベッドの足もとに座ってこちらを見ていた。じっと、ジョウアンを見つめていた。

彼は、湿った土と汗の混じり合ったにおいがした。森で穴でも掘ってきたみたいなにおいだった。ああ、神様！　もしかして、わたしを埋めるための穴？

「なんて言ったの？」ジョウアンは眠気を覚まそうと目をこすった。そのとき初めて手枷《てかせ》と足枷のことを思い出して、彼女は全身をこわばらせた。筋肉があちこち痛む。引っぱられる手を口もとまで持ってきて髪を払ったとき、肌がひどく乾燥しているのに気づいた。目尻と口の周りがとくにかさついている。きっともう、涙も唾液《だえき》も涸《か》れ果てている。そんなことってあるのだろうか？　人は、干上がってしまうまで泣き続けられるものだろうか？

　恐怖がじわじわと胸を締めつける。彼の探るような視線は揺るがない。おなかが鳴り、ジョウアンは一瞬だけ、空腹を覚えた。

「今、何時なの？」ジョウアンはせいいっぱい冷静にしゃべった。大騒ぎしなければ、彼の中の狂人を目覚めさせることはないだろう。

「きみの病気、ホルモン欠損症の話を詳しく聞きたいんだ」

「え？」

「ほら、ホルモン欠損症だよ。ホルモンの種類はなんだったたっけ？」

「なんのことかわからないわ」ジョウアンはそう言ったが、もちろん本当はわかっていた。体重の増減が激しいのはホルモン欠損症という持病のためだと、彼には話してあったのだ。自制心が足りないだけだとは、恥ずかしくて言えなかった。ああ、なんということだろう。嘘《うそ》をついたせいでこんなことになったのか？　ジョウアンは、無数の容器や棚の上の頭蓋《ずがい》骨《こつ》に目をやった。わたしもあんなふうにされてしまうのだろうか？

「何ホルモンだったかな。下垂体？　それとも甲状腺《こうじょうせん》？」彼女の機嫌を取ってしゃべらせようというのか、まるで歌うような口ぶりだった。「体重を増やすホルモンだろう？

いや、そのホルモンが足りなくなると太るんだったっけ？　前に話してくれたじゃないか。忘れた？　たしか甲状腺だったと思うんだけど、はっきり思い出せないんだ。甲状腺ホルモンでよかったかな？」

ジョウアンは、彼の後ろの棚に並ぶ容器をまた眺めた。形も大きさもさまざまだった。食品を入れる広口の密閉瓶や、ラベルが貼《は》り替えられたピクルスの空き瓶。遠目では中身は単なる塊にしか見えない。けれども水槽のシリコンを見てしまったジョウアンには、想像がついた。あそこにも、人体のいろいろな部分の標本が並んでいるにちがいないのだ。そして今、彼はジョウアンの甲状腺を狙《ねら》っている。ああ、神様！　はじめから彼が優しかったのは、このため？　もう瓶は用意されているの？

「わからない」喉に何かが詰まった感じがするのをこらえて、ジョウアンは答えた。「検査をしても、わからなかったの」唇が震える。怖くなんかない、寒いからだという顔をして、彼女は首までシーツを引っぱり上げた。

「だけど、確かに甲状腺って言ってたよね？」まるで、幼い子どもがすねているような言い方だった。

「いいえ、いいえ、甲状腺じゃないわ。実はね、全然違うのよ」できるだけ自信たっぷりに聞こえるようジョウアンは言った。なんとしても彼に信じさせなくてはならないのだ。

「甲状腺じゃないんですって。その疑いはまったくないらしいわ。単なる自制心の欠如かもしれないって」

「自制心？」

彼は眉をひそめ、考え込んだ。怒っているのではなく、当惑しているのだ。水槽の蛍光灯の青みのせいだろうけれども、まるで少年のようだとジョウアンはまた思った。脚を組んで両手を膝に置いたその座り方まで、幼く見える。彼は目をとろりと半眼にして、彼女同様、寝起きさながらに髪を乱していた。

わたしの自制心を、いや、自制心の欠如を、どうやって瓶詰めにしようかと考えているのだろうか？　瓶詰め以外の手段をとるつもりなのだろうか？　そのとき、ジョウアンの目に金属のきらめきが映った。空っぽの胃が縮み上がった。静かに膝に置いた両手で、彼はナイフを握っているのだった。肉や魚の骨を取り除くのに使うボーニングナイフのようだった。

ジョウアンは全身をこわばらせながら部屋のあちこちを見回した。みぞおちから恐怖がせり上がってきて、叫びだしそうになる。

甲状腺を手に入れるのが彼の目的だったのだ。ジョウアンの体から切り取るつもりだったのだ。最初に殺す手間をかけたかどうかも怪しい。ああ、神様。

やがて、唐突に彼は言った。「ぼくは、きみが太ってるなんて思ったことは一度もないよ」自分の手を見下ろし、それからジョウアンを見上げてにっこり笑う。はにかんだような、少年の笑顔。ジョウアンは、初めて会ったときの彼を思い出した。礼儀正しくて物静かで、彼女の話を聞こう、彼女を喜ばせようと、目を輝かせていた彼。

「ありがとう」ジョウアンは無理やりほほえんだ。

「医者もときには間違えるからね」悲しそうな顔になって、彼は立ち上がった。ジョウアンの全神経がいよいよ張り詰めた。「医者だからって、すべてを知ってるわけじゃないんだ」

彼はそれだけ言うと、ジョウアンに背を向けて立ち去った。

31

九月十五日　水曜日

午前零時を回っても、吐き気は居座ったままだった。

あと一時間したら出かけなければならない。今日は長い一日になりそうだ。二つをかけ持ちでこなす生活が大変だと思ったことはなかったのに、今日は違う。昨夜はまったく眠れなかった。子どものころに逆戻りしたみたいだった。眠れない夜更けには母を待った。母がやってきて、自家製の調合薬をのませてくれる。母が去ったあとには、さらなる苦痛が襲ってくる。幼かった彼を来る日も来る日もさいなんだ、容赦ない吐き気。あれと同じ苦しみを、今日は隠さなければならない。だが、これまでにもそうしてきたのだ。切り抜けてきた。今度だって必ずやれる。

やはりあの最初の夜に、計画どおり彼女を処置してしまえばよかった。チェーンソーまで用意していったのだ。細切れにしてしまえば、目当てのものを見つけ出せると思っていた。それなのに、土壇場になって気が変わった。

あれが間違いだった。ばかな、ばかな、ばかな決断だった。

待てると思ってしまったのだ。ホルモン欠損症という貴重な病を引き起こしている場所はどこなのか、本人の口から言わせようと思った。そうすれば、必要以上に面倒なことにならずにすむからだ。いやだ、いやだ、面倒は。チェーンソーほど後始末の面倒なものはない。ところが今、それ以上の面倒が降りかかってきてしまった。こっちを破滅させようとしている連中、採石場を掘り返しているあいつらのことも気がかりだが、今度の処置が終わったらどこへ捨てるか、それを考えなくてはいけなくなった。

しかし、今はそんなことを考えている場合ではなかった。さっさと支度をしてしまわないと。あれこれ気に病んでいたら、この胃は今日一日持たないかもしれない。

彼は瓶からマヨネーズをすくい取った。ナイフがガラスにぶつかる音が、ただでさえ過敏になっている神経を苛立《いらだ》たせる。ちゃんとやれるのか？　切り抜けられるのか？

できる、できる、できる。もちろん、できる。今度も、ちゃんとやれる。

白くて柔らかいパンがちぎれないよう、慎重にマヨネーズを塗っていく。ゆっくりと時間をかけて四隅にまで塗り広げる。でも、耳に触れてはいけない。チェダーチーズ二枚の包装を剥《は》がしてパンにのせる。パンからはみ出して耳に触れないよう、真ん中で重なるようにのせる。次に、重なった部分のうち、上になったほうのチーズを注意深く切り取って、それは不要だから脇《わき》へ置く。

彼は棚の奥へ手を伸ばした。消化薬のペプト・ビズモルや咳止《せきど》めの裏側が、母の長年の隠し場所だった。そこから彼は茶色いボトルを取り出した。蓋《ふた》を開け、ほんの二、三滴をチーズに振りかけてから、もとあったところへ戻した。

そうしてもう一枚のパンを重ねるのだが、その前にこっちにも適量のマヨネーズを塗るのを忘れてはいけない。最後に、ここが肝心なのだが、耳を落としたうえで半分に切る。縁に平行にではなく、対角線上を切る。よし。完璧《かんぺき》だ。

完璧だ、完璧だ、完璧だ。

できあがった作品を白い包装紙で包んでトレーにのせた。そこにはすでに、缶入りコーラとポテトチップスの小袋と、スニッカーズが並んでいる。子どものころ、母が毎日持たせてくれた弁当そのままだ。完璧な弁当。これじゃない日はめったになかった。けれども、これは彼のではなかった。お客に出すのだ。

彼はほほえんだ――お客。

家に客を呼んだことなど、これまでなかった。ましてや、誰かを泊まらせるなんて論外だった。母が絶対に許してくれなかった。今回は偶然こうなった。手違いだった。面倒だ……でも、もしかすると、そう、もしかするとだが、自分は客をもてなすのが好きかもしれない。たまには、誰かを支配するのもいいものだ。少なくとも、短期間ならば。少なくとも、不必要な部分の処分法が決まるまでなら。

そのとき彼は、思いついた。冷凍庫が使えるかもしれない。そうだ、あの冷凍庫なら、彼女一人ぐらいが入るスペースはきっとある。

32

リューク・ラシーンは二列目の折りたたみ椅子に座った。最前列は指定席だが誰もいないので、前方に据えられた棺《ひつぎ》がよく見える。見えすぎるほどだった。頬が濃いピンクになるまで厚化粧を施された故人の顔が、はっきりわかる。彼女は生前、あんなに赤い口紅をつけたことがあったのだろうか。仮面をかぶっているのかと思うほど、不自然な顔ではないか。

リュークはシャツのポケットから小さな手帳とペンを取り出すと、ページを開いて日付を記した。それから、こう書いた。〈化粧は不要。絶対にしないこと〉絶対に、というところにアンダーラインを引く。手帳を出したまま、彼は周囲を見回した。

マーリーが戸口に立って、廊下を歩いているらしい誰かを待っている。きっとあのレポーターの女性だ。リュークが入ってくるとき、受付のそばに彼女がいた。気づかれなかったのでほっとしたけれども、あれはたぶん、眼鏡をかけていないために見えなかっただけなのだろう。

今みたいなマーリーを、リュークはひそかに葬儀屋顔と呼んでいた。胸を張って背筋を伸ばし、厳かに祈りを捧《ささ》げるかのように両手を腹のあたりで組んでいる。それでいて、しゃんと顎を上げた姿は驚くほど威厳があって頼もしい。そしてまた表情が、そのポーズにぴったりなのだ。

ジェイコブ・マーリーをしょっちゅう見ているリュークは、彼の変わり身の瞬間を目にすることがあった。まばたきを一回したら、もう変わっている。特技と言ってよかった。今の今まで従業員を怒鳴りつけていても、いやみを言っていても、ぼんやりしていたとしても、要するにどんな表情をしていても、次の瞬間には完璧《かんぺき》な同情と弔意をその顔に浮かべることができるのだ。けれども、完璧イコール本物とは限らないのをリュークは知っていた。ジェイコブ・マーリーの表情は本物ではなかった。仕事の一部であり、磨き上げられた技なのだ。彼の職業に必要な能力なのだ。熟練工は目がよくなくてはいけないように。あるいはリュークの仕事で言えば、郵便配達人は数字を覚えるのが得意でなくてはいけないように。しかし、マーリーのあの能力は、なんと言うか……その……だめだ、思い出せない。このごろ、適切な言葉がなかなか出てこない。リュークは、思い出そうとして顎をかいた。

なんてことだ！　髭《ひげ》を剃《そ》るのを忘れてるじゃないか。

彼は足もとを見た——ああ！　スリッパのままだった。

葬儀屋に気づかれているだろうかと、リュークはマーリーを振り返った。裏口からこっそり出ていこうか。彼は座ったまま首を巡らせた。くそう！　この部屋には出入口が一箇所しかなかった。一つだけのドアからは、マーリーに付き添われて二人の女性が入ってくるところだった。そのまままっすぐ棺のそばへ向かう。マーリーはリュークに小さくうなずいてみせたが、意識はすっかり二人の会葬者に向いていた。彼の注意がリュークに向く心配は、もうなさそうだった。

年配のほうの女性は、人工的な銀髪に、鳩《はと》そっくりの小さな顔をすっかり覆ってしまいそうな赤い縁の眼鏡をかけている。一歩足を踏み出すたびに連れにもたれかかる。その連れの女性のおかげで、リュークはマーリーのことを気にしないですむのだった。つくべきところに肉のついた豊満な体の線を、ぴったりとしたブルーのスーツが際立たせている。長い黒髪を後ろで束ねているために、染み一つない肌の滑らかさがよくわかる。

彼女ならジェイコブ・マーリーの関心をそらさないにちがいない。マーリーは、二人を案内しながらすでに手を彼女の背中に当てている。彼の頭の中では、手はもっと下のほうにあるのかもしれない。もちろん、そんなことはおくびにも出さない。有能な葬祭ディレクターなのだから。リュークは何度もこんなふうに彼を観察してきた。目撃したのは、急に表情が変わるところだけではなかった。言葉巧みに、美女を文字どおり操縦するのも見た。腕に触れた手、肩を叩《たた》くとも撫《な》でるともつかない手、腰の後ろに当てた手で。リュークは、マーリーの一挙一動を見逃さなかった。

女性たちはああされると気分がいいのだろう。リュークはそう考えた。マーリーのやり方は、不快感を与えるようなものではなかった。それに彼は、醜くもない。十人並みといったところだが、ひとたび五百ドルの黒いスーツに身を包むと、力と優しさと、そう、頼もしさが、内側からにじみ出ているように見える。女性は頼もしい男が好きなものだ。とりわけ、もっともつらい状況に置かれているときには。

リュークは、棺のそばの女性たちを眺めた。二人は故人の顔に見入りながら、起こすのをはばかるかのように小声で何か囁《ささや》き合っている。

「すてきなヘアスタイルだわ」年配のほうが言い、さらに続けた。「口紅は、とても彼女がつけそうにない色だけれど」

リュークはにんまりした。ほら、やっぱり。あれは似合わないと自分も思ったのだ。彼はもう一度手帳を開いて書きつけた。〈ひそひそしゃべらないこと。会葬者には普段どおり話してもらう〉

若いほうの女性がリュークを見てにっこりほほえんだ。まぶたは腫《は》れぼったいが、もう泣いてはいない。リュークは笑みを返し、うなずいてみせた。手帳にまた書く。〈泣かないこと。明るい音楽を流すもよし。こういう……こういう葬祭場のお仕着せではなく〉

リュークは、自分がどんな音楽を好きだったか思い出そうとしながら、線だけを引いた。何か一つぐらい、曲名を思い出せるはずだ。歌手の名前でもかまわない。音楽を思い浮かべられないとは、どういうことだ？

ふと気づくと、例の二人がまたひそひそと囁き合っていた。ただし今度は、年寄りは振り返ってリュークを見ているし、若いほうはマーリーに何か話しかけている。リュークのことを言っているのだ。あれは誰だとマーリーに訊《き》いているのだ。なぜ知らない人がここにいるのか、と。

潮時だった。

リュークは立ち上がり、一列目と二列目の椅子のあいだをそろそろと歩いて通路へ出た。ドアの手前で、スリッパがどうのという言葉が耳に入った。間違いない。リュークのことを話しているのだ。

リュークは廊下を進んでドアを押し、通りへ出た。マーリーは追ってこない。それはそうだ。彼があの黒髪の美女のそばを離れるはずはなかった。リュークは一息ついてから、

手帳に記入した。〈ベッドルームのスリッパ。スリッパを履かせて埋葬すること。青いほう。茶色ではない〉

ぱたんと手帳を閉じ、ペンと一緒にポケットにしまう。店のショーウィンドウに、彼の後ろ姿を通りの向こうから見ている男が映った。マーリーだろうか？　リュークは振り返らなかった。こっちが気づいたことを知られたくなかった。男は、もとはラルフの肉屋だった店の小間物を眺めるふりをしながら、その場にじっとしていた。さまざまな風鈴やカラフルな吹き流しが並んでいるあそこ。あの場所にはかつて、サラミがずらりとぶら下がっていたのだ。リュークはウィンドウに映っているはずの男の姿を目で捜したが、見つからなかった。肩越しにちらりと後ろをうかがった。男は消えていた。

リュークは視線を落とし、履いた覚えのまったくないスリッパをじっと見つめた。そもそもつけられてなどいたのだろうか？　それとも、いよいよ幻覚を起こしはじめたのか？

33

マギーはトーストの最後の一切れを取ると、すぐにルームサービスのトレーを押しやった。そして手もとの時計を見た。今日はやるべきことが山積みだし、あちこちへ行っていろんな人に会わなくてはならない。アダム・ボンザードからは朝一番に連絡があり、大学の研究室に遺体を見に来ないかと誘われた。どうやら彼は、今回の捜査にマギーも正式にかかわっていると思っているらしかった。もしかするとウォーターマイアー保安官がそう言ったのかもしれない。ボンザードの研究室へ出向く気が自分にあるのが不思議だった。ジョウアン・ベグリー発見の助けになるとも思えないのに。ただ、その研究室はニュー・ヘヴン大学にあるのだ。パトリックがいる大学に。

もう一度時計を見てから、マギーは携帯電話を取り出した。長いこと電源を切ってあったのだが、もういいだろう。彼女は登録してある番号を押した。

呼び出し音を二度鳴らしただけでグウェンが出た。待ちかまえていたのだろうか。

「ジョウアンじゃなかったわ」マギーは前置きなしに告げ、その言葉がグウェンの胸に落ちるまでの沈黙につき合った。

「よかった！」

「だけど、居場所はわからないままよ」グウェンに誤解してほしくなかったから、マギーは言った。机の上に放《ほう》り出したままだったファイルを引き寄せて開き、写真だけを取り出した。先週、グウェンから渡されたジョウアン・ベグリーの写真だった。

「それで」グウェンが言う。「それで、何かわかった？」

「昨夜《ゆうべ》、ホテルの彼女の部屋を見たわ」

「入らせてもらえたの？」

「彼女の部屋を見たとだけ言っておくわ」今朝は、親友の説教に耳を傾ける気にはなれなかった。向こうだって、ジョウアン・ベグリーが予約した飛行機に乗らなかったことを、策を弄《ろう》して誰かから聞き出したのにちがいないのだ。「土曜日に部屋を出たきり、戻っていないみたいね。でも、戻ってくるつもりはあったはずよ。部屋が散らかったままだから」

「何も持たずに、身一つで駆け落ちしたとは考えられない？」

「どうかしら。化粧品も全部置いて？　小切手も？　ねえ、グウェン、彼女はそういうタイプ？」

　また沈黙が流れ、そのあいだにマギーは写真をじっくりと眺めた。カメラは、制作途中のジョウアン・ベグリーがメタル彫刻から顔を上げたところを捕らえていた。溶接用フードの保護眼鏡を上げているために、生真面目《きまじめ》そうな茶色い瞳と陶器のように白い肌がよくわかる。額装された版画が背景に見える。目にも鮮やかな赤、オレンジ、ロイヤルブルーがはじけ飛び、その中央を黒い帯が横切っている。額のガラスに、うっすらと人影が映り込んでいる。一種の皮肉だった。カメラマンのセルフポートレートを含んだ、アーティストのポートレート。

「いいえ」ようやくグウェンが答えた。「彼女は、身の回りのものを置いて駆け落ちしてしまうようなタイプじゃないわ。いいえ、彼女はそんなことしないと思う」

「あなたの協力が必要なのよ、グウェン」言葉が確実に届くよう、マギーはここでふたたび間を置いた。「もう、守秘義務だのにこだわってる場合じゃないと思うんだけど」

「ええ、それはもちろんよ。こだわらないわ。それが彼女を見つけ出す助けになるのなら」

「あなたに送ってきたメールに、男の人のことが書いてあったって言ってたわよね。彼女が会いに行ったかもしれない人のことが。ソニーって呼んでたんだっけ？」

「ええ、そう」

「そのメール、こっちへ転送してもらえる？」

「わかった。この電話を切ったらすぐに送るわ」

「タリーとも話したんだけど、彼がジョウアンの自宅を見に行ってくれるって」

「そんなこと、できるの？」

「これだけ時間がたっていれば、行方不明者として捜索できるわ。タリーに自宅を調べてもらうのはね、彼女がパソコンでソニーとメールのやりとりをしていたかもしれないからよ。彼のことを詳しく知る必要があるの。できるだけ今日中に行くようにするってタリーは言ってるけど、あなたも一緒に行けない？」

　またもや沈黙が流れる。マギーは待った。グウェンは話を聞いているのだろうか？　それとも、こちらの要求が大きすぎるのか？

「わかったわ」やっと答えが返ってきた。その声には力が戻っていた。「わたしも行くわ」

「それからね、グウェン、あと一つ訊《き》きたいんだけど」マギーはもう一度写真を眺めた。

「ジョウアンは、マーリーという名前は出さなかった？」

「マーリー？　いいえ、聞いた覚えはないけど」

「そう。ちょっと確かめたかっただけだから。何か思いついたら電話して」

「マギー？」

「何？」

「ありがとう」

「それを言うなら、彼女が見つかってからにして。じゃあ、また連絡するわね」

切ったとたんに、電話が鳴りだした。グウェンが何か言い忘れていたのだろう。

「何か思い出した？」マギーはいきなり尋ねた。

「オデール捜査官、わたしはテレビできみを見かけたんだが、なぜだろうね？」

グウェンではなかった。マギーの上司、カイル・カニンガム局長だった。しまった！

「おはようございます、局長」

「コネチカット州の採石場跡だというじゃないか。自宅で庭いじりをしているはずのきみが、コネチカットで起きた事件のプロファイリングを担当しているとは驚いた。そんな仕事をきみに割り当てた覚えはないんだがね」

「こちらには私用で来ています、局長。ウォーターマイアー保安官は、わたしがプロファイリングをするようなことを言っていますが、あれは間違いなんです」

「ほほう。間違い？　だが、きみが昨日採石場跡にいたのは、間違いじゃないんだね？」

「はい。ちょっと立ち寄って――」

「立ち寄った？　オデール、きみがよその事件現場に立ち寄るのは、これが初めてじゃない。しかし、今回限りにすることだ。いいな？」

「はい、局長。ですが、彼らにプロファイラーが必要であることは確かです。連続殺人の可能性が――」

「だったら、本人たちがプロファイラーを要請するんだな。そっちのＦＢＩ支局に誰かいるだろう」

「わたしならすでに――」

「きみは休暇中だったはずだ、オデール捜査官。私用でどこへ行こうとかまわないが、テレビに映るきみを見るのはもうごめんだ。わかったね、オデール捜査官？」

「はい、わかりました」マギーが言い終えたときには、発信音だけが聞こえていた。

何よ！

マギーはいらいらと歩き回ったあと窓辺で立ち止まり、ラッシュアワーのポムロイ・アヴェニューやリサーチ・パークウェイを眺めた。そしてまた時計を見た。ボンザードの研究室へ行く前に、一箇所だけ立ち寄る時間はありそうだった。マギーはジャケットをはおり、キーカードをポケットに入れると、手帳をつかんだ。葬儀社への道順は手帳にメモしておいた。ドアを出ようとして、マギーはためらった。別にかまわないではないか？　彼女はパソコンケースのところへ戻ると、ポケットのファスナーを開けた。よけいなことはもう考えずに封筒を手帳にはさみ、部屋を出た。

34

リリアンは、本屋を開いてこのかた一度もしたことのなかったことをした――ロージーに電話をかけ、今日は出勤するのが遅くなると告げたのだった。今、こうして自分の生まれ育った家を車の中から眺めていると、それは間違いだったのではないかと思えてくる。

どこもかしこも荒れ放題だった。敷地内の建物は塗装が剥《は》げ落ち、庭には錆《さ》びた自動車が何台もうち捨てられ、車の墓場といった様相を呈している。最後にリリアンがここを訪れたときよりも、さらに何台か増えていた。母の死後、あの古いステーションワゴンを放置したのが最初だった。どういうわけか二人とも、母の許しを得ずにあれに乗るのはいけないことのような気がしたのだった。

ステアリングに両手をかけて窓の外を眺めながら、リリアンは決めかねていた。入ろうか、帰ろうか。ウォリーはよくこんなところに住み続けられるものだ。どうして平気なの？　リリアンには考えられないことだった。彼女はここで暮らしているあいだずっと、逃げたい、逃げなければと思い続けてきた。そんな家に今も住むなんて、想像もできない。あのころの記憶がしょっちゅうよみがえって、ひどく苦しむことになるだろう。でも、ウォリーには気にならないらしい。

今朝目覚めたときに、リリアンは勇気満々で決意した。あの勇気を持ち続けなくては。自分も、愛読書に登場する探偵たちの一人になったのだと思おう。昨夜のことを思い出すのだ。パズルのピースをはめ込んでいったら、ヘンリーと同じ疑いに行き着いたではないか。そしてそれは、ＦＢＩのプロファイラーの指摘と見事に一致していたではないか。ウォリーがドラム缶詰めの死体に関係しているかもしれない。たとえほかのみんながそう考えていたとしても、リリアンだけは彼を疑ってはならないのだ。ひょっとしたら、ウォリーはヴァーガスをかばって何か隠しているのかもしれない。そうだ、それならわかる。ウォリーにはそういうところがあるから。

玄関前の階段を上がるころには、リリアンはまた迷いはじめていた。それでも、植木鉢を持ち上げて鍵《かぎ》を取った。わざわざ戸締まりをする理由がどこにあるのだろう。他人がほしがるような何を、弟が持っているというのだ？　でも、それがウォリーだった。常に人を疑っている。誰かが自分をひどい目に遭わせようとしていると、思い込んでいる。

長いあいだ使われていない家みたいに黴臭《かびくさ》かった。ただ、食べ物の焦げたようなにおいがしたために、印象はすぐに変わった。あちこちにいろいろなものが山積みになっている。新聞の山。雑誌の山。ビデオテープの山。ところがキッチンはやけにきれいだった。シンクに汚れた皿がたまっているでもない。レンジに古ぼけた鍋《なべ》やフライパンはのっていない。床の隅にごみもたまっていない。信じがたいことだった。

冷蔵庫の中を確かめなければいけなかった。リリアンは覚悟を決めて冷凍室の扉を開けた。ヘンリーは遺体の一部がなくなっていると言っただけで、詳しいことは話してくれなかった。何を発見することになるのか、予想もできない。しかし、冷蔵庫におかしなものは何も入っていなかった。冷凍のピザと、ハンバーガーのパテ。いったい何を考えていたの？　わたしはどうしてしまったの？

リリアンは頭を振りながら、キッチンと一続きになった洗濯室に目をやった。そちらは見慣れた光景だった。白いものも色ものも、デリケートな生地もデニムも、あらゆるものが一緒くたになって床に山をなしている。キッチンへ視線を戻しかけたリリアンは、くしゃくしゃに丸められた白いTシャツが、黒いごみ袋のいちばん上に突っ込んであるのに気づいた。

なんてばかばかしいことをしているのだろう。早く店に出なければ。いつもの癖で、想像の世界に入り込んでしまっているのだ。けれども、そばまで行ってTシャツを手に取り、広げたとたん、リリアンは息をのんだ。赤茶色のものがこびりついていた。血にちがいない。手がぶるぶると震えた。正当な理由で自分を納得させようと、リリアンは必死に考えを巡らせた。

ウォリーは子どものころ、しょっちゅう鼻血を出していた。きっとまだあれが続いているのだ。どこかが痛いとか苦しいとか、いつも文句を言っていたし。あの子は病弱なのだ。そう、今もまだ鼻血を出しているに決まっている。

「リリアン？」

入口でウォリーの声がした。リリアンは飛び上がった拍子にTシャツを取り落とした。振り向くと、彼が険しい顔でこっちを見ていた。

「そんなところで何をしてるんだ？」

「あなたを捜してたのよ」言ってすぐ、自分はなんて嘘《うそ》が下手なのだろうと思った。想像の世界に住むもう一人のリリアンにふさわしい、うまい話を考え出さなくては。

「うちに来たことなんてなかったのに」

「なんだか懐かしくなっちゃって。一人暮らしが長いと、昔のことを思い出すようになるものなのね」事態はますます悪化した。こんな話、自分でも信じられない。「本当のことを言ってもかまわない、ウォリー？」

「そうしてくれたほうがありがたいね」

「実は……わたしが捜してたのは……母さんのあの青い花瓶なの」

「え？」

「ほら、青い陶器の。覚えてない？」よし、これはうまい。ほら、弟は一生懸命思い出そうとしている。「ハンナ伯母さんからもらった花瓶よ」

「なんで今ごろあんなものがいるんだ？」そう言いながらも、ウォリーの声から疑念は消えていた。「たぶん屋根裏にあると思うけど。見てくるよ」

いい子なのだ。姉弟揃《そろ》って母親からひどい仕打ちを受けたにもかかわらず、ウォリーはいい子に育った。勝手にあれこれ想像をふくらませてしまったけれども、そんなことがウォリーにできるわけはなかった。絶対にあり得ない。しかし、階段を上っていく弟の足音を聞きながら、リリアンは血染めのTシャツをつまみ上げて自分のバッグに詰め込んでいた。

35

ワシントンDC

R・J・タリーはポケットの小銭をじゃらじゃらまさぐりながら、煉瓦《れんが》造りのアパートの前を何度も行ったり来たりした。ようやく足を止めると、彼は手すりにもたれ、重く垂れこめた雲を見上げた。今にも雨が落ちてきそうだ。なぜおれは傘を一本も持っていないんだ？

彼の若いころには、傘を持たないのが男らしかった。男たるもの、傘など使ってたまるものか。しかし、風が冷たくなってきた。タリーは上着の襟を立て、結論を下した。濡《ぬ》れないことのほうが、男らしさよりも大事だ。いつだったか、エマにも言われたじゃないか。男らしいのとださいのとは紙一重なんだからね、と。十五歳のわが娘はいつからあんなに賢くなったのだろう。

タリーは腕の時計で時間を確かめ、あたりに視線を走らせた。遅い。彼女はいつも遅い。おれと二人きりになるのがいやなのか。思えば、ボストン以来、そうなることをどちらもうまく避けてきたではないか。

ボストン……はるか昔のことみたいだ。そう思ったとき、半ブロック先に彼女の姿が現れた。黒のトレンチコートに黒のハイヒール。傘も黒。そしてあのつややかなストロベリーブロンド。急に、ボストンがさほど前のこととは思えなくなってきた。

やっとこっちを向いた彼女に、タリーは手を振った。手のひらを大きく広げて逆時計回りにぐるぐる回して、これではまるで、どこかの間抜け野郎が交通整理をしているみたいじゃないか。どうしようもなくださいやつがやりそうな仕草だ。いったいどうしたんだ？彼女を前にすると、なぜそんなに緊張する？　けれども彼女は手を振り返してきた。ほほえんでさえいる。タリーは思い出そうとした。自分たちがボストンの出来事を忘れようと決めた、その理由を。

「遅くなってごめんなさい」ドクター・パターソンは言った。「待った？」

「いや、全然」うろうろしていた二十分が、急になんでもないものに思えてきた。

アパートの管理会社から五〇二号室の暗証番号と鍵《かぎ》は受け取っていたが、最上階のそこまで行くのに素通しの荷物用エレベーターを使わなければならないとは聞いていなかった。

タリーはこれが苦手だった。自動ドアではなく金属製の手動式扉だし、ケーブルは丸見えだし、大昔の油圧装置が苦しげなうめきを漏らす。ドクター・パターソンにはどれも気にならないらしい。

「彼女の部屋へ行ったことはある？」世間話のつもりでタリーは尋ねた。間を持たせるためと、油の切れた滑車のきしみから自分の気をそらすためだった。

「半年前、彼女が個展を開いたときにね。だけど、それ一回きり」

「個展？」

「ええ。住まいがアトリエを兼ねてるのよ」

「アトリエ？」

「アーティストだから」

「ああ、なるほど。そうか、うん、なるほど」

「驚いた。マギーはあなたに話してなかったのね」

オデールに腹を立てているような口ぶりに聞こえた。そんなはずはないと思いながら、タリーはドクター・パターソンの横顔をうかがった。彼女は、通過する階を示す数字をじっと見上げている。やはり、そっとしておくことにしよう。

事前に聞かされていなくても、ジョウアン・ベグリーの職業はすぐにわかったにちがいなかった。そこは住居というより、見るからにアトリエらしい空間だった。レール上の可動照明は、彫刻の台座や壁の絵を照らすようセットされている。部屋の隅には複数のイーゼルと、台座がさらにいくつか。イーゼルに立てかけられたキャンバスには、鮮やかな色が塗られたものも、白いまま出番を待つものもある。クロームの棚には道具類が並んでいる。紫と緑の混じった色の液体に浸された筆。キャップの取れた絵の具。はんだ付けの道具。ドリル用ビットらしい一式。ねじ曲がった金属やパイプのかけら。それら雑多なものに交じって置かれている粘土の小さな像は、より大きな完成形と対になっている。生活のにおいがするのは、一人用のソファぐらいだった。クッションは床に転がり、キッチンとリビングを隔てるカウンターには、テイクアウトの空容器、水のボトル、使用済みのグラス、紙皿などが散らかっている。

「よほど急いで出かけたんだな」作業場の真っただ中でよく暮らせるものだと思いながら、タリーは言った。自分なら絶対に無理だ。

「そうだと思うわ。お祖母《ばあ》さんが亡くなったのは急だったらしくて、彼女、ずいぶん慌ててたもの」

「じゃあ、発《た》つ前の彼女と話したんだね」

「少しだけね」

作品関係のものに気を取られずにいるのは難しかったが、タリーはとにかく机とパソコンを捜しにかかった。何をチェックするべきなのかは、オデールからリストをもらっている。

「パソコンはいったいどこにあるんだろう？」

ちらりと振り向くと、ドクター・パターソンは首を傾《かし》げて壁の絵に見入っていた。塗りたくられた色の中に、見えてくるものがあるとでもいうのか。結婚していたころはキャロラインにあちこちの画廊を連れ回されたものだが、タリーには芸術というものが皆目理解できなかった。間違って真ん中に紫色をぶちまけてしまった黒い点の集まりとしか彼には思えなくても、キャロラインに言わせると、この世の不条理が見て取れたり、作家の苦悩や葛藤《かっとう》が見事に表現されていたりするのだった。

「パソコンのありかに心当たりはないかい？」タリーはもう一度訊《き》いた。

「壁面収納を見てみて」

「壁面収納？　ああ、わかった」片側の壁全体を、桜材でできた巨大な収納家具が占めていた。ドアや引き出しを開くにつれてそれはますます膨張し、回転する棚や折りたたみ式の家具が部屋にまで出っ張ってきた。そして、中にのみ込まれていたかのような小さなノートパソコンも、確かに現れた。

「彼女が持ってるパソコンはこれだけかな？」

ドクター・パターソンがやってきて、収納家具の表面に指先を走らせた。愛撫《あいぶ》にも似た手つきだ。

「いいえ、二台はあると思う。持ち運びできるノートパソコンが好きだって言ってたわ。公園でもコーヒーショップでも使えるからって」

「一台はコネチカットへ持っていったのかな？」

「ええ、そうだと思うわ。向こうからメールを送ってきたから」

タリーは、手のひらを蓋《ふた》の両端に当てて用心深く開いた。指紋を消したり、自分のをつけてしまったりしないためだ。キーを押すのにはペンを使った。

「メールを読むのはそんなに難しくないはずなんだ。ちょっと時間がかかるかもしれないが」タリーはＡＯＬメールを立ち上げた。パスワードを問う画面で、手を止める。「もしも手間が省けたらありがたいんだが。パスワードとして彼女が使うような言葉に心当たりはないかい？」

「自分の名前とか、それに関連する言葉なんかは使わないと思うんだけど」ドクター・パターソンはそう言って画面に見入った。また何かほかのことを考えているらしいとタリーが思いはじめたとき、彼女は言った。「ピカソでやってみて。Ｃが一つにＳが二つね。彼女のいちばん好きな画家なのよ。ピカソという人間とその作品を崇拝してるんだって、よく言ってた。あなたも気づいたかもしれないけど、彼女の絵は青の時代の影響を受けてるし、彫刻にはキュビズムの手法が使われてるわ。とくにメタル彫刻はそうよね」

タリーはうなずいたが、キュビズムがアイスキューブとどう違うのかわからなかった。ペンの先で、ＰＩＣＡＳＳＯと打ってみる。「だめだな」

「ふうん……じゃあ、姓じゃなくて名前のほうかも」

タリーは続きを待ったが、やがて気づいた。パターソンは、彼がピカソの名前を知っていると思っているのだ。こいつは困った！　知っていて当然なのか。彼女にいいところを見せるには、今日が絶好のチャンスだったのに。このざまはなんだ？　パターソンは知らん顔だ。こっちを試しているのか？　ちらりと彼女の様子をうかがうと、また物思いにふけるような顔をしていた。壁の絵の中に答えを見つけようとしているような。ようやくタリーがひらめいたときにも、まるで他人事だった。彼はＰＡＢＬＯと打ち込んだ。

「違う。パブロでもない」パスワードを間違えたわりには誇らしげに、彼は言った。そして、待った。もう一度彼女を見上げて、次のヒントを、待った。とうとう立ち上がったタリーは、彼女の前で肩をいからせた。

「わかったわ」不意にパターソンが言った。目は、拒食症じみた女性の肖像画を見つめたままだ。自画像だろうか。金属製のフレームに、青白い顔と、貧弱な胸の下までが収まったヌードだった。「ドラ・マールで試してみて」タリーは、彼女が言うスペルを慎重に打ち込んだ。

「大当たり」ＡＯＬが動きだし、メールが届いています、と高らかに告げた。「どうしてわかったんだい？」

「ジョウアンはね、ときどき自分の作品にドラ・マールとサインすることがあったの。事情は複雑なんだけど。とにかく複雑な人なのよ、彼女は。あの絵」パターソンが指をさす。

「あれを見て思い出したの」

「なぜドラ・マールなんだ？」

「ドラ・マールはピカソの愛人だったのよ」

「芸術家ってやつは」タリーは頭を振り振り呟《つぶや》いた。

彼はまず、未読メールをクリックした。土曜日以降は一度も開かれた形跡がなかった。次に、既読メールをクリックする。一つのメールアドレスが、その数の多さで際立っていた。毎日欠かさず、ときには一日のうちに二通届いていたメールが、彼女が消えた日から途絶えている。

「こいつは役に立ちそうだぞ」タリーは、既読メールの列から一つを選んでクリックした。

「ＳＯＮＮＹＢＯＹというユーザー名のウェブメールからかなり頻繁にメールが来てる。この人物に心当たりは？」

「それをあなたに突き止めてもらいたいんじゃない」

36

吐き気がひどい。

あまりにも空腹だったために、彼が運んできた食べ物をむさぼるように食べてしまった。急いで食べすぎたからこうなったのだ。ジョウアンはわれながら情けなく思った。捕られ、甲状腺《こうじょうせん》を切り取られようかというときに、チーズ・サンドウィッチとポテトチップスをむさぼってしまうなんて。でも、これまでだって常に食べ物に慰めを見いだしてきたのだ。こんなときだからといって、なんの違いがあるだろう？

一晩中、枷《かせ》と格闘していたせいで、手首と足首がひりひりする。喉は痛いし、助けを求めて叫び続けた挙げ句、声はすっかり嗄《か》れてしまった。誰にも声が届かないとは、いったいここはどこなのだろう？　もしもソニーに殺されずにすんだとしても、果たして見つけてもらえる日は来るのだろうか？　そもそも、誰もジョウアンを捜してなどいないかもしれない。なんとも悲しいことだが、それが現実だった。ジョウアンがいなくなったところで、心配してくれるような人はいない。いなくなったことに気づく人もいない。あんなにがんばって体重を落としてきれいになったのに、あの苦労はなんだったのか。結局は、孤独であることに変わりはなかったではないか。

心の底では、ずっとそれを恐れていた。痩《や》せても、それでも幸せになれなかったら、と。もちろん、幸せになるための努力はした。何度も何度もがんばった。何人もの男性とつき合った。次に会う人こそ、幸せにしてくれると信じて。今度こそ自信を持たせてくれる、完全だと思わせてくれると期待して。そして毎回、より空《むな》しく、より不幸になったジョウアンを残して、どの人も去っていった。

ドクター・パターソンからはあらかじめ警告されていたのだ。望みどおり、男性を魅了する容姿は手に入るかもしれない。でも、中身は不幸せなジョウアンのままかもしれない、と。

もう！　ドクター・Pの言うとおりだから、腹が立つ。今もジョウアンは不幸せなままなのに、それを体重のせいにすることはもうできないのだ。太っていたときは、なんでもそれを言い訳にできた。異性に好かれないのは太っているから。友達がいないのは太っているから。仕事がうまくいかないのは、誰も太ったアーティストの作品なんか見たくないから。

食べ物から得ていた慰めを、ジョウアンはいつしか男性から得ようとするようになっていた。今度ソニーがやってきたら、説明してみよう。わかってくれるだろうか？　甲状腺を手に入れるのをあきらめてくれるだろうか？

ああ、神様！　どうしてこんなことになってしまったの？

突然、胃を真っ二つに裂かれるような痛みが襲ってきた。背中を丸めて耐えようとしても、手枷と足枷のせいでそれができない。急いで食べたぐらいでは、ここまで痛くはならないはずだ。毒を盛られた？　サンドウィッチに使われていたマヨネーズが傷んでいた？　ジョウアンは全身の筋肉をこわばらせ、胃が裏返るかと思うような痛みに必死に耐えた。この身に何が起きているのか？　こんな痛さは生まれて初めてだ。

しばらくすると、痛みがやわらいできた。体が徐々にほぐれていく。パニックを起こしたせいでよけいにひどくなったのかもしれない。落ち着いていればいいのだ。しかし、それから一分もたたないうちに二度目の波がやってきて、ジョウアンは確信した。ソニーに毒を盛られたのだ。

37

マギーはジェイコブ・マーリーに導かれるままに、彼のオフィスのある葬祭場の奥へと廊下を進んだ。腰の後ろに手を置かれそうになるたび、向きを変えて正面からマーリーを見たり、いきなり立ち止まったりと、そうはさせない方法をとった。地ならしのための作戦か、マーリーはこうやって優位に立とうとしているのだ。職業柄だろうか。彼の客相手ならば効果があるのかもしれない。もちろん死者のほうではなく、うちひしがれ、なおかつ財布を握っている人々のことだが。

オフィスへ入ると、マーリーはマギーに客用の椅子を勧め、自分は机の端に腰をのせて彼女を見下ろす体勢をとった。この瞬間、いやな感じの男だというマギーの思いは決定的なものになった。いやな感じだけならまだしも、彼にはどことなく胡散《うさん》臭さが漂っている。

マギーは立ったまま、壁一面に飾られたモノクロ写真に気を取られているふりをしていた。ジェイコブらしき小さな男の子と、その両親の写真だった。

「わたしでお役に立てることならなんなりとおっしゃってください、マギー。マギーと呼んでもかまいませんよね？」

「勤務中はオデールでお願いしたいと思います、すみませんが」

「勤務ですか」マーリーは笑おうとしたが、神経質そうな咳《せき》にしか聞こえなかった。「ずいぶん深刻なお話のようだ」

マギーがジョウアン・ベグリーの名前を出すより先に、彼が言った。

「スティーヴ・アールマンのことですか？」

肉屋のことをすっかり忘れていたマギーは、埋葬しそこねた葬儀社というのがマーリー・アンド・マーリーだったのかもしれないと、初めて思いいたった。いや、埋葬はしたのかもしれないが、少なくともその状態は続かなかったのだ。マギーは壁に寄りかかってジェイコブ・マーリーを観察した。年齢は三十過ぎ。華奢《きやしや》な顎と細い目をした十人並みの容姿。だが、上等な黒いスーツに身を包んで机に腰をのせた姿は、自信ありげに見える。けれども彼は、スティーヴ・アールマンのことを気にかけている。

「ニュースでは詳しいことはまだ何も言ってませんね」彼は続けた。「でも、ドラム缶からスティーヴの遺体が出てきたってもっぱらの噂《うわさ》ですよ。本当なんでしょう？　そのことを調べにいらしたんですよね？」

マーリーは片足をぶらぶらさせて、落ち着きがなかった。人前で汗を流すのを避けたがるタイプのはずだが、マギーの見間違いでなければ、彼の鼻の下には汗がにじんでいた。どうも引っかかる。ジェイコブ・マーリーは何を心配しているのだ？

「おっしゃるとおり、まだ詳しくはお話しできません」マギーは言った。「ただ、仮にその噂が本当だったとして、可能性としてはどういう事情が考えられるでしょう？」

犯人が遺体に近づいたのは墓所へ運ばれる前だったというマギーの考えに、今も変わりはなかった。人のいなくなった葬祭場に忍び込んだのかもしれない。それをマーリーは届けなかったのかもしれない。気にかけているのは、そのことだろうか？

「ちゃんと棺《ひつぎ》ケースに入れて埋葬したんですよ」そう言ってから、マーリーは慌ててつけ加えた。「ご遺族が希望なさったのでね。ほら、このとおり」彼は机の上にあったファイルを取ってマギーに差し出した。

それはスティーヴ・アールマンのファイルで、契約書や、明細が記入された請求書のコピーが入っていた。あらかじめ用意してあったのだ。マーリーは何かを気にしている。スティーヴ・アールマンを気の毒がっているというのではなく。

何を探せばいいのかわからないまま、マギーはファイルを繰った。料金は適正であると思われた。目立って高価な項目はない。そして確かに、棺ケース代として八百五十ドルが請求されている。ただの棺ケースではなく、〝モンティセロ棺ケース〟と呼ばれるものだった。

「うちの棺ケースは格別頑丈なんですよ」マーリーが言う。「ひび割れたり水がしみ込んだりといったことは絶対にありません。保証つきです」

「本当に？　これまでに苦情はありませんでした？」

「はい？」

「話が違うから金を返せと言ってきた人は、いませんでしたか？」

マーリーはマギーをじっと見つめ、それから笑いだした。今度は朗らかな、慣れた感じの笑い声だった。「ああ、いやいや、まさかそんなことはありません。それにしても、今のはよかった、マギー」

「オデールです」

「え？」

「オデールと呼んでいただけますか、ミスター・マーリー」

「ああ、そうでした、失礼」

マギーはスティーヴ・アールマンのファイルをさらにめくった。

「実は、別の依頼人のことをお訊《き》きしたかったんです。ジョウアン・ベグリーのお祖母《ばあ》さんの葬儀を請け負われましたよね？」

「ジョウアン・ベグリー？」

まったくの不意打ちだったらしい。

「ええ、確かに、先週、ジョウアンに依頼されて仕事をしました。土曜日に最終的な事務処理を終えたばかりですが。何か問題でも？」

さっきまでとは違って、ジェイコブ・マーリーは不安げというより心底驚いているようだった。

〈フェリーニズ・ピザ〉のことを尋ねたかった。ジョウアンが行方不明になっているのを知っているかと訊きたかった。が、マーリーの表情を見れば、答えははっきりしていた。ジェイコブ・マーリーがジョウアン・ベグリーの失踪《しっそう》に関係しているのではないかという疑いは、この戸惑いと驚きの表情によって、晴らされた。ジェイコブ・マーリーは何かを隠しているけれども、それはジョウアンとは関係のないことらしい。どうも、マギーが見ているファイルの中にそれはありそうだった。

電話が鳴りだした。マーリーは受話器をつかんだ。「もしもし」

何を探せばいい？　何が見つかることをマーリーは恐れている？

「今、来客中なんだ」マーリーは苛立《いらだ》ちを隠せていなかった。「いや、遺体の引き取りは早くても一時間後だな。今日はサイモンが来る日か？　そうか、だったら、あいつを行かせてくれ」

マーリーは電話を切るとマギーに目を戻した。

「この仕事の最大の難点は、時間が不規則なことでしてね」

「そうですね。まったく予測できませんものね」マギーはファイルを繰りながら言った。やがて、ある記載に目が留まった。もしも彼女の記憶が正しければ、カルヴィン・ヴァーガスは、採石場跡で最初の遺体を発見した一人ではなかったか。「いつもカルヴィン・ヴァーガスとウォルター・ホブズが墓穴を掘るんですか？」

「ええ、そうです」マーリーは反対側の足をぶらぶらさせはじめた。「彼らのところには道具が揃《そろ》っていますからね」

「あの人たちと仕事を始めたのは、いつごろですか？」

「いつと言われても……」マーリーは胸の前で腕組みをした。「ウォリーのおやじさんが商売を始めたときに、うちの父と契約を交わしたんだと思いますよ。だから、もうずっと昔からです。父は律儀な人でね、同じ相手とずっと仕事をしてました」壁の写真の一枚を、彼は指さした。マーリーを老けさせた感じの男が、いつでも葬儀ができそうな暗い顔をして写っていた。「先方も父に対して同じように思ってくれていましたからね、ありがたいことに。今もそれは変わりません。わたしが何か新しいことを試そうとしたり、ちょっとどこかを変えようとしたりすると、必ず周りから言われるんです。〝ジェイコブ・マーリーならそうはしなかっただろう〟とね」

不意に、マギーの中でひらめくものがあった。もしかすると的はずれかもしれないけれども。「お父様もジェイコブとおっしゃるんですか？」

「ええ」

「では、あなたはジュニア？」

「そうなんですが、ジュニアと呼ばれるのが昔からいやでしてね。息子を表す名前はいろいろあるが、ジュニアという呼び名だけは勘弁してほしいな」

38

タリーは客扱いをされるがままになっていた。本当に何もしなくていいからと、パターソンが言うのだ。彼女の豪邸に足を踏み入れるのはこれが初めてだった。招かれたのも初めてだった。ほかに適当な場所がなかったからだ、もちろん。タリーは自分にそう言い聞かせたが、招かれたという事実に変わりはなかった。

ジョウアン・ベグリーのところよりこっちのほうが落ち着いて話ができるとパターソンが判断したのだった。あそこでの彼女は、何かに気を取られていた。静かに、恭しいほどひそやかな足取りで歩き回る彼女に、タリーは気づいていた。ジョウアン・ベグリーはドクター・パターソンの患者だというけれども、どうやらそれ以上の、友人同士のような関係だったらしいことは、プロファイラーならずとも容易に想像がついた。友人とまではいかないにしても、ドクター・パターソンが心から気にかけている相手であるのは間違いなかった。単なる医者と患者の関係とは違う。タリーのような男にさえそれはわかった。はっきりと感じ取れた。

マグカップにコーヒーを注《つ》ぎ分けるパターソンを、タリーは見つめた。彼女は手もとに意識を集中させている。だから、気兼ねなく眺めていられた。リビングルームとキッチンを隔てるカウンターからは、整理整頓《せいとん》されたキッチンがよく見えた。ずらりとぶら下がった調理器具、鍋《なべ》、フライパン。大きさも形も実に多彩で、いったい何に使うのか、タリーには想像すらつかないものも多い。こうして彼女自身のものに囲まれていると、パターソンはジョウアン・ベグリーの部屋にいたときほどはかなげには見えない。それでもやはり……なんと言えばいいのか。疲れているみたいだ。いや、違う。どことなく……悲しげなのだ。

「クリームと砂糖は？」肩越しに顔だけ振り向けて、パターソンが訊《き》いた。

「いや、いらない。ブラックで」彼女がクリームに手を伸ばす前から、タリーにはわかっていた。彼女は自分の分にたっぷりとクリームを入れるのだ。コーヒーがミルクチョコレートみたいになるまで。クリームは入れるが、砂糖はなし。そして、できればカフェ・モカがいい。

タリーはそんな自分に驚いた。このごろは、朝はいた靴下の色も思い出せないことがある――少なくとも、左右同じ色だとは思うけれども。それなのに、ドクター・グウェン・

パターソンのコーヒーの好みは覚えているのか。

「やっぱりあなたもマギーと同じ考え？　そのソニーという人物がジョウアンの失踪《しっそう》に関係していると思う？」

「彼女がコネチカットへ行った日から連日メールを送ってきてるんだ。知り合って以来、毎日だな。ときには一日に二通とか三通とか。それが、彼女のいなくなった土曜日を境にぱったりと途絶えた。偶然にしてはできすぎてると思わないかい？」

「だけどメールを読んだ限りでは、なんでも話せる仲のいい友達って感じだわ。とても彼女を傷つけるような人とは思えないけど」

携帯電話の音が会話をさえぎった。ドクター・パターソンは、二度目の呼び出し音が鳴る前に手を伸ばした。どんなものでもかまわない、とにかく知らせを待ち受けていたというのがよくわかる。

「もしもし？」彼女の表情はたちまちやわらいだ。「マギー」友人に呼びかける。「いいえ、わたしは大丈夫よ。ええ、タリーと一緒にジョウアンの部屋へ行ったわ。彼、今ここにいるのよ。違うわよ、わたしの家」パターソンはしばらく相手の話に耳を傾けていた。やがて、ちょっと待って、と言ったかと思うと、彼女は電話をタリーに差し出した。「マギーがあなたと話したいんですって」

「やあ、オデール」

「タリー、ソニーのことは何かわかった？」

「うん、彼女あてのメールは読めた」

「もう？」

「ドクター・パターソンがパスワードを当てたんだ。この男からは毎日メールが来てる。今も話してたところなんだが、いたって仲はよさそうなんだ。恋人とかそういうんじゃなくて、友達同士として。だろう？」タリーはパターソンに同意を求めた。「ただし、引っかかることがある。彼女がいなくなった日から、メールが来なくなってるんだ」

「どこに住んでるかわかる？」

「バーナードに調べさせてる。フリーメールのアカウントを使ってるようだし、どこを捜してもプロフィールは見つからないな。おそらく公共のパソコンから送信したんだろう。図書館か、パソコンを置いてあるカフェか」

「今日、カニンガム局長に会った？」

「いや、局長は朝からずっと会議だ。どうして？」

「わざわざ会議を抜け出してわたしに電話をくれたわ」

「おやおや。とっちめられた？」

「そうでもないけど。ねえ、タリー、この件を手伝ったことであなたまでとばっちりを食うんじゃないかって、心配なの」

タリーはちらりと目を上げた。ドクター・パターソンはカウンターの向こう側に立ってコーヒーを飲みながら、タリーを見ていた。彼がオデールの話に聞き入っていると思っているのだろう。本当は彼女に見とれているのに。

「タリー、聞いてる?」オデールが耳もとでしゃべっていた。「あなたをトラブルに巻き込みたくないのよ」

「心配いらないよ、オデール」

39

彼はジョウアンにのませるスープを用意した。栄養たっぷりのチキンヌードル・スープだ。缶詰めだが、あの結晶を入れたあとでもこんなにいいにおいがする。溶け残りに彼女が気づくはずはなかった。ソルトクラッカーを割り入れたのだから、なおさらだった。

母の秘密の場所に小瓶をしまう。〝自家製治療薬〟の棚には、糖蜜《とうみつ》や蜂蜜《はちみつ》や酢と一緒に、咳止《せきど》めシロップと山ほどの小児用アスピリンが並んでいる。この茶色い小瓶に入っているのは、彼を元気にしてくれる魔法の結晶なのだと母は言った。母がいなくなってから、つまり、死によってようやく母の支配が終わったあと、小瓶の消費期限切れのラベルの下に、本当のラベルが隠れていたのを彼は知った。黒々と〝砒素《ひそ》〟とだけ書かれていた。いつか自分も誰かを支配する必要が出てくるような気がして、彼はそれを取っておいた。その判断は正しかったのだ。

ジョウアンは、窓辺の椅子につながれたままおとなしく座っていた。強化ガラスの窓から森を眺めている。彼が自分ではめ込んだ、特注のガラスだった。分厚くて、ちょっとやそっとでは割れない。景色は見えるし日差しも差し込むが、外からはソーラーパネルの鏡面にしか見えない。作業する環境としては最高だった——日当たりがよくて明るい。それでいて静かで、誰にも邪魔をされない。標本をしっかりと守ってくれる。

彼女が顔を上げた。もう手は動かさない。でも、手首に真っ赤なみみず腫《ば》れをこしらえているのは、また手枷《てかせ》をはずそうとしてもがいたのか。やがて、彼は気づいた。椅子の肘掛けに傷やへこみができている。彼女がやったのだ。わざとやったのだ。母の椅子。彼が自分で張り替えたアンティーク。一世を風靡《ふうび》したダンカン・ファイフ様式の椅子。それを彼女は、手枷の金具をこすりつけて台なしにしてしまった。

怒りが頭をもたげるのが自分でもわかったが、一緒に胆汁もせり上がってきた。吐きそうだ。口の中が苦い。だめだ、だめだ。吐いちゃだめだ。吐くものか。椅子のことは考えるな。怒るな。自分まで具合が悪くなって、どうする。

彼はジョウアンのそばのテーブルにトレーを置き、傷のついた椅子を見ないようにした。

「おなかが減っただろう」作業台の下からスツールを引き出して、彼は言った。

「気分が悪いの、ソニー」彼女は呟《つぶや》いた。「どうしてこんなことをするの？」

「どうして？　どうしてだって？　きみがおなかをすかしているにちがいないからだよ」

彼は歌うように答えた。母からしっかり受け継いだ、偽りの優しさに満ちた声で。「サンドウィッチは全部食べたけど、あれからもう何時間もたったからね」

「それより、話がしたいんだけど」彼女はかたくなだった。しかも、訴える声は妙に哀れっぽい。こんな声を出す女だっただろうか。

彼はスープを一さじすくって彼女の口もとへ運んだ。口が開くのを待ったが、いつまでたっても彼女はこっちを見つめるばかりだった。

「口を開けるんだよ」教え諭すように彼は言った。

彼女は見つめ続ける。

彼はスプーンを無理やりこじ入れようとしたが、ジョウアンはきつく唇を閉じて開こうとしない。彼女がいきなり横を向いたために、彼はスプーンを取り落としそうになった。スープがシャツの袖《そで》にこぼれた。

また胆汁が込み上げる。くそう！　絶対に吐くものか。顔が熱くなるのがわかる。それでも彼はふたたびスープをすくって、スプーンを彼女の前にかざした。

「さあ、食べないと」

ジョウアンはゆっくりと顔を戻して彼を見た。まなざしはさっきよりも強く、挑戦的だった。

「食べるのは話がすんでからよ」

「いいかい、泣いても笑っても食べなきゃならないんだから」優しい口調を保ったまま彼は言ったが、胸のうちでは怒りが煮えたぎっていた。「さあ、口を開けて」

ふたたびスプーンを近づけると、ジョウアンは手枷がはまった手でさえぎろうとした。それが彼の肘に当たって、スープがズボンに飛び散った。これでは、出かける前に着替えなくてはいけない。

彼はゆっくり立ち上がると、時間をかけて汚れた袖をまくった。手が震えるので難しい。指はすぐに曲がってこぶしを作ろうとする。自身の変化がはっきり感じ取れた。熱い鉄が彼の体を貫く。変化は、彼を見るジョウアンの視線にも表れた。さっきまでは、どういうかげんかやけに勇敢だったのに、その面影はもうなかった。激しくもがいて椅子の脚を蹴《け》るせいで、足枷が木に当たって大事な家具がさらに傷ついた。

「どうやら、泣く道を選んだようだね」食いしばった歯のあいだから彼は言った。そして今度はスプーンをトレーに置いたまま、ボウルだけを手に取った。

40

コネチカット州ウェスト・ヘヴン

こんなところで何をしているのか、マギー自身にもよくわからなかった。行くべき場所、調べるべき事柄は、ほかにいくらでもあるのに。たとえば、ジェイコブ・マーリー・ジュニアがソニーと呼ばれていたかどうかとか。ウォリー・ホブズと葬儀社との契約が、スティーヴ・アールマンの一件と関係しているのかどうかとか。もちろん、ホテルのジョウアン・ベグリーの部屋にあったメモのことも。あのメモに浮き上がった文字が、最後になったかもしれないデートの場所を示すものなのかどうか。答えを求めて訪れるべき場所はたくさんあるが、ここがそのうちの一つだという確信は持てない。それでも、マギーはこうしてニュー・ヘヴン大学へやってきた。

研究室には独特のにおいが立ち込めていた。ビーフブイヨンのにおいに似ているとマギーは思った。とてもいいにおいだ。業務用かと思うほど大きなガスレンジの前にはアダム・ボンザード教授がいて、鍋《なべ》の蓋《ふた》を順々に開けては木のスプーンで中身をかき混ぜ、蓋を戻し、火を弱めていく。今日の彼は、紫と黄色のアロハシャツにブルージーンズ、ハイカットのスニーカーといういでたちだった。はずされたプラスティックのゴーグルが、紙製の外科用マスクと一緒に首にぶら下がっている。彼が肩越しにちらりと振り向いた。戻しかけた顔をすぐまたこちらへ向けて、驚いている。

「早いですね」

「ここが、思っていたより簡単に見つかったので。どこかで時間をつぶしてきましょうか?」

「いやいや、とんでもない。あなたに見てもらいたいものはいくらでもありますから」ボンザードはもう一度鍋の中身を確かめると、体ごとマギーのほうを向いた。「むさくるしいわが城へようこそ」そう言って、片手を大きく振り広げる。「どうぞ存分にご覧ください」

マギーは標本の並ぶ棚に目をやった。容器の種類も大きさもばらばらだった。ベビーフードの空き瓶やガラス鐘、商品名の上に学術名のラベルを重ね貼《ば》りしたピクルスの瓶まである。隅のほうから除湿器の低いうなりが聞こえてくる。室内はひんやりしていて、ブイヨンの香りにかすかに消毒薬のにおいが混じっているように感じるのはアンモニアのせいだろうか。カウンターを埋めつくしているのは、まずいくつもの顕微鏡。歯のない顎を思わせる大きな鉗子《かんし》から小型のピンセットまで、珍しい道具のあれこれ。それから、想像し得る限りのサイズのブラシ。

除湿器とは別の一画に、巨大なビニール風船のようなものが二つあった。脱臭装置だろうとマギーは見当をつけた。内部で静かに換気扇が回る装置は、昔の美容院にあったドライヤーを思わせる。だが、その下に目を転じれば、そんなイメージはたちまち消え去った。泡立つ液体をたたえたダブルシンクに、人骨が浸されている。泡から突き出た手が、マギーにおいでおいでをしているようだった。肉のほとんど削《そ》げ落ちた手が。

通路のあいだに三つ置かれた細長い台の上も、骨の山だった。マギーを見つめ返す頭蓋《ずがい》骨《こつ》。損傷のため座りが悪く、空《うつ》ろな眼窩《がんか》を壁や天井に向けている頭蓋骨。大きさも形も、そして色も、さまざまだった。すすけたような黒、乳白色、汚い灰色、バターの黄色――マギーはバタースコッチを連想した。作成中のパズルさながら、注意深く広げられている骨もあれば、段ボール箱に無造作に放《ほう》り込まれている骨もある。こちらは、整理され、自分たちの来歴を語るときが来るのを待っている骨たちだった。

「こいつをすませてしまってもかまいませんか？　そのあとゆっくり、ぼくが発見したものをお見せしますよ」

ボンザードはラテックスの手袋をはめ、その上にさらにもう一組を重ねた。プラスティックのゴーグルとマスクをつけると、鍋つかみのようなものを握って鍋の蓋を持ち上げる。湯気が消えるのを待ってから、茹《ゆ》だった肉と脂肪のようなものを大きな木のスプーンですくい上げ、口を開けて用意してあったビニールの袋にそっと移した。

「組織はできるだけたくさん採取しなければなりません」マスク越しだから彼の声は高くなる。おそらく講義用の口調なのだろう、滑らかな弁舌だった。「この袋が実にすばらしくてね。厚さ〇・一ミリ。熱融着によって密封でき、冷凍保存が可能。しかも、冷凍庫から出してそのまま熱湯や電子レンジで加熱できるんです」

ケーブルテレビの料理番組に出てくる先生のようだとマギーは思った。

「除去するのにもっとも時間がかかるのが、骨膜です」と、軟骨に似た、細長くて薄っぺらいものを掲げてみせる。「あ、申し訳ない……」彼はゴーグルの奥からマギーを見て言った。「偉そうにぺらぺらと。こんなこと、あなたは全部知ってるに決まってるのに」

「いいえ、どうぞ続けて。知らないこともたくさんありますから」事実、マギーは鑑識のキース・ガンザのところへはしょっちゅう押しかけているけれど、法医人類学の研究室、それも大学の研究室へは、一度も足を踏み入れたことはなかった。それに、ボンザードの熱意あふれるもの言いは、少しも偉そうではなかった。誰かに話したくてたまらないだけなのだ。興奮がこっちにまで伝わってくる。

「いろんなものを取り除いてようやく骨に行き着くんです」袋を次々に満たしながら、彼は続けた。「食器洗い用の洗剤を使うのが一般的ですね。個人的にはアーム＆ハマーズのスーパー・ウォッシング・ソーダがお勧め」その容器を掲げて、コマーシャルのような口調で彼は言った。「そして、ゆっくりじっくり加熱する。たいていはそれでうまくいくけれど、こいつはものすごく時間がかかるんです」

「骨膜？」

「そのとおり」彼はマギーにほほえみかけた。これもまた、学生相手の習慣になっているのだろう。でも、習慣であろうとなかろうと、アダム・ボンザードの笑顔はいつも、FBIのプロファイラーの目にさえ本物と映った。「どんな骨も必ずこれで覆われています。丈夫な繊維質です。講義ではいつもバーベキューのスペアリブをたとえに使うんですが、あれって肉と骨の境目に固い部分があるでしょう？　わかります？」

マギーは黙ってうなずいた。

「あれが骨膜ですよ」

今度はマギーがにっこりする番だった。ボンザードは嬉《うれ》しそうな顔になった。当分スペアリブを食べることはなさそうだとマギーは思った。容易には動じない自分が、これしきのことでそんなふうに思うとは意外だった。そういえば、職場の小型冷蔵庫に入っているものをキース・ガンザに勧められても、いまだに食べることができない。いい傾向だとマギーは思った。人体の一部と並んでいたツナサンドを平気で食べられるほど、感受性がすり減ってはいないということなのだから。

「あとの鍋はこのまま火にかけておこう」ボンザードは新たに中身を満たした二つの袋を密封すると、部屋の奥へ歩いていって冷凍庫へ入れた。シンクの前で足を止め、手袋を取って手を洗う。バニラ抽出液とラベルに書かれた小瓶を取り、両手に振りかけてすり込む。それから彼はマスクをはずしたが、鍋の一つが噴きこぼれるのを見ると、慌ててレンジの前へ戻った。

蓋を開け、新しい木のスプーンでかき混ぜた。火を弱め、スプーンで中身をすくったボンザードは、それを口もとへ運んだ。ふうふうと吹いたあと、信じられないことを彼はした――すくったものをすすったのだ。

「なんてことをするの！」

マギーのほうを振り向いたボンザードは、すぐにレンジと鍋に目を戻し、戸惑ったように顔を赤らめた。「ああ、そうか！　すみません、驚かせるつもりはなかったんです。こ

さ一もう彼はもう一さ

れはぼくの昼食ですよ」マギーがなおも信じられないという表情でいると、彼はもう一さじすくって中身を彼女に見せた。人参といんげん豆と、あれはじゃがいもだろうか。「野菜スープです、本当に」ボンザードは散らかったカウンターのあちこちを捜して、ようやく空き缶を見つけ出した。「ほらね。ただのスープ。キャンベルの。うーん……うまい」

41

「毎日朝から晩までこんな調子なんで慣れっこになっていて、うっかりしていました。本当に申し訳ない」ボンザードが謝るのはこれで三度目だった。「お詫《わ》びのしるしに、夕食をごちそうさせてもらえませんか？」

「気にしないで。ほんとになんでもありませんから。ちょっとびっくりしただけ」

「いや、ぜひそうさせてください。〈ラマダ・ホテル〉の近くに〈ジョヴァーニ〉という店があります」

「わかりました。そこまでおっしゃるなら」

「では、そろそろ見てもらいましょうか」彼はゴーグルを頭の上へずらした。髪がくしゃくしゃになろうがおかまいなしだ。熱血教授ボンザードが戻ってきた。「〝死体泥棒〟の仕事ぶりのあれこれをね」

「死体泥棒？」

「学生たちが犯人のことをそう呼んでるんです。たしか、マスコミもそんな言い方をしていましたよね。なかなかうまいと思いませんか？　ＦＢＩも犯人にあだ名をつけるんでしょう？」

「みんなテレビの見すぎじゃないかしら」しかし、ボンザードの言うとおりだった。ＦＢＩが犯人にあだ名をつけるのはよくあることだった。マギーは、最近担当した事件を思い起こしてみた。コレクター。ソウル・キャッチャー。あだ名について何か規定があるわけではないし、非難を込めてというのでもなかった。あえて言えば、犯罪の性質を明確にする必要性から生じた習慣だろうか。犯人を理解し、こちら側が優位に立つためなのだ。今回の〝死体泥棒〟というあだ名は適切だと思われる。いささか安易ではあるけれど。

ボンザードに手招きされて台の一つに近づいてみると、洗いたての骨が白い防汚クロスの上に並べられていた。

「３番のドラム缶に入っていた若い男性です」番号がふられているのも、必要があってのことだった。ウォーターマイアーの指示で、缶本体と蓋《ふた》に番号が記されたのだった。今、目の前に並ぶ骨の一つ一つに、３と書かれたタグがついている。

「若い男性？　どうしてわかるんですか？」これはマギーが中を見なかったドラム缶だった。骨ばかり詰まっているとストルツは言っていた。年齢はもちろんのこと、性別を判断できるほど組織が残っていたのだろうか。

　ボンザードが手に取ったのが腿の骨だということはマギーにもわかった。正確に言えば大腿骨《だいたいこつ》だ。確かに医学を修めはしたが、骨は彼女の得意分野ではなかった。

「生まれたときには骨端があったり分かれた骨だったりするのが、成長とともに大きく固くなり……最終的には結合して一体化する、そういう部分が人体には何箇所かあるんです。大腿骨の端もその一つ。ほら、ここ」と、指をさす。「膝に当たるところですが、わずかに離れているのがわかりますか？　もう、溝というか、骨についた傷か何かみたいになっています。成熟しかかっているんですね。大人になってしまうと、この溝は消えるんです」

　ボンザードが骨をのぞき込むように腰をかがめたために、二人の額と額がくっつきそうになった。彼の肘がマギーの脇腹《わきばら》に触れる。彼女は一瞬、そちらに気を取られた。研究室の強烈なにおいに囲まれている中で、突然、ボンザードの体臭がくっきりと際立って感じられた。爽《さわ》やかな石鹸《せっけん》と、ほのかなアフターシェーブローションが混じり合った香りだった。

「わかりますか？」彼がまた言った。

　マギーは急いでうなずくと、反対側の足に体重をかけ替えて、彼との距離を広げた。

「この場合、溝が完全には消えていませんから、年齢は十八歳から二十二歳、せいぜい二十三、四といったところでしょうね。思春期から青年期にかけては性別の判断が困難なことが多いんですが、この人物は間違いなく男性です。ほら、骨が太くて関節が大きいし、頭蓋骨《ずがいこつ》の顎は角張っていて額が比較的狭いでしょう」

「じゃあ犯人が選んだのは、四十代の女性と、すでに死亡してエンバーミングを施された初老の男性と、青年、ということになるわけですね。四つ目の缶は？　背中に格子柄がついていたあの犠牲者は、どういう人だったんですか？　何かわかりました？」

「いや、たいしたことは。ドクター・ストルツから頭の傷についてファックスはありましたが、それもこっちが尋ねたからで。性別は女性です。ドクター・ストルツは年齢を特定するのに手間取っているみたいです」

「連続殺人犯は普通、決まったタイプを犠牲者に選ぶものなんです。テッド・バンディなどは、黒っぽいロングヘアを真ん中で分けている若い女性ばかりを狙《ねら》っています。でもこの犯人は手当たりしだい。選ぶ相手になんの共通点もないように見受けられるんですが」

「いや、共通点はあると思うな。ただし、ぼくたちが見慣れていない類《たぐい》の。だからきっと、あなたもこれに興味を持つんじゃないかと思うんですが」ボンザードは大腿骨を置くと、それと対になっている骨、正確にはその一部を、取り上げた。こちらは膝蓋骨《しつがいこつ》の真上で切断されている。「右大腿骨の下端を見てください」骨か軟骨の一部が丸くふくらんで突き出ていた。その一部も切り取られている。

「このふくらみは？」

「おそらく生まれつきでしょう。骨幹から棘《とげ》状の異常骨が突出するもので、成長が止まるのを待ってから、切除する予定だったんだと思います。ただ、疾患そのものに対するこの部分の影響はさほど大きくないので、この青年がどういう状態だったか、これだけではっきりしません。足を引きずっていたかもしれません。脛骨《けいこつ》と腓骨《ひこつ》の状態がわかれば、もっと確かなことが言えるんですが」

「当ててみせましょうか」マギーが言った。「その部分が見つからないので、なんとも言えない、そうでしょう？」

「実は、そうなんです。それが共通点ですよ。最初の遺体からは乳房《にゅうぼう》のシリコンがなくなっていましたね？　脳腫瘍《のうしゅよう》を患っていた男性は脳を持っていかれた。この青年の場合、犯人の狙いは不自由な脚だったんですよ。この缶は密封された状態で発見されています。患部である脚以外は全部ここに揃《そろ》っているんです」

ボンザードは、広げられた人骨を手で示した。

「背中に格子柄の死斑《しはん》が出ていた女性についても」彼は続けた。「今はまだドクター・ストルツは蛆《うじ》に手こずっているようですが、いずれ見つけるでしょう。病変部か不完全な部分が欠損しているのを」

ボンザードは言葉を切った。じっとマギーを見つめて、反応を読み取ろうとしている。

「これが被害者学ってやつなんでしょう？　彼らには共通点がある。偶然ではあり得ない。違いますか？」

「おっしゃるとおりです」マギーは言った。「わたしは偶然というものを信じません。でも、共通点ならもう一つあります」

「なんですか？」

「この人たちはみんな、犯人を知っているということです」

42

Ｒ・Ｊ・タリーは汚れた皿をシンクに運び、テーブルにこぼれたパンくずを拭《ふ》いた。そこへノートパソコンを置いて電源コードをコンセントに差し、インターネット用のケーブルを接続した。パソコンの蓋《ふた》に指紋検出用のパウダーをほんの少しつけられたものの、やはり鑑識課の仕事は迅速かつ丁寧だった。

例のメールの出所を突き止めるべくバーナードはいまだ奮闘中だが、どうやらタリーの予想が当たっていそうだった。ソニーボーイは公共のコンピュータしか使っていないのだ。メリデン図書館とニュー・ヘヴン大学まではわかったが、この分だと個人を特定することもプロフィールを見ることも難しそうだった。彼はこのアドレスをチャットやメールにだけ使っていたらしい。個人情報もメンバー・プロフィールも登録していなければ、クレジットカードやオンライン・ショッピングを利用した形跡もなかった。完全な手詰まりだ。

ジョウアン・ベグリーのＡＯＬアカウントにアクセスしたタリーは、パスワードを使ってファイルキャビネットを開いた。未読のメールに目を通したが、ほかにもチェックしている人間がいる場合のことを考えて、〝未読のままにしておく〟をクリックした。

突然、テーブルの下からハーヴィーが飛び出してきてタリーを驚かせた。この犬がいることをすっかり忘れていた。直後に、玄関のドアが開く音がした。賢い犬だ。

「ただいま、パパ」エマが入ってきた。いつものようにアリーシャが一緒だった。

「早いじゃないか」嬉《うれ》しさをあらわにしないよう気をつけながらタリーは言った。最近では娘と顔を合わせることはめったにないし、あったとしてもほんの短い時間だった。

「今日はうちで勉強しようと思って。いいでしょう？」

エマはかかえていた教科書をソファに放《ほう》り出してしゃがみ込み、ハーヴィーの太い首を抱いた。激しく振られる尻尾《しっぽ》にぶたれまいと右往左往するアリーシャを見て、エマが笑い声をあげる。

「撫《な》でてもいいわよ」許可を待っている様子のアリーシャに、エマは言った。「夕食にピザを取ってもかまわない？」

ハーヴィーに手を舐《な》めさせながら、エマが父親に尋ねた。娘の瞳の中に、タリーはあるものを――きらめきを、生き生きした光を――確かに見た。実に久しぶりだった。なんという幸せだろう。

「いいとも、スウィートピー。ただし、パパにも分けてくれないとだめだぞ」

「もう、パパったら。もちろんあげるわよ。なにしろパパがスポンサーなんだもん」エマはぐるりと目玉を回してみせたが、顔は相変わらず笑っていた。

犬が尾を振り、手を舐めるだけで娘の瞳が輝くとは。知らなかった。誰が想像できるだろう？　十代の女の子というやつは——まったく不可解な生き物だ。

エマがもうじき十六になるのも驚きだが、ときどきそれ以上にぎょっとさせられるのが、自分が十六歳の子の父親になるという事実だった。ティーンエイジャーの女の子のことは、何もわからない。まったく未知の世界だ。小さな子の父親なら、うん、まあなんとかつとまる。守る、養う、褒める。これは得意だ。が、年ごろの娘はそんな資質には洟《はな》も引っかけないだろう。

「おいで、ハーヴィー」エマが廊下から呼んだ。「ねえ、見ててよ、アリーシャ」自室へ向かいながら友達に言っている。「すごいんだから。ハーヴィーがベッドの足もとにじっとうずくまってるのってさ、まるであたしを守ろうとしてるみたいなの。それに、あのおっきい目。すごく優しそうな茶色でしょ。最高じゃない？」

タリーはほほえんだ。優しくて過保護なのが父親だとうんざりだが、犬なら最高らしい。娘の中での地位を犬に取ってかわられるのか？　男よりは犬のほうがまだましだが。

タリーはジョウアン・ベグリーのメールに戻った。オデールによれば、今回の犯人は被害妄想をいだいているらしい。犠牲者を人目にさらしてみずからの力を見せびらかす連続殺人犯が多い中、この犯人は自分の仕事を誰にも見られたくなかったから遺体を隠した。つまり目的は、被害者を苦しめたり殺したりする行為ではない何かだと、オデールは言う。殺人そのものには喜びも満足も感じていないのではないか、と。彼女の見方が当たっているとすれば、殺人は、目的を遂げるための単なる手段ということになる。オデール流に言えば、戦利品を手に入れるための、だ。しかしこれがジョウアン・ベグリーを連れ去ったのと同一人物だとするならば、狙《ねら》っているのは彼女のなんなのだ？

タリーは、ソニーボーイからのメールの一通をじっくりと読んだ。ジョウアン・ベグリーに深い関心を寄せ、彼女のことを心から心配しているのが伝わってくる文面だった。むろん、獲物をおびき寄せるための方策かもしれない。しかし、それ以上の心情がこのメールからは感じ取れる。

彼はこう書いていた。〈つらさをこらえちゃいけないよ。思いきり悲しむんだ。悲しんでかまわないんだ。ちっとも恥ずかしいことじゃないんだからね。弱虫だなんて、誰も思うものか〉

ソニーボーイは、犠牲者たちに対してなんらかの感情をいだいているのか？　同情しているのか？　彼らがみな、不完全だから？　これもゲームの一部なのか？　それとも、ジョウアン・ベグリーは犠牲者ではないのか？

本当にオデールの言うとおりなのだろうか。この犯人は、自分のしたことが恥ずかしくて遺体を隠すのだろうか。そんなことがあるだろうか？　他人の異常さを手に入れたいという自分の欲求を恥ずかしがる殺人犯？　殺さなくてはならないこと自体を、もしかしたら恥じている？　確かに、そう考えれば、手始めが死体だったこともうなずける。脳腫瘍《のうしゅよう》を患っていた男性は、エンバーミングも埋葬もすんだあとで犯人の手に落ちたというではないか。きっとソニーボーイは死体から始めて、徐々に度胸をつけていったのだ。あるいは、人を殺すことに対して感じていたかもしれない後ろめたさより、ほしいものを手に入れたい気持ちのほうが上回ってしまったか。

ソニーボーイがジョウアン・ベグリーに送った最後のメールを表示した画面を、タリーは椅子にもたれてじっと眺めた。この善良そうなソニーボーイに、妄想癖？　タリーは自分で確かめたくなってきた。

本当は、オデールに相談してからにしたほうがいいのだろう。早まったことをするべきでないのはわかっている。だが、失うものは何もないではないか。これはオデールの影響か。教科書どおりのやり方を離れてみたいと思うなんて、きっとオデールの悪い癖がうつったのだ。

タリーは椅子をテーブルに近づけた。キーボードの上で指を構える。かまうものか。彼は返信のアイコンをクリックした。ジョウアン・ベグリーの名前の入った返信用の画面になる。気が変わらぬうちにメッセージを打ち込み、送信ボタンを押した。もし本当にソニーボーイがジョウアン・ベグリーを拘束しているのだったら？　すでに殺してしまっていたら？　もしもそうだったら、彼女からメールを受け取ったソニーボーイはさぞかし驚くことだろう。たとえそれがこんなに短い文面でも。

〈なぜなの？〉

43

マギーはボンザードの研究室をあとにした。今日も天気は穏やかだったが、日が傾くにつれて肌寒くなってきた。秋のキャンパスの風景や雰囲気を楽しみたいのはやまやまだが、ボンザードが増やしてくれたパズルのピースを組み合わせるのに忙しかった。携帯電話を取り出したマギーは、そのついでに手帳に書き留めた文字を確かめた。そこはもう近いはずだった。番号を押しながらあたりを見回してみる。もしかすると、反対の方角へ来てしまったのだろうか。

「ドクター・グウェン・パターソンです」

「グウェン、マギーよ。ちょっと教えてほしいんだけど。ジョウアンにはどこか悪いところがある？　身体的な障害とか」

「障害？　いいえ、全然。どうして？」

「彼女の失踪《しっそう》と採石場跡の事件が関連しているのかどうか、今、調べてるのよ」

「でも、特徴がジョウアンと一致する被害者はいないって、あなた言ったじゃない」

「もちろん、犠牲になったと決まったわけじゃないのよ」親友の声に狼狽《ろうばい》を聞き取って、マギーは言った。「ただ、この犯人に連れ去られた可能性がまったくないわけじゃない。ねえ、本当のことを言って、グウェン。隠し事をしてる場合じゃないんだから」

「隠し事？　彼女に何か秘密があって、それをわたしが隠してるとでも思ってるの？」

「秘密というわけじゃないかもしれないけど、何かあなただけにうち明けた事実があるかもしれないでしょう」

「彼女を見つけ出す手がかりになりそうなことは全部話したわよ」

「本当？」

「いったいどういうことなの、マギー？」

「今回の犯人はね……遺体の一部を持ち去ってるのよ。病気に冒されているところとか、不具合のあるところとかを」

「たとえば？」

「ある女性の場合は乳房《にゅうぼう》に入れたシリコンがなくなってたし、不自由だった足の骨だけ見つかっていない遺体もあるわ。手術不能な脳腫瘍《のうしゅよう》を患っていた男性は、その脳を持ち去られてるの。でも、ジョウアンに障害も疾患もなかったのなら、この犯人に狙《ねら》われる心配はないわね」

　マギーは手帳から封筒を抜いてカードを取り出し、もう一度所在地を確かめた。どうしてこの建物が見つからないのだろう？　グウェンはまだ返事をしない。

「グウェン？」

「ひょっとしたら、このことが関係してるのかしら、マギー。実はね、ジョウアンはここ二年のあいだに大幅な減量をしたんだけど、周りには、体重の増減はホルモン欠損症のためだと言ってたのよ」

「ホルモン欠損症？　つまり、甲状腺《こうじょうせん》に問題があるってこと？」

「そう」

「なるほど。それは気になる情報だわ。メリデンへ戻りしだいウォーターマイアー保安官に連絡しないと」

「今はどこにいるの？」

「ちょっとね、個人的な用があって」

「ついに彼に会う気になったの？」

「違うわよ。ボストンじゃないわよ、グウェン。ニック・モレリには会わないわ。もしかすると、もう会うことはないかも」

「ボストンのことを言ったんじゃないわ。ウェスト・ヘヴンにいるんでしょう？」

危うく縁石につまずくところだった。弟の存在はグウェンにも話したことはなかったのに。「どうして知ってるの？」

「あなたのお母さんに相談を持ちかけられたのよ。去年の十一月に。あなたに彼の名前と住所を教えるべきかどうかって」

「最初から知ってたの？　なんで黙ってたのよ？」

「あなたの口から聞かされるのを待ってたの。なぜ話してくれなかったの、マギー？」

「たぶん、わたしも待ってたんだと思う」

「待つって、何を？」

「勇気がわいてくるのを」

「勇気？　わからないわね。あなたほど勇敢な人、わたしはほかに知らないけど、マーガレット・オデール」

「わたしがどれほど勇敢か、もうすぐわかるわ。また電話する。じゃあね」

携帯電話をポケットにしまったマギーは、ほとんどあきらめかけていた。目的の場所さえ見つけられないのでは、勇敢も何もあったものではない。そう思ったとき、ダラム・ホールを示す標識が目に入った。その建物を眺めたまま、マギーはしばらくためらった。何をしているの。せっかくここまで来たのだ。入らないなんて、ばかげている。

受付では、鼻ピアスにピンクのアイシャドウのブルネット娘が片手に携帯電話、片手にミネラルウォーターを持って膝に教科書を広げていた。

「絶対、ここテストに出るって。あの先生、何回も言ってたじゃん」顔を上げた彼女は、マギーを見ると電話を持ったまま訊《き》いた。「何か?」

「パトリック・マーフィーを捜しているんですが」

女子学生はカウンターの上の退出簿を見た。「今日は夕方まで出てますね。でも……バイトだと思いますよ。ほら、あそこへ行けば会えるかも」と、表通りをはさんだ向こう側を指さす。

どこのことを言っているのかとマギーは訝《いぶか》ったが、すぐに〈チャンプス・グリル〉と書かれた看板が見えた。なるほど、自分で学費を稼ぎながら大学へ通っているのだ。マギーが手に入れた中には、なかった情報だった。

〈チャンプス・グリル〉は揚げ油のにおいがした。暗くてうるさくて煙たくて、高い背もたれで区切られたブースはどこも学生たちでいっぱいだった。マギーはカウンターに席を見つけ、さっそく捜しにかかった。店内を眺め渡して、ウェイターを一人一人見ていく。わかるだろうか。わかったとしても、なんと言う? 初対面の相手に、わたしはあなたの姉よといきなり言う？　きっと、先にホールマーク製のカードを送るべきだったのだ。ホールマークには、多目的に使えるカードがなかっただろうか？

背の高い黒髪の店員がいた。奥のテーブルで注文を受けながら笑っている。どこかで見たことのある横顔ではないか？　彼が何か言うと、客がどっと笑う。腹がよじれるほど父に笑わせられたことを思い出して、マギーはほほえんだ。あんなに笑うことは、もうなくなってしまった。父の思い出の多くは、その死によって暗く陰ってしまった。父の冗談や胸のぬくもりを思い出すより、夜中に目を覚まして、葬儀屋の努力では隠しきれなかった肉の焦げ臭を感じることのほうが多くなった。お守だからと与えられた父とお揃《そろ》いのペンダントを懐かしむより、猛火に飛び込んだ父を、同じペンダントは守ってくれなかったではないか、父は帰らぬ英雄となり果てたではないかと、恨む気持ちがまさってしまう。

マギーは、ブラウスの下にだが今もつけているそのペンダントを、まさぐった。認めなければならない思い出がある。疎んじられるべきではない事実がある。マギーは店の奥にいる店員をじっと見つめた。そもそもパトリックは自分の父親が誰であるか、知っているのだろうか。彼の母親は、息子に告げたのだろうか。あるいは、父の死後、彼女とマギーの母とのあいだで交わされた約束に、それを告げないという条件も含まれていたのだろうか。

「何になさいますか?」バーテンダーの声がした。

「ダイエットペプシをお願い」本当はスコッチが飲みたかったが、マギーはそう答えた。そして、相手の顔が見える程度にちらりと振り向いた。

「レモンを絞りますか?」

「いいえ、レモンは……」あとが続かなかった。まるで幽霊でも見たかのように、マギーはバーテンダーを凝視した。いや、本当に幽霊だった。父親とまったく同じ顔がそこにあった。同じ、茶色い目。同じ、くぼみのある顎。

「レモン抜きですね?」父と同じ笑顔で、彼は言った。

「ええ、そう」

彼がグラスに氷を入れ、ペプシを注《つ》いで彼女の前に置くあいだ、マギーは気をつけていないとその顔をじっと見つめてしまいそうだった。

「一ドル五十セントです。けど、いつでも結構ですよ。おかわりは無料です」

マギーは声も出せずにただ笑みを浮かべてうなずいた。彼がほかの客のほうへ移動しても、目を離すことができなかった。のぞき魔にでもなったような後ろめたさを感じつつ、彼の一挙一動を観察し、長い指をした手に見とれた。ヘアスタイルまで父と同じだった。あの癖毛では、ほとんど選択の余地がないのだ。

ペプシを三度おかわりして天気の話をしたあと、メリデンでボンザードと食事をするために店を出た。名乗る勇気は出なかった。親しくもなれなかった。それでもマギーはレンタカーに乗り込むとき、何かを見つけたような気がしてならなかった。ずっと昔になくしていたのに、なくしたことに今まで気づかずにいた何かを。そして、自分はきっとまたここへ来るだろうという予感がした。

44

リュークはガスレンジにかかった鍋《なべ》を見つめた。自分が置いたはずはなかった。ソーセージとハッシュブラウンを炒《いた》めていて火事になりかけて以来、料理をするのはやめたのだから。あのときは、フライパンを火にかけていたことを煙のにおいを嗅《か》ぐまで忘れていたのだ。それ以来、シリアルにミルクをかけたのとかサンドウィッチとか、火を使わないものだけを食べるようにしている。

鍋の蓋《ふた》はまだ熱い。こんなに大きな鍋を出してきた覚えはなかった。リュークはキッチンを見回した。ほかに変わったところはなかった。勝手口のドアは――閉まっている。キッチンの窓も閉まっている。誰かが入り込んだのか？　つけられていると思ったのは、気のせいではなかったのだ。確かにあのとき、木の陰に人がいた。見張っていた。それに、足音だ。足音を聞いた。そうだ、元肉屋のショーウィンドウに映ったあの男。こっちを見ていたと思ったら、次の瞬間には消えてしまったが、あれも錯覚ではなかったのか？

リュークはもう一度鍋を見やった。あんなに大きな鍋を自分が使うわけはない。子豚が丸ごと入りそうじゃないか。ガス二口分にまたがっている。あの鍋がうちにあったのかどうかも思い出せない。大鍋が必要になることなどないのだから。

誰かが置いていったのだ。どうして、ここに？　なぜこんなことをする？　わたしを混乱させようとしているのか。パニックを起こさせたいのか。それとも……怖がらせたいのか。

不意に冷や汗が噴き出した。シャツが背中に張りついた。心臓が激しくあばらを打つ。リュークはもう一度部屋中を見回した。不安がどんどんふくらんでいく。せわしなく首を巡らせながら歩き回った。知らず知らず早足になる。リュークは転がるようにしてリビングルームへ飛び込んだ。

たまらなくなって彼は叫んだ。「スクラプル、スクラプル、出ておいで、おまえ。おうい、スクラプル。どこにいる？」

熱い涙が頬を濡《ぬ》らし、リュークはシャツの袖《そで》でそれをぬぐった。吐きそうだった。階段を上る途中で立っていられなくなった。膝に力が入らず足を滑らせ、何段か下まで落ちて肩から壁にぶつかった。もう一度叫ぼうとしたが、喉が詰まって声が出ない。すすり泣きが漏れるばかりで、それがとても自分の口から出たものとは思えず、リュークはますますうろたえた。これではまるで手負いの獣ではないか。

リュークは踏み板に横たわった。体を支えることを足がかたくなに拒んでいる。冷たい木に頬を押しつけ、彼は身を震わせた。震えを止めたくても止まらない。これも病気のせいなのか？　リュークは自分の体を抱きしめた。狭い場所でできる限り力を込めて、抱きしめた。横向きのまま膝をかかえて顔をうずめ、吐き気と寒さを必死にこらえた。唇からはか細い、哀れな泣き声が漏れ続けていた。

不意に体をつつかれた。ひんやりとした何かで。リュークはのろのろと頭をもたげた。ゆっくりと、踏み板から頬を離した。するとすぐに濡れた舌が彼の顔を舐《な》めはじめた。

「スクラプル、スクラプル、だめじゃないか、呼ばれたらすぐに来ないと」リュークは犬の首にかじりついて引き寄せた。あまりの力の強さに、スクラプルがくんくん鳴いて身もだえした。それでもリュークはさらにしっかりと抱きしめた。

45

リューク・ラシーンの家の狭いキッチンを、ウォーターマイアー保安官は足音高く歩き回っている。彼の様子をマギーは黙って見守った。壁のカレンダーや、引き出しの取っ手にぶら下がったよれよれのタオルや、シンクにたまった汚れた食器などを、保安官はしげしげと眺めている。あらゆるものに興味と関心を寄せているように見える。スープに浸《つ》かった、人の頭蓋骨《ずがいこつ》以外は。ガスレンジの上の大鍋《おおなべ》は、触れるとまだ温かい。

アダム・ボンザードが、新鮮な空気を吸いませんかと言ってラシーンを外へ連れ出してくれた。しかし出ていく前にボンザードは、水を一杯グラスに注《つ》いで一息に飲んだ。さらにもう一杯注いだのは、ラシーンのためだろう。それを持って彼は、ラシーンと一緒に勝手口から出ていった。

「ミスター・ラシーンはひどく動揺していますね」マギーが言った。

「それはそうでしょう」ウォーターマイアーは鼻を鳴らしかねない口調で答えた。「わたしだって動揺しますよ。もしも自宅のレンジで誰かの頭が煮えていて、しかも自分の行動を思い出せないとなったら」

「彼がやったことだと思われますか？　本人が覚えていないだけだと？」

「飼い犬が以前からいろんなものを掘り出して持ち帰っていたんですよ。記念にラシーンが何かを取っておいたかもしれないし、この家の縁の下には何があるか、わかったもんじゃない」ウォーターマイアーは、マギーの懐疑的な表情に気づいた。「ほかにどんな説明がつくっていうんです？」

「ラシーンも遺体の第一発見者でしたね？」

「そうですとも。テレビの取材を受けて得々としゃべっていた。どうせ今度のも、周りの注意を引きたくてやったんでしょう。寂しかったのかなんなのか知らないが」

「何者かにつけられていたと言っていますが」

「言ってますね。来週になれば、自分はエイブラハム・リンカーンだと言い出すでしょうよ」

「こういう行動はこれまでにもありましたか？」ウォーターマイアーの意地の悪い見方に、マギーは苛立《いらだ》ちをつのらせはじめていた。

「しゃれこうべを茹《ゆ》でたことがあったかってことですか？」

「違います。注意を引くために突飛な行動をとったことがあったんでしょうか？」

「わたしは知りませんがね。でも、あのじいさんがアルツハイマーだってのはご存じでしょう？」

「ええ。承知しています」穏やかな受け答えがだんだん難しくなってきた。「わたしの知る限りでは、アルツハイマーで妄想は出現しないはずですが」

「要するに、何が言いたいんですか、オデール捜査官？　誰かがラシーンをつけ回し、ここへ忍び込んでささやかなプレゼントを置いていったとでも？」ウォーターマイアーは腕組みをしてカウンターにもたれ、彼女に挑むような体勢をとった。大きな体のせいで、ただでさえ狭いキッチンがますます狭く感じられる。サイズ十二のワークブーツだけでも場所を取りすぎている。

「テレビに出たミスター・ラシーンを犯人が見ていたとしたらどうです？　大切な秘密の場所が暴かれたのは彼のせいだと、犯人が思い込んだとしたら？」マギーは言葉を切ってウォーターマイアーの反応をうかがったが、彼はまだ納得できずに続きを待っていた。

「今回の犯人が被害妄想をいだいていることは、話しましたね？」

「ええ、覚えてますよ。自分をつかまえようとする相手がいると思い込んで、その人物を狙《ねら》う恐れがあると言うんでしょう。しかし、とっちめる相手になぜラシーンを選ぶんです？　なぜヴァーガスじゃないんです？　実際にドラム缶を見つけ出したのはヴァーガスなのに」

「これまでに見たところでは、犯人は被害者を背後から襲い、しかもその遺体を隠しています。自分は強いと誤った自信を持っている類《たぐい》の犯人とは違うんです。もしあなたが犯人だったとしたら、若くて屈強な肉体労働者とアルツハイマーを患っている老人、どちらを狙いますか？」

「犯人はパニックに陥ってさらに誰かを殺すかもしれないと、おたく、言ってましたよね？」

「はい。それに、わたしが捜しているジョウアン・ベグリーも同じ犯人に連れ去られたのではないかと思っています。土曜日の夜、ハバード・パークで犯人と会った可能性があるんです」

「ハバード・パーク？」

「彼女が泊まっていたホテルの部屋にメモがありました。ハバード・パーク、西山頂。十一時三十分。そう書いてありました。彼女が知り合いに最後の電話をかけたのが、ちょうどこの時刻です。公園を捜してみてもらえませんか？」

「車がないかどうか？」

「ええ。あるいは、遺体がないかどうか」

ウォーターマイアーが目を細くした。彼は反対側の足に体重をかけ替えて、またカウンターにもたれた。ただし今度は、マギーの意見について真剣に考えているようだった。

「わたしがニューヨーク市警に三十年以上いたのは知ってますね？」

唐突な問いだった。ウォーターマイアーの視線はマギーの頭を越えて窓の外に向いている。おそらく、ボンザードとラシーンを見ているのだろう。そう、おそらく。沈黙しているものの、こちらの答えを待っているのでないことは確かだった。

「とんでもないものを山ほど見てきましたよ」彼はちらりとマギーを見て、またすぐに窓に目を向けた。「妻のロージーの提案で、こっちへ移り住むことにしたんです。はじめはわたしは気乗りしなくてね。保安官になったのも妻に勧められたからで、自分ではそんなつもりは全然なかった。こんな田舎じゃ、やり甲斐《がい》もないし。そのうちに9・11が起きた。たくさんの友人を失いましたよ。たった一日のうちに。あっと言う間に」

ウォーターマイアーは顎をかく仕草をしたが、もうマギーのほうを見ようとはしなかった。

「本当ならあの日、わたしも彼らと一緒にあの場にいたかもしれない。わたしも死んでいたかもしれない。いろんなことを思いました。いても立ってもいられなくて、現場へ行きましたよ、何度も……あのおぞましい事故現場に。ロージーはいやがりながらも、それがわたしにとって必要なことだとわかっていたんでしょう。毎週毎週、週末になると行ったんです。行かずにはいられなかった。友人たちの遺体を見つける手伝いをしないではいられなかった。それぐらいしか、わたしにできることはなかったから。必死に捜しましたよ。助け出してやると言わんばかりの勢いでね。でももちろん、見つかるのはかけらや切れ端ばかりだ。三十年警察官をやってたいていのものは見つくしたと思っていたが、あれほどの地獄はなかった。焼けただれた顔。ブーツを履いたままの片足。ちぎれた手は携帯電話を握っている。そりゃあもう、悲惨な光景ですよ、オデール捜査官。だから」と、彼はガスレンジにかかった鍋を顎でしゃくった。「こんなので驚きはしません。缶の中身だって同じです。ところが、あのときと違う点が一つだけあって……」ウォーターマイアーは、マギーが聞いているのを確かめるかのように彼女の顔を見た。「今回わたしは、説明を求められているんです。こんなことに説明などつくはずもないのに。しかもですよ、この事態にわたしが終止符を打つものと世間は思っている」

ウォーターマイアーがこっちに何を言わせたいのか、マギーにはよくわからなかった。心配いらないと言ってあげたほうがいいのだろうか？　もちろん犯人はつかまりますよ、と。わたしの頭の中にはかなり詳細な犯人像ができあがっていますから、と。わたしのプロファイリングはいつも正確ですから、と。そんなことは言えない。リューク・ラシーンを守り抜けるかどうかさえあやふやなのに。

アダム・ボンザードがちらちらと後ろを気にしつつ勝手口から入ってきた。ラシーンはまだ、石畳のテラスに据えられたベンチに座っていた。膝に抱いたジャック・ラッセル犬と一緒に池を眺めている。雁《かり》が飛び立つと犬のほうは首を巡らせて目で追うのに、ラシーンはまっすぐ前を向いたままだった。

ボンザードはマギーを見て、それからウォーターマイアーを見た。「あれを研究室へ持って帰ってもかまいませんか？」

「どうぞご自由に。こういうのはストルツにはどうしようもないだろうし。鍋のほうは鑑識に持っていってもらわなきゃなりませんがね。オデール捜査官の考えでは、犯人の指紋がついているかもしれないということだから」もはやウォーターマイアーの口調に皮肉めいた響きはなかった。

「ミスター・ラシーンはどうしますか？」ボンザードは保安官に尋ねた。

「どうするって？」

「今夜、ついていてあげられる人はいるんですか？」

「採石場跡とこっちとで、うちの者たちはただでさえてんてこ舞なんでね。これ以上はとても――」

「わたしがここに泊まります」言いながら、マギー自身、この申し出には二人の男たちと同じぐらい驚いていた。

46

捜査官同士ではよくあることだ――互いに助け合い、相手の後方支援に回るのは。それぞれの家族にまでそのシステムが適用されることもまれではない。けれどもジュリア・ラシーン刑事は警察官であって、ＦＢＩには所属していない。しかも、彼女とマギーとは二度ほど一緒に仕事をしたとはいえ友人などではまったくなく、仕事仲間だと思うからこそどちらも相手に我慢している。ラシーン刑事は、自分にとって妨げとなるルールをことごとく破ることによって昇進をしてきた。無謀にも無情にもなれる人間なのだ。しかし昨年、オハイオ州クリーヴランドの公園内のトイレで、マギーの母が手首を切ろうとしていたのを止めてくれたのはジュリア・ラシーンだった。借りをこしらえるのはマギーは好きではなかった。ジュリア・ラシーンには世話になった。彼女の父親をマギーが殺人犯から守れば、ちょうど借りを返す格好になるではないか。それに、マギーはこの老人がなんとなく好きだった。娘とは大違いだ。

マギーはリュークのもとへトレーを運んだ。彼が一心に眺めているように見える風景は夜の闇《やみ》に溶けはじめているのに、リュークはベンチから動こうとしなかった。頭蓋骨《ずがいこつ》がなくなり人肉の煮えるにおいが消えるまで、家の中へは入らないと言う。換気扇を強のまま回しっぱなしにしてあるし、窓という窓を開けてある。マギーにはもうにおいはまったく感じられないけれども、まだにおうとリュークは言い張るのだった。

「サンドウィッチを作りました」ベンチに座り、二人のあいだにトレーを置いてマギーは言った。ミルクとジュースを除けば、冷蔵庫に入っているのはハム類とマヨネーズとパンだけだった。

「腹は減ってないよ」トレーをちらりと見ただけで彼は言うと、またすぐに背筋を伸ばして不寝番さながらの体勢に戻った。異変を告げる物音を聞き分けようとするかのように、じっと耳を澄ましている。だが聞こえてくるのは、こおろぎの鳴き声と夜行性の鳥たちが呼び交わす声ばかりだった。スクラプルはリュークの膝の上でおとなしくしていたが、トレーの上の食べ物が気になりはじめたらしく、もぞもぞと身をくねらせて飼い主の注意を引いた。リュークが手を伸ばしてハムを小さくちぎり、教え諭すように話しかけながら与えた。「よく噛《か》めよ。噛まずにのみ込んじゃだめだぞ」

ところがスクラプルはそれを丸のみして、次をねだった。

「やっぱり気のせいじゃなかったんだな。やつはうちに入ってきたんだ」リュークはマギーのほうを見ずに言った。

「ええ」

彼女の返事を聞いて、リュークはほっとしたようだった。幻覚だと本気で思っていたのだろうか？　よほど安心したのか彼はサンドウィッチにも手を出し、一口かじりながらスクラプルにまたハムを一切れ食べさせた。

「でも、どうしてだろう？　どうしてわたしをこんな目に遭わせるのかな？」

「あなたとカルヴィンに、自分の大事な場所が荒らされたと思っているからですよ。だから単純に、あなたに同じことをしようとしているんでしょう」

「わたしも襲われるんだろうか？　あの人たちのように」

怯《おび》えているのだろうか。マギーはリュークの顔を探ってみたが、彼は食べることに夢中だった。

「脅かそうとしているだけかもしれません」そう言ったものの、マギーも確信は持てなかった。犯人が物陰から様子をうかがっていないという確信も持てないでいるのだ。ウォーターマイアー保安官の部下たちが周辺をくまなくチェックしたにもかかわらず。

「きっと、この前見たあいつだな」リュークは淡々と言ったが、マギーは思わず座り直した。

「見たって、どこでですか？　いつ？」

「昨日。いや、今朝だったか。通りかかった店のショーウィンドウに映ってたんだ。足音もずっと聞こえてた……つまり、わたしをつけていたんだよ。わたしがゆっくり歩けば、向こうもゆっくりになる。わたしが止まれば向こうも止まる」

マギーははやる気持ちを抑えてリュークのペースに合わせていたが、じれったくてならなかった。リュークはすでに食べかけのサンドウィッチを置き、ふたたび夕闇を眺めはじめていた。

「どんな人物でしたか？」

リュークが黙っているのは、考えているのだとマギーは思った。相手の正確な姿を、思い出そうとしているのだと。

しばらくして、彼女はもう一度訊《き》いた。「ミスター・ラシーン、ショーウィンドウに映ったのは、どんな人物でした？」

リュークはマギーのほうを向いた。視線をせわしなくさまよわせてから、ようやく彼女を見つめ、リュークは言った。「すみませんが、おたくはどちら様でしたかね？」

47

ドクター・パターソンがどんな反応を示すのかタリーには予測がつかなかったが、オデールより寛大でいてくれるのは間違いなかった。いや、少なくとも自分自身にはそう言い訳をしつつ、パターソンに電話をかけたのだった。ちょっと話したいことがあるから、と。話の中身は電話ですませてもよかったし、あのメールをそのまま転送することもできたが、自宅へ寄ってほしいと言われると、タリーはためらうことなく承知していた。

ドアを開けて彼を出迎えたパターソンは裸足《はだし》だったが、シルクのブラウスにスカートという仕事着のままだった。ただ、ジャケットは着ていないしブラウスの裾《すそ》がスカートから出ているところを見ると、帰宅したばかりなのかもしれない。

「入って」パターソンはさっさとキッチンへ戻っていく。そこでは、ガスレンジにかかった鍋《なべ》が、にんにくとトマトのえも言われぬ香りを放っていた。「食事はすんだ？　わたし、まだなの。こんなにおなかがすいたのは何日ぶりかしら」

「おいしそうなにおいだ」エマやアリーシャとピザをたらふく食べてきたことは、言いたくなかった。

「たいしたものじゃないけど。スパゲティ・マリナラソースよ」

タリーは彼女の表情をうかがった。これは意思表示なのか。彼に思い出させようとしているのか。去年、ボストンの小さなイタリアン・レストランで、パターソンはタリーにスパゲティの正しい巻きつけ方を伝授してくれた。官能的とも言える体験として、タリーの記憶にとどめられている出来事だった。少なくとも彼にとっては、間違いなく官能のひとときだった。

彼女もまた、あの夜を覚えているのか。そのサインをタリーは探したが、ソースを手早くかき混ぜ、焼きたてらしいパンにバターを塗りはじめたパターソンは、タリーのことなど見向きもしない。やはり、彼にボストンを思い出させたいと思っているわけではないのだ。なんと愚かな勘違いだ。忘れようと彼女は言っていたじゃないか。あの言葉は本気だったのだ。なのになぜ、こっちはいつまでも引きずっている？

「手伝おうか？」タリーはジャケットを脱ぎ、ブリーフケースとパソコンをカウンターに置いた。

「ざるにロメインハートが入ってるわ」パターソンはシンクを指さした。「サラダ用にちぎってもらえる？」

「いいとも、任せてくれ」タリーは腕まくりをして答えた。ハートをちぎってサラダに？もちろん、できるさ。ひそかに強がった直後、ロメインハートとはレタスの一種だとわかってほっとした。なぜ自分はこういった分野にもっと注意を払い、名称を覚えるということができないのだろう――ロメインハートにしろ、ピカソにしろ……パブロ・ピカソだったか？　そろそろ、このままではいけなくなってきているのかもしれない。ブリトニーとは何者なのかとか、レイヴとはどんなパーティーなのかとか、ペンタクロロフェノールと死体防腐剤の入ったウェットという麻薬の成分は何かとか、そういうことに詳しくなれば――ちなみにエマには、もしもドラッグをやっているとわかったら、三十五歳になるまで家から一歩も出さないと申し渡してある――そのときにはきっと、グウェン・パターソンの頭の中も理解できるようになる。ブリトニーはもう終わったとエマから聞かされてはいるけれど。

「うまいじゃない、タリー捜査官」酢と油の瓶を手に、パターソンがかたわらへやってきた。「パンはオーブンに入れたし、ソースも煮えてきたわ」

　彼女はレタスに酢と油をかけて軽く混ぜ、おろしたばかりのパルメザンチーズと黒胡《こ》椒《しょう》を振った。なんとも言えずうまそうなにおいだ。これの完成に自分も力を貸したのだと思うと、タリーは誇らしかった。こんなにきちんとした食事をこともなげにととのえてしまうパターソンは、やはりたいしたものだ。最近のタリーは、買ってきたものをプラスティック容器からまともな皿に移すのさえ面倒だというのに。

「これは冷蔵庫に入れておくとして」彼女は言った。「スパゲティができるまで、あなたの話を聞かせてもらうわ」

タリーはパソコンをケースから取り出して開き、電源を入れた。

「採石場の犯人とソニーが同一人物だとすれば、やっぱりジョウアンはこの男に連れ去られたんだと思う。ソニーは、彼女にあてたメールの中でおかしなことを何度か言ってるんだ」

タリーはパターソンの様子を見守った。彼女の患者に殺人犯が何をしようとしているか、話しても平気だろうか。顔色がよくないが、ただ疲れているだけなのだろうか。

「このまま続けても大丈夫かい？」

「もちろんよ。事件ですもの。協力したいと言ったのはわたしよ。ジョウアンを見つけるのに必要なことなんでしょう？」パターソンはカウンターの端のワインラックを示した。

「開けてもらえる？」

タリーは赤ワインを一本抜き出し、ラベルをパターソンに見せようとした。が、彼女は彼にコルクスクリューを手渡すとワイングラスを取り出しにかかった。ワインならなんでもかまわないようだった。

「ちょっと確認させて。マギーによれば、犯人は犠牲者の体の一部を持ち去っているということだったわね」いつもどおりの専門家たる自分を懸命に保とうとしているのがわかるが、顔は青ざめたままだった。「だけど、どうして？　連続殺人犯が通常持ち帰る戦利品とは違うみたいじゃない？」

「そう」彼は言った。「違うんだ」

「使命感に駆られてでもいるのかしら？　不完全な人間はこの世から排除すべしとか」

「おれもそれは考えた。けど、それならどうして成果を見せびらかさない？　使命感から人を殺す犯人なら、自分の成し遂げたことを披露したがるのが普通だ。でも、こいつは遺体を隠している。それも、ただそこらへんに隠すんじゃなくて、わざわざドラム缶に入れて何トンもの岩の下に埋めて、絶対に見つからないようにしている」

「やりすぎってやつ？」パターソンはそう言ってからにっこりほほえんだ。「下品だったわね、失礼」

　ワインがきいたのだろう。パターソンの頬に赤みが戻ってきた。タリーは彼女のグラスに二杯目を注《つ》いだ。

「いや、おれもまさにそう思う。やりすぎだ。なぜそこまでやる？　おそらく、自分の行為を恥じているからだ」タリーは彼女の反応をうかがった。精神科医グウェン・パターソンの考えを、聞きたかった。

「なるほど……面白いわね」

「人を殺すことに喜びも満足も感じていないんじゃないかな。いやもちろん、人体の一部を手に入れることのほかにも、本人にとってなんらかのメリットがあるんだとは思う。支配力を獲得したような気になれるのかもしれない。しかしやはり、それが殺人によるのか、目的の部分を所有することによるのか、はっきりしないんだ。わかるかい、おれの言いたいこと？」

「マギーの考えは？」

タリーは初めて自分のグラスを手に取って一口飲んだ。「まだ彼女とは話していないんだ」

「そうなの？　どうして？」

「まずきみに言いたかったから」パターソンの表情を見れば、信じていないのは明らかだった。「わかった、白状するよ。オデールに話していないのは、おれがあることをしたからなんだ。オデールがあまり喜びそうにないことを」

ドクター・パターソンはカウンターに肘をつくと、喜んで共犯者になろうとでもいうように身を乗り出した。「いったい何をしでかしたの、タリー捜査官?」

「マギー・オデールのやりそうなこと、と言ったらいいかな」

パターソンはにんまり笑った。「やれやれ、すっかり彼女に毒されちゃったのね」彼女はワインをまた一口飲んだ。「何をしたのよ?」

タリーはパソコンを手もとへ引き寄せると、AOLのアイコンをクリックした。「メールを送ったんだ」

「ソニーにメールを送ったの? そんなの、たいしたことじゃないわよ。確かに、マギーだってやりそうだわ」

「どうかな。だって、ジョウアン・ベグリーのふりをして送ったんだから」

タリーは言葉を切った。パターソンはどう受け止めただろうか。ワインをすすりながらグラスの縁越しにこっちを見つめているけれども。しばらくしてから、ようやく彼女は言った。「あなた、ジョウアンはもう死んでると思ってるのね?」

タリーは、顔から血の気が引いていくのが自分でわかった。入れ替わりに、当惑が込み上げる。そうだった、タリーは無意識のうちにジョウアン・ベグリーのことをあきらめていた。採石場跡を隠し場所にする犯人とソニーとが同一人物なら、ますます望みはなくなる。ジョウアンが失踪《しっそう》直前までソニーとやり取りしていたメールを見れば、ソニーが彼女を連れ去り、殺害したのは、ほぼ確実かと思われる。

「二人がやり取りしたメールを見せるよ」答えのかわりにタリーは言った。「それを読んでどう思うか、きみの考えを聞かせてほしい」

タリーがファイルを開くと、パターソンは彼の背後へ回ってきて肩越しに画面をのぞき込んだ。ワインのせいだろうか、突然、パソコンの画面に意識を集中させるのが難しくなった。隣でパターソンがメールを読むあいだ、タリーは、なんていいにおいなんだと、そればかり考えていた。雨上がりの春の花を思わせる、ほのかに甘いにおいだ。

「ジョウアンが体重の問題をかかえていることに、ソニーは嫉妬《しっと》しているようにも取れるんだ」

「嫉妬？」

「周りから同情されたり関心を持たれたりする理由になるから」

「犠牲者たちの病気や障害への嫉妬が、犯行の動機だって言うの？」

「そう。ほら、自分にも、みんなに気の毒がられる何かがあればよかったと書いてあるだろう。こっちのメールでは」タリーは画面をスクロールした。「子どものころ、ひどい腹痛を起こしても、母親に信じてもらえなかったと言ってる。母は薬をのませてくれたけど、それをのんでも具合は悪くなる一方だった、それ以来、痛くても苦しくても人には言わなくなった、どうせ誰も信じてくれないのだから、とある。〝心気症を思わせる言動だな〟

タリーのこめかみに柔らかい髪が触れた。画面をよく見ようと、パターソンが顔にかかった髪を払ったのだった。気を取られそうになるのを、タリーはこらえた。なんの話をしていたのだったか？

「とにかく、おれはこう思うんだ。ソニーにはこの腹痛が今もあって、医者に診せても異常なし。ひょっとすると、痛みはあなたの頭の中にしかないんだというようなことを医者から言われたかもしれない。一方、自分の周りには、手術不能の脳腫瘍《のうしゅよう》に冒された男や、乳癌《にゅうがん》を患った女がいて、人々の同情を集めている。少なくとも彼らには、痛いとか苦しいとか訴えられる正当な理由がある。自分の症状も正当化したい。その思いがつのって、正当性を彼らから奪うことに決めた。人々の同情を集めていた不完全な部分をわがものにすることによって、力を、支配力を、手に入れたつもりになったんだ」

パターソンはテーブルの向こうへ回って腰を下ろすと、タリーを見つめた。見当違いもいいところだと言われるだろうか。だが、彼女は言った。「だから、ジョウアンを生かしておく理由はない、というわけね？」

彼女はタリーの答えを待たなかった。待つ必要はなかった。彼女自身、同じ結論にいたったのだから。パターソンは椅子から立ち上がると、レンジの前へ行き、ソースをかき混ぜはじめた。ずいぶん煮詰まってしまっているだろう。

「わたしのせいかもしれないわ」懺悔《ざんげ》にも似た言葉に、タリーは驚いた。

「きみのせいだって？　どうしてきみが責任を感じなくちゃならない？」

「おかしなことを言うと思ってるでしょう？」パターソンは笑い声をあげ、髪を手ですくような仕草をした。タリーがずっと前から気づいていた癖だった。ちょっと気弱になっているときなど、心のうちをちらりと見せたあとに、決まって彼女はこの仕草をするのだった。まるで、うち解けすぎた自分を戒めるかのように。

「いや、おかしなこととは思わないけど。きみが責任を感じる理由がわからないな。コネチカットでジョウアン・ベグリーが殺人犯と出会うかもしれないなんて、きみには知りようがなかったんだから」

「でも、あの夜、彼女からの電話に出られなかった。出られなくても、すぐにこっちからかけてあげればよかった……患者がわたしを必要としていたのに、わたしはこたえてあげられなかったのよ」

「もしも、こたえていたら？」タリーはキッチンの中へ入っていってカウンターにもたれた。「それでも何も変わらなかったかもしれない。選んだのは彼女なんだから」

パターソンが振り向き、彼と視線を合わせた。その瞳が潤んでいるのを見て、タリーは驚いた。「ジョウアンはわたしに助けを求めていたのよ。やめさせてほしいと願っていたのよ」高ぶる感情を懸命に抑えながら、彼女は目もとをぬぐった。

「大事なことを忘れてるよ、ドクター」

「何？」

「あそこへ行くことを選んだのはジョウアンなんだ。ということは、その選択に責任を負うべきは彼女自身であって、きみじゃない。カウンセリングの授業で教わらなかったかい？」

パターソンはもう一度彼と目を合わせてほほえもうとしたが、そうすることは難しそうだった。

「たまに」いいところでやめておけと脳細胞がこぞって叫ぶのを無視して、タリーは続けた。「仕事から離れるのは、悪いことじゃない。すべての患者に責任を持つなんて、不可能なんだから」頭脳の忠告に耳を貸すことなく、タリーは彼女に近づくとその体に腕を回し、そっと胸もとへ引き寄せた。

腰を折って髪に唇をつける。それにこたえるかのように彼女が寄り添ってくると、タリーはその首筋にキスをした。彼女がわずかに身を引いて顔を上げた。タリーはためらわなかった。ボストン以来ずっとこらえていたかのような、熱く激しいキスになった。

パターソンがいったん体を離して、彼の耳もとで囁《ささや》いた。「今夜はそばにいて、タリー」

彼の体はすでに〝イエス〟と答えはじめていた。が、良識がハンマーのようにタリーを打った。彼女をきつく抱きしめ首筋に顔をうずめたまま、タリーは言った。「できない。ああ、できることならおれだってそうしたい。でも、だめなんだ」

パターソンがさっと離れた。戸惑い、そして傷ついているのがタリーにもわかった。

「それはそうよね」気まずさを紛らすために、いつもの医者らしい口調に戻って彼女は言った。「ごめんなさい。おかしなことを——」

「いや、違うんだ」

「いいのよ、わかってるから」彼女はマリナラソースを手荒にかき混ぜはじめた。「公私混同はよくないわよね」

「公私を混同したのはおれのほうだと思う」

「どっちだっていいじゃない。とにかくわたしが——」

「グウェン、違う。帰らなきゃならないのは、エマがいるからなんだ」

やっとパターソンが振り向いた。その顔に納得の表情が広がる。どうやら心の棘《とげ》も抜けたようだった。

「エマのことがなかったら……なかったら、今ごろこんなところに突っ立っていないよ。話し合うまでもない」

「だけど、わたしたちの関係について、本当は話し合うべきなんだわ」

「だからこそ、今日は帰るよ。徹底的に話し合って自分たちを思いとどまらせたくはないんだ。思いとどまらなくちゃならないようなことがまだ起きていないうちから」タリーはパターソンのほうを見ずに荷物をまとめにかかった。

帰り支度がととのうと、彼は椅子の背からジャケットを取ってはおり、パターソンのいるカウンターへ戻った。

「きみと一緒に殺人犯の精神分析をするのは面白いけど、自分たちの関係については分析したくない。今のおれたちがどうであれ、しばらくこのままでいくことにしないかい？」

尋ねておきながら、パターソンが答える前にタリーはまた唇を重ねた。長く、そして深いキスを終えたタリーは、彼女の答えを聞くことなく立ち去った。

48

夜のこの時間に買い物をするのが、彼は好きだった。〈ストップ&ショップ〉の店内に客はほとんどいない。激しい怒りはいっこうに静まらず、いつ嘔吐《おうと》するかわからない。でもここなら、突然トイレに駆け込もうが、買い物かごを放《ほう》り出して店を飛び出そうが、誰にも気づかれる心配はなかった。それで思い出したが、あのどろどろの白いやつをもう少し仕入れておく必要があるんだった。

図書館を出てからずっと、手が痺《しび》れ足がふらつく感覚が続いていた。今も誰かに見られているのではないか、つけられているのではないかと、彼はその場でぐるりと回って確かめた。彼を狙《ねら》っている者がいるのだ。それにしても、なぜばれた？　どうしてメールアドレスを知られた？

最初は、あのじいさんだと思っていた。だが今は、あのでしゃばりなレポーターだと確信している。あの女！　とんでもない女だともっと早くに気づくべきだった。あいつにはずっと追い回されていたんだ。ぼくの周辺を嗅《か》ぎ回っているのを、何度か見かけたことがある。昨日はほとんどぶつかりそうになった。あのときあいつは、まるでぼくなど存在しないかのように目もくれなかった。わざと何も知らないふりをしたのか？　本当は知っているくせに。そうでなければ、こっちの行くところ行くところに、どうしてあいつがいるんだ？

そうしていよいよ、ゲームを始めようというわけだな。ジョウアンになりすましてメールを送りつけてくるとは。あのレポーターに決まっている。決まっている。決まっている。しかし、どうして知っているのか？　ジョウアンがぼくのところにいると、なぜわかったのか？　あのじいさんが何かしゃべったのか？　あの夜、ハバード・パークからジョウアンを連れ去るところを、じいさんに見られていたのか？

落ち着け。力を抜くんだ。いずれ、敵と対決しなければならないときが来る。今は静かに待っていればいい。彼はポケットを叩《たた》いて、折りたたまれた紙切れがちゃんと入っているのを確かめた。図書館で自分あてのメールを読むついでに、テレビ局の住所と電話番号を調べた。電話をかけると受付が出て、ジェニファー・カーペンターは十時半まで戻らないことを彼に告げた。本人に用があるなら、十一時のニュースが終わってからかけ直してくれと言う。用がある？　そう、確かに用があるのだ。なぜ自分につきまとうのか、理由を聞きたい。なぜ、こんなにいじめるのか、と。

　彼は陳列棚を眺め、リラックスしようと努めた。買い物に専念するのだ。まず、瓶入りのジャムをいくつか選んだ。大きさは十二オンスでいい。ふと見ると、オリーブの大きな瓶詰めがある。これは初めて見た。彼は手に取って詳細に調べた。容量は三十二オンス。広い口に、回して開け閉めする蓋《ふた》がついている。彼はそれをかごに入れた。かごの中にはすでに、缶入りスープと白パンが入っている。そうだ、マヨネーズだ。マヨネーズを切らしていたんだった。大瓶があればいいのに、六十四オンスのプラスティック容器入りしか見あたらない。プラスティックでは役に立たない。

　メールの文面。それを読んだときの激しい怒り。振り払っても振り払っても、頭から消えない。ゲームを挑んでくるとは。ジョウアン・ベグリーのふりをするとは。ばかめ。ばかめ、ばかめ。あのレポーターはぼくを狙っている。みんながぼくを狙っている。あのじいさんも。ＦＢＩの捜査官までも。誰も信じられない。みんながぼくをつかまえようとしている。でも、つかまらない。やつらにはどうすることもできない。こっちが先にやってやるんだから。

　そう思うと笑みがこぼれた。そうだとも、一人ずつ順々に、全員やってやる。やつらのおかげで秘密の場所は暴かれてしまったが、使えるところはほかにもあるはずだ。そう考えると、少し気持ちが落ち着いてきた。

彼は別の通路を歩きだした。あのじいさんはアルツハイマーを患っていると聞いた。人々がじいさんのことを話題にするときの口ぶりが、彼は気に入らなかった。いかにも気の毒そうな言い方をする。

いったいどんな様子なんだろうか。アルツハイマーみたいな病気の病巣はどうなっているんだろうか。脳のどこかが萎縮《いしゅく》しているのか？　色が変わっているのか？　一目でいいから、見てみたいものだ。

前回はピクルスの大瓶が役立った。あれと同じようなのを買っていこう。スティーヴ・アールマンの脳はピクルスの大瓶にぴったり収まった。きっとリューク・ラシーンのも同じはずだ。

49

物音がした。何かの音に、リュークは起こされた。肘をついて上体だけをもたげてみると、ベッドの端のスクラプルは、仰向けのまま宙をかく格好をして眠っていた。またリュークが錯覚を起こしたのか、この犬が番犬としてまったく役に立たないのか、どちらかだった。

自分の心臓の激しい鼓動が何かをかき消してはいないかと、リュークは耳を澄ました。階下にいるFBIの女性がたてた音だったのかもしれない。あの、ジュリアの友人が。自分は家の中に他人がいる状況に慣れていないのだ。家の中に誰かがいれば当然聞こえるはずの音に、聞き覚えがないだけなのだ。彼女は、ジュリアには連絡しないと約束してくれた。約束を守ってくれればいいが。ジュリアには心配をかけたくない。父親への哀れみだけで飛んで帰ってくるようなことはしてほしくない。あの子には……。

なんてことだ！　クローゼットの中で何かが動いたぞ。コンセントに取りつけた常夜灯がまぶしくてよく見えない。リュークは目を細くした。クローゼットの扉が三十センチほど開いている。開けっ放しにしたことなどないのに。閉まっていることを必ず確かめるのに。中に影が見える。間違いない、誰かがひそんでいるのだ。ああ！　やつは立ち去ってはいなかった。あのクローゼットの中にいる。あそこで、じっと待っている。わたしがぐっすり眠り込んでしまうのを、待っている。

リュークは枕《まくら》にそっと頭を戻した。クローゼットのほうへ顔を向けたまま、ふたたび眠りについたふりをした。もう一度耳をそばだててみたが、どんな物音も、もう聞き分けるのは無理だった。耳の奥で心臓が轟《とどろ》き、呼吸の乱れを抑えられない。思い出すんだ。武器になりそうなものが手近になかったか？　電気スタンド？　あれはコンセントにつながっているし、小さすぎる。リュークは必死に視線を巡らせた。何かないか、なんでもかまわない。探しながら、何度もクローゼット内の影を確かめる。また動いたか？

スクラブルはどうしてしまったんだ？　吠《ほ》えるどころか、いびきもかかずに仰向けに転がったままだ。どうして、あいつの存在に気づかない？

そうだ、バットだ。たしか、このあたりに置いてあったはずだ。ボールとバットとグローブと。今もときどきジュリアとやるからな。何を言ってるんだ？　それは何年も前の話だろう。バットが今どこにあるかなんて、全然わからない。

ＦＢＩの捜査官が階下にいる。なんとかして知らせられないだろうか？　こっそりこの部屋から出ていくか？　だが、スクラプルを置いてはいけない。役に立たない犬かもしれないが、見捨てることはできない。

そのとき、バットの頭がベッドの下から突き出ているのが見えた。そうだった、ここにあったんだ。リュークはベッドの下に手を伸ばした。くそう！　届かない。クローゼットの扉を見た。開き方が大きくなってはいないか？　ああ、ついに出てくるのか？　ぐずぐずしてはいられない。

リュークはベッドから飛び出した。スクラプルが目を覚ますほど激しく、膝をドレッサーにぶつけた。それでも彼は、バットをつかんでクローゼットに突進した。ひるまず、ためらわず、ノブに手をかけて扉を引き、バットを振りかざした。二度三度と、影めがけて力いっぱい打ちつける。

しばらくして、ようやくリュークは気づいた。彼が打ち据えたのは、自分の一張羅のスーツだった。クリーニング屋から引き取ってきたばかりのを、ビニールをかぶせたままクローゼットに吊《つ》ってあったのだ。自分の葬式に備えて、きれいなままで置いておきたかったから。それがどうだ。スーツは彼の命をおびやかしたあと、皺《しわ》くちゃになってクローゼットの床に丸まっている。

ベッドに座り込んだリュークは、ようやく異状を察知して慌てはじめたスクラプルを撫《な》でながら、手の震えが止まるのを待った。どうしてこんな愚か者になってしまったんだろう？　自分はいったいどうなってしまったんだろう？　記憶だけではなくて、正気まで失ってしまうのか？

そう思ったとき、外で物音がした。家の裏手でどさりと何かが落ちたような、くぐもった音がした。今度は、スクラプルも聞いていた。

50

ベッド以外の場所で眠るのも、コヨーテの遠吠《とおぼ》えを聞くのも、ずいぶん久しぶりだった。年代物の固いソファの上で少しでも快適に眠ろうと寝返りを繰り返していると、二階からリュークの気配が伝わってきた。家具を動かしてでもいるような音がする。夕方にはマギーのことをすっかり忘れていたリュークだ。部屋へ行ってみたら、意識のない夢遊病患者さながら、家具を次々に積み上げていたりするのではあるまいか。

いや、そんなばかな。マギーはすぐに自分自身を戒めた。アルツハイマーでそこまで異常な行動を起こすことはない。少なくとも、マギーの知る限りではそうだった。でもだったら、この疾病の何を自分は本当に知っているというのだ？　ジュリアには連絡をしないなどと、約束しなければよかった。もしも父親の命がおびやかされているのなら、娘は知っておく必要がある。もしかすると、リュークは約束を覚えていないかもしれない。あるいは、彼を説得して自分で電話をかけさせるという手もなくはない。

木の枝の影が天井で揺れている。リュークは家中のコンセントに常夜灯を取りつけてあった。彼がちらりと弱音を吐いたことがあった。そのうち明かりのつけ方がわからなくなって、暗闇《くらやみ》でじっと座っていることになるんだろうか、と。そんな心配をしなくてはならないとは、どれほど不安なことだろう。記憶が、ごく基本的な記憶までが、徐々に破壊されていく。あるいは記憶そのものがまったくない。それが自分でわかる。いったいどんな気持ちのするものなのか、マギーには想像もつかない。マギーはまたパトリックのことを思った。彼には父親の記憶があるのだろうか。

マギー自身について言えば、父を失い、アルコール依存症で自殺癖のある母と暮らした幼いころの記憶は、重荷でしかなかった。そんな記憶はなくても生きていけると思っていた。けれども今日、楽しかった思い出をよみがえらせてみて、わかった。記憶がなくても生きていけるなんて、欺瞞《ぎまん》だった。リュークのように、思い出を選《え》り分けることができなくなってしまったら、どんなにつらいだろう。何を忘れ、何を思い返すか、自分でコントロールできないのだ。マギーにはそれができる。なのに、わざとつらい記憶ばかりを反芻《はんすう》してきたのだった。

明日は、この家の照明器具につけるタイマーを買ってこよう。寿命の長い電球も。電気スタンドも、もう一つ二つあってもいいかもしれない。リュークがスイッチの入れ方を忘れてしまうのは、マギーにはどうすることもできない。でも、暗闇で独りぼっちにはさせるものか。

階段を下りてくる足音を聞いて、マギーは身を起こした。彼が階段を下りきってしまう前に、その長く伸びた影が何かを肩にかついでいるのがわかった。後ろからは小さなテリアがついてきている。

ああ！　本当に夢遊病だったのか？　マギーは懸命に思い出そうとした。夢遊病者が歩き回っているときには、目を覚まさせるべきだったか、それとも放《ほう》っておくのがよかったのか？

影が角を曲がるとき、かついでいるのがバットだとわかった。今にも振り下ろそうとしている。マギーはとっさにスミス&ウェッソンに手を伸ばした。ホルスターからそれを取り出してリュークのほうを見たマギーに、彼は唇に人差し指を立てて囁《ささや》いた。「外に誰かいる」

やはり夢遊病か、さもなければ幻覚を起こしているのだろう。とんでもない一日だったから、ストレスになって当然だった。マギーがそう思ったとき、表の窓の外を人影が横切った。

マギーはリュークを手で制して、窓から離れるようにと合図した。テリアはうなり声をあげてはいるが、飼い主にへばりついたまま離れない。マギーは銃口を下へ向けた拳銃《けんじゅう》を体にぴたりとつけて、じりじりと玄関へ向かった。音をたてないよう、そっと鍵《かぎ》を開ける。いったん振り返って、リュークが弾の当たらない位置にいるのを確認した。そのあと、一気にドアを開きながらスミス&ウェッソンを突き出した。ちょうど門灯の下に立った相手の、鼻先に銃口を突きつける格好になった。

「いやだ、ボンザード教授。こんなところでいったい何を?」

51

驚きのあまり、ボンザードは紙袋を一つ取り落とした。ポーチの木の床を食料品が転がった。

「二人ともまだ起きてると思ったんだけどな。そんなに遅い時間じゃないし。もう寝てたんですか？」

「脅かさないでください。いったいどうしたんです？」

ボンザードは散らばった食料品を拾いはじめた。マギーはリュークのほうを振り返った。また彼女のことがわからなくなってしまったのではないだろうか。両手でバットを握りしめたままたたずみ、ボンザードを凝視している。バットを使うべきかどうか、決めかねているように見える。

「大丈夫ですよ、ミスター・ラシーン」マギーは言った。「ボンザード教授ですから。昼間、会ったでしょう？」

「どうして戻ってきたんだ？」リュークは知りたがった。「どうして真っ暗な中をうろついていた？」

「いい質問ですね」そう言ってマギーは、また教授のほうを見た。

床に這《は》いつくばったまま、彼が顔を上げた。ぶらんこの下に転がった缶をまだ集めている。「うろついていたわけじゃありませんよ。ちょうどドアの前まで来てノックしようとしていたところへ、銃を突きつけられたんだ」

「なんのご用だったんですか？」マギーはもう一度訊《き》いた。

「この家の冷蔵庫がほとんど空っぽだったから。最低限のものはあったほうがいいと思って。まさか寝てるとは思わなかったんですよ。まだ十時前だし」立ち上がった彼は、袋の一つを開けて小さな白い箱を取り出した。「一緒に食事をしようって言ってたのがだめになったから、デザートを持ってきました」

「先に電話をいただきたかったわ」二人を喜ばせたいと心から思っているらしいボンザードに、腹を立て続けるのは難しかった。

「かけようとしましたよ。でもあなたの携帯電話は電源が入っていなかったし、ミスター・ラシーンの電話番号は知らないし」

「番号案内に問い合わせればわかったはずですけど」そう簡単に無罪放免にはできない。

リュークが黙りこくっているのが気になる。ようやくポーチへ出てきた彼は、ボンザードに手を貸した。袋の一つを受け取って、中をのぞいている。

「もう料理はしないんだよ」

「そうだろうと思いました。だから、ハムやチーズやパンばかりです。あと、いろんな種類のシリアルとミルク。あ、それにポップターツもね。これ、そのまま食べてもいけるんですよ。トースターで焼かなくても。ほんとですってば。ぜひ試してみてほしいな」

二人はマギーの横を通って家の中へ入っていった。ボンザードは、まだホルスターに収められていない銃にちらりと目をやり、それから彼女をまっすぐ見てほほえんだ。

「チーズケーキを持ってきただけの男に、ずいぶん手厳しいんですね」

「チーズケーキだって?」リュークがにわかに顔を輝かせた。

「そのとおり。しかも何を隠そう、〈ストーン・ハウス〉特製チョコレート・アーモンド・チーズケーキですよ」ボンザードはリュークと一緒にキッチンへ向かった。

マギーはあきれたように首を振った。けれども、ドアを閉める前にポーチへ出てみることは忘れなかった。なぜ、エル・カミーノのエンジン音が聞こえなかったのだろう？　ヘッドライトも見えなかったではないか？　私道の、家から離れたところに駐車してある。マギーのエスコートの後ろに停《と》めればいいものを。

家へ入ろうと向きを変えたそのとき、エンジン音が響いた。雑木林の向こう、ホイップアウィル通りのほうから聞こえてくる。音だけで、車そのものは見えない。マギーはポーチから下りて暗がりへ足を踏み出した。エンジンの低いうなりを追うように、伸び上がって木々のあいだに目を凝らす。

それでも見えなかったのは、その車が彼女の視界を出る寸前までヘッドライトをつけなかったからだった。見えたと思った次の瞬間には、テールライトが最初のカーブの先へと消えていった。

52

ベッド脇《わき》のテーブルに置かれた食事を見るのさえ、ジョウアンには耐えられなかった。食べられない。食べたくもない。いったい何が仕込まれているのか、食べると決まって内臓を引き裂かれるような苦しみに襲われるのだ。彼はもはや、手枷《てかせ》や足枷を使う必要すらなかった。たとえジョウアンが逃げたいと思ったとしても、もうベッドを離れることさえできなかった。逃げるかわりに、胎児のように丸まったまま、何時間にも感じられる時間を痛みに耐えて過ごすのだった。

もう、解放してくれるよう彼を説得するつもりもなかった。いつかここから出られるだろうと夢見たりもしない。とにかく、苦痛から逃れたい。きっと最後には死ぬのだ。そう、さっさと殺しておしまいにしてくれればいいのに。なぜ、そうしないの？　三度三度、彼は食事を運んでくる。今もジョウアンは、スープのにおいを嗅《か》いだだけであの苦しみを思い出していた。あの焼けつくような痛みが始まっている。吐き気は常にあった。いつまでたっても治まらない。船酔いで苦しみ抜いてもなお、陸地ははるか遠いといった感じだった。何も考えられない。苦痛以外、何も感じない。だから、隣に座った彼がコレクションを披露しはじめたときも、ジョウアンはただ目だけを向けて興味を持ったふりをするしかなかった。

彼はまた少年に戻っていた。興奮の面持ちで熱っぽく語る様子は、まるで発表会の子どもだった。世にもおぞましい物体を次から次へと見せられて、ジョウアンは何度も吐きそうになったが、もう胃の中には何も残っていなかった。不気味なそれらが人体の一部であるとは、考えないようにした。彼がそれらを持ち主から奪い去ったのだという事実は、思い出したくなかった。

今、彼が手にしているのは、蓋《ふた》の白い大ぶりな瓶だった。ジョウアンは目の焦点をわざとずらして、くすんだ黄色をした脂肪の塊のようなものをまともに見るのを避けた。

「これにはびっくりさせられたよ」彼は、ジョウアンの目線の高さに合わせて瓶を掲げた。「アルコール依存症患者の肝臓がダメージを受けるのは知ってたけど……」何かのコンテストで獲得した賞品を自慢するかのように、彼は笑顔で解説した。「正常な肝臓は、質感も色も子牛のレバーと同じだと言われてる。ほら、スーパーで売ってるレバーだよ。いや、ぼくは牛のレバーなんか食べる連中の気が知れないけどね。だって、気持ち悪いじゃないか」ジョウアンにもっとよく見せようとでもいうのか、彼は瓶をゆっくりと回した。「ね、アルコールのせいでここまで色が変わるんだよ」

彼が立ち上がり、瓶を棚の上段へ戻した。ジョウアンは、発表会はこれでおしまいだと思いたかった。彼は、食事をのせたトレーのそばで足を止めた。ああ、また無理やり食べさせられるのだ。もうこれ以上、一口たりとも食べられないのに。しかし彼は食器には手を触れず、トレーに一緒にのせてきた紙袋を取り上げた。ジョウアンの隣に腰を下ろすと、その袋から新たな瓶を取り出した。ありふれた十二オンス用のジャムの瓶だ。でも中身はジャムには見えなかった。ほかの瓶同様、透明な液体が満たされている。そして、これもほかの瓶と同じく、液体に浮いているものがある。

「つい最近手に入れたんだよ」ジョウアンの前で瓶を回しながら、彼は言った。回転が止まったとき、それは彼女の顔のすぐそばにあったから、いやでも見えてしまった。液体に浮かんでいる二つの物体は、鮮やかな青い色をした眼球だった。「不思議だよね。こんなにきれいな目なのに、ものすごく分厚い眼鏡がないと見えないなんて」

53

九月十六日　木曜日

午前零時を回っていた。

モップを隅へ放《ほう》り投げたら、園芸用品が雪崩を起こしたのでますます腹が立った。彼は息を止め、バケツの中身を排水溝に流した。黄色っぽくてどろりとしたそれは、見慣れたものだった。子どものころ、彼のベッドの脇《わき》にも常にバケツが備えられていた。それにしても、あの女の反吐《へど》を始末するのはもううんざりだ。

確かに、彼が計画したことではあった。確かに、ジョウアンの具合が悪くなるよう仕向けたのは彼だった。彼がどれほど支配力を持っているか、ジョウアンに知らしめたかった。自分で望んだことなのに、耐えられない。彼女自身に後始末させるべきだった。母が、彼の吐瀉《としゃ》物を彼に始末させたように。

本当なら今ごろは、彼はもっと強くなり、自信をつけているはずだった。とりわけ、いちばん新しいコレクションを手に入れてからは。しかし、白い液体を瓶の半分ものみ下した今も、胃がむかついてたまらない。あの役立たずの薬め。効能書きには、吐き気を抑えるとあったのに。金輪際あてにするものか。なぜ、効かない？　なぜ、何も、誰も、ぼくの思いどおりにならない？

ジョウアン・ベグリーにわからせたいんだ。思い知らせたいんだ。ぼくに支配されているということを。母さんは長年、この方法でうまくやっていたじゃないか。はじめのうちは父さんに対して、のちにはぼくに対して、支配力を持ち続けたじゃないか。このぼくにだってできるはずだ。でも、反吐は嫌いだ。嫌いだ、嫌いだ、嫌いだ！

彼は作業台の上の肉切り包丁をつかむと、木製の台の表面に叩《たた》きつけた。癇癪《かんしゃく》を起こすたびに同じことをしてきたから、作業台は無惨な様相を呈している。もともと父のものだったこれは、父が他界するまで傷一つなかった。父が大切にしていた作業台を、作業場を、安息の場を、彼が受け継いだのだった。それは、最高の隠れ家だった。ありのままの感情を表してかまわない唯一の場所だった。この秘密の場所にこもれば、どんな苦しみも痛みも怒りもやり過ごすことができたし、達成感や、ときには、自分がとても偉大な人間になったような感覚さえ味わえた。

彼は後ろを向いて作業台にもたれ、魔法の部屋の眺めとにおいをじっくりと楽しんだ。いいにおいだ。あいにく、削りたてのおがくずやガソリンや錆止《さびど》め剤のにおい――父の居場所だったことの名残、父を思い出させるにおい――は、とうの昔に消え去り、今やすっかり彼の場所のにおいになっている。すなわち、乾いた血と腐った肉、ホルマリンとアンモニア、そして反吐のにおいだ。この中で、反吐のにおいだけは我慢がならない。

彼は、父のコレクションを眺めた。ありとあらゆる種類の道具が釘《くぎ》やフックにぶら下がって整列しているさまは、実に壮観だった。スパナやバールや弓鋸《ゆみのこ》の列に並んでいる肉かけ用のフックと、肉切り包丁数種類は、彼があとからつけ加えた。それ以外は、使ったらその都度手入れをしていた父の几帳面《きちょうめん》さに敬意を表して、父が生きていたころのままにしてある。作業台に取りつけられた万力もそのままだし、骨鋸と、白い紙のロールの位置も変わっていない。付属の金属刃を指先で軽く操作するだけで紙が切れるようになっている便利なロールだった。

作業場の片隅では、上蓋《うわぶた》開閉式の古ぼけた冷凍庫が、喉を鳴らす猫のようなうなりを響かせている。エナメル塗装がところどころ剥《は》げ落ちて灰色になっているのが、傷口のように見える。父はこれに、特上の肉や、たまに釣りに行けばその釣果である鱒《ます》や鱸《すずき》を入れたりしていた。彼の場合は、保存方法が決まるまでとりあえず宝物を収納しておく場所として、これを使った。しかしすぐにいっぱいになり、今は隣にもう一台冷凍庫が並んでいるし、自宅にも備わっている。

後ろの壁際の棚も彼が据えつけたものだった。ガラス瓶、陶製の密閉容器、瓶、ガラス管、プラスティック容器、水槽、広口瓶。すべてが一点の曇りもなく磨かれて、宝物が入るのを待っている。市販のピクルスのちゃちな瓶さえ、眺めをさえぎるラベルを跡形もなく剥がされて輝いている。

最上段には、自慢の道具類が並んでいる。きらめくメス、エグザクト社のナイフとカッター、ピンセット、ステンレス製ゾンデ、大きさも形もさまざまなトレー。そのほとんどは、紛失に気づかれないよう一つずつ、仕事先から持ち帰ったものだった。

そう、この作業場は彼の誇りだった。ここにいるときは自信が持てる。彼女の反吐のにおいにどれほどむかついても、決して吐くことはない。この場所で彼は、病巣、患部、自慢の種を持った人々からそれらを取り出し、みずからのものにする。

子どものころ、彼の持病は曖昧《あいまい》なものだった。足が不自由なわけでも心臓に欠陥があるわけでもなく、大きな腫瘍《しゅよう》があるわけでもなかった。だから〝ほらね、これのせいで具合が悪くなるんだ〟とは言えなかった。もしもそんな何かがあれば、仮病じゃないかと疑われたり、病院で陰口を叩かれたり、〝カウンセリングに行くべきだ〟と勧められたりはしなかったはずなのだ。

　早退させてほしいと申し出ても、級友たちに笑われたり指さされたりしなかっただろう。弱虫だのばかだのとそしられることもなかっただろう。たった一つ、癌《がん》があれば、たった一本、不自由な手か足があれば、それだけでよかった。そうすれば、意気地なしと呼ばれるかわりに、立派だ勇敢だとたたえられたのだ。

　正々堂々と苦痛を訴えられる人々は、彼にとって腹立たしく、ねたましく、どうしようもなく羨《うらや》ましかった。苦しい、痛いとどれだけ言いつのっても、弱音を吐くなとも黙れとも、言われずにすむのだ。それでいて、本人たちは自分がどれほど貴重な宝物を持っているか、気づいてさえいない。愚か者だ。一人残らず、愚か者だ。

　だから、彼は彼らの体を切り開く。彼らが普通ではない存在、特別な存在でいられる原因を奪い取る。得意げに苦痛を訴えられる権利の源を奪い取る。彼らの宝物を奪い取って、自分のものにする。それによって彼は力を得る。優越感を覚える。

　ジョウアン・ベグリーについても、同じことをしなければならない。当初の計画を、忠実に実行するのだ。優位に立つには、それしか方法はない。だが、何を使えばいい？

　彼はじっくりと道具を眺めて顎をかいた。そもそも、ジョウアンが持っているもの自体がはっきりしない。ホルモン欠損症の病巣はどこだ？　下垂体か？　それなら、脳の下のほうだ。必要なのはドリルと骨鋸か。いや、甲状腺《こうじょうせん》かもしれない。だとすると、喉を真一文字に切開だ。いや、しかし、副腎《ふくじん》ということも考えられる。副腎とは、どこだったか？　腎臓の上ではなかったか？　彼は棚から医学事典を引き抜くと、ページをめくりはじめた。

索引を目で追ううちにたまたま、骨付き肉をさばくためのボーニングナイフに手が触れた。滑らかなカーブを描く鋭い刃。

とたんに、甲状腺であればいいという思いがわき上がった。そうだ、確かに彼女の口から甲状腺という言葉が発せられたことがあったように思う。ああ、そうだといいのだが。ジョウアンの吐いたものを何度も何度も片づけさせられたのだ。その喉を切り裂くのは悪くない。

54

「わたしのために朝食をこしらえてくださるなんて。申し訳ないわ、ミスター・ラシーン」

そう言いながらも、マギーの口中にはすでに唾《つば》がわいていた。フライパンではハッシュブラウンとソーセージがじりじりと音をたて、そのかたわらでリュークはスクランブルエッグの準備をしていた。

「いやいや、わたしがやりたくてやってるんだよ。久しぶりに料理ができて、嬉《うれ》しいよ」リュークはミルクと挽《ひ》きたての胡椒《こしょう》を卵に加え、鮮やかな手つきでかき混ぜた。「火を使うのはやめていたんだ。ガスを止めるのを忘れる恐れがあるからね」彼はちらりとマギーを振り返った。「あんたにこんな話をするのは、わたしがうっかりしないよう、見張っていてほしいからだよ。その役目を頼んでもかまわないかな?」

リュークはレンジへ向き直った。意を決してマギーに頼んだのだろう。彼がジュリアに連絡したがらないのは、娘にはこれが言えないからかもしれない。ジュリアは、父親の病状が悪化していることを知っているのだろうか？

「ええ、もちろん。ほかに何か手伝うことは？」

「いや。支度はすっかりととのってるよ」彼はテーブルを眺めた。「オレンジジュースを出そうか。たしか昨夜《ゆうべ》、あんたのお友達が持ってきてくれただろう」そう言って戸棚の扉を開いたリュークは、そこを閉め、別の扉を開いた。さらにまた別のところを。やっとグラスを二つ取り出してマギーに手渡すとき、その顔は恥ずかしそうに赤らんでいた。「彼はあんたのことが好きなんだな」

「はい？」

「教授だよ。あんたに惚《ほ》れてる」

マギーが顔を赤くする番だった。ジュースを見つけてグラスに注《つ》ぐ。「彼とは同じ事件にかかわってるんです。ただそれだけ」

「えっ？　あんたはあの人のことを好きじゃないっていうのかい？」リュークが振り返って言った。

「いいえ、そうは言っていません。ただ、そういう目で彼を見たことがこれまでなかったから」

「どうしてだね？　ハンサムな若者じゃないか。あんたも独り身のようだし」

「どうしてって言われても……それは……ただ……」これではまるで内気なティーンエイジャーではないか。それでもリュークには説明しなければいけない気がするのは、どうしてだろう。「今はそういうおつき合いはしたくないんです。離婚が成立したばかりで。新たな人間関係を作る心の準備がまだできてないというか」

「ああ、なるほど」また振り向いて、リュークは言った。「すまなかったね。詮索《せんさく》するつもりはなかったんだよ」彼はカウンターを拭《ふ》きはじめた。「わたしはあんたが好きだよ。ジュリアを思い出す。ジュリアに会いたいのかな」

「実はそのことなんですけど、ミスター・ラシーン。娘さんに――」

「リュークと呼んでほしいな」

「わかりました。で、ジュリアにはやっぱり連絡したほうがいいと思うんです。そのほうがジュリアも嬉しいだろうし、正直、わたしも気が楽になります」

リュークは、使わなかったものを片づけていた。卵のパックを冷蔵庫へしまい、残ったソーセージを包み直しているところだった。

マギーが横から言った。「それは？」白い包装紙にきっちりと包まれたソーセージを、彼女は指さした。

「これかね？　スクラプルというソーセージだよ。豚肉のくず肉《スクラップ》でできてるからそう呼ぶんだろうな」マギーの問いを勘違いした彼は、包装紙を開いてソーセージを見せた。「死んだ女房がフィラデルフィアの出でね。あそこのスクラプルが最高なんだ。こいつを見るたびに女房を思い出すよ。それもあって、いちばんの相棒をスクラプルと名づけたのさ」リュークが犬を見下ろすと、それが合図だったかのようにスクラプルが起き上がってお座りをし、自分と同じ名前のものをねだった。「このあたりじゃ手に入らないんだ」リュークはソーセージをまた包みはじめた。「去年の冬、スティーヴ・アールマンに特別に頼んで肩肉からこしらえてもらったんだ。なかなかうまいのができたよ。きっとあんたも気に入ると思うな」

リュークは採石場跡でスティーヴが発見されたことを知っているのだろうか。あれだけしょっちゅう現場へ通っていれば、噂《うわさ》を耳にする機会もあっただろう。きっと、覚えていないのだ。それにしても、あの白い紙。あちこちに顔を出す白い紙。何かを忘れているような気がするのだが、なんだろう？

「スティーヴが亡くなったあと、肉屋はどうなったんですか？　彼に跡継ぎはいなかったんでしょう？」

リュークはハッシュブラウンとソーセージとスクランブルエッグをそれぞれ二つの皿に

盛りつけている。見るからにおいしそうだ。マギーはジュースを手に、彼を追ってテーブルのそばへ行った。

「ああ。スティーヴは一度も結婚したことがなかったからね。いいやつだったよ」

リュークはマギーのために椅子を引き、彼女が腰を落ち着けるのを見届けてから自分の席に座った。

「あの店が閉まってるのを見ると、つらくなるよ。居抜きで売れたと聞いたときには、また肉屋が開店するんだろうと思ったが、どうやら違ってたようだ」

「店を買い取ったのが誰だか、ご存じですか？」

リュークはマギーをじっと見つめ、額に皺《しわ》を寄せて考えていた。もどかしげな目だった。

「知ってたはずなんだが」

「いえ、かまわないんです。ちょっと訊《き》いてみただけですから」

「いや、知ってるんだ。わたしの知ってる人物だった」

マギーの携帯電話が離れたところで鳴りだした。テーブル下の定位置に戻っていたスクラプルが、大きな声で吠《ほ》えはじめた。

「スクラプル、もういい。黙るんだ」

「ちょっと失礼。電話に出なくちゃ」呼び出し音を頼りに、マギーはジャケットを捜した。

しばらくしてやっと見つかった。「マギー・オデールです」

「ああ、ウォーターマイアーです。今、ハバード・パークの西山頂にいるんですがね。あるものが見つかったんですよ。きっとおたくも見たいんじゃないかと思いましてね」

55

アダム・ボンザードはシャツのポケットからポラロイド写真を引っぱり出した。もう一度じっくりと眺めてから、ポケットに戻した。この写真を手にしたまま金物屋の店内をうろつくのは、たぶんやめておいたほうがいい。

マギー・オデールのことは考えまいとするのだが、なかなかうまくいかなかった。自分の間抜けぶりにもあきれっぱなしだ。最初は、スープの一件。それから昨夜、彼女とリューク・ラシーンを起こしてしまったこと。起こしただけではなく、怖い思いをさせてしまった。マギー・オデールのほうは、スミス&ウェッソンの向こうでさほど怖がっているようには見えなかったけれども。アダムは思い出し笑いをした。自分で自分の身を守れる強さはとてもいい。でも、こっちの頭を吹き飛ばすのは勘弁してほしい。

ときどき、母の言い分ももっともかもしれないと思う。骸骨《がいこつ》とばかり一緒にいて、生きた人間とのつき合いがなさすぎるというのだ。母に言わせれば、学生は数のうちに入らない。

「どうして普通の男の子みたいにあちこち出かけないのかしら」母の説教にはたいてい、いいお相手はいないのかという話が含まれる。「このごろは兄弟と野球を見に行くことさえないじゃないの」

仕事が好きだ。それがいけないことなのだろうか？　ほとんどの女性は、アダムの仕事の内容を知ったとたんに離れていく。いや、本当は彼自身が、ケイト亡きあと誰ともつき合いたくなかったのだ。あえて仕事に没頭していた。仕事が心の空洞を埋めてくれた。

今また、彼は仕事に没頭することでマギー・オデールを忘れようとしていた。殺人用具のリストに新たな項目を加えるという使命を帯びて、ポラロイド写真片手に金物屋を探索する。これは熱中できそうではないか。

ドクター・ストルツから渡されたのは、被害者たちの頭部の傷を撮影したポラロイド数枚だった。傷はすべて後頭部の上方にある。アダムの研究室にある若者の頭蓋骨《ずがいこつ》や、リューク・ラシーンのキッチンで煮えていた頭蓋骨も含めて、みな致命傷は同じだった。

アダムは陳列棚に並ぶ工具の一つ一つを手に取って、その先端をじっくりと見た。丸頭ハンマー。違う。ボルトカッター。違う。ペンチやプライヤーの類《たぐい》。アダムは顎をかいた。この工具のバリエーションにはいつもながら感心させられる。くわえ部が針のように細長いもの、鋭い刃になっているもの、鳥の嘴《くちばし》に似ているもの。結合部の種類で言えば、スリップ・ジョイント、アーク・ジョイント、グルーヴ・ジョイント。

まったく！　ペンチは論外だろう。

ドライバーソケット。単位がメートルのとインチのと。スクリュードライバー。プラス、マイナス、星形の溝のトルクスレンチ。モンキーレンチにパイプレンチ。ボルトクランプ。これはちょっと可能性がありそうだ。ひょっとすると鋼クランプも。万力。これはない。水準器。あり得ない。

「へえ、ミニ弓鋸《ゆみのこ》」彼はその珍しい工具を手に取った。「死体解体中、手の届きにくいあらゆる関節にどうぞ、ってところかな」

「いらっしゃいませ」通路の端に店員が現れた。

まずいところを見られたとでもいうように、アダムは慌ててミニ弓鋸を棚に戻した。独り言を聞かれただろうか。父親のガレージより地下の娯楽室で過ごす時間のほうが長そうな、若い店員だった。ドリルや丸鋸より、電器屋でゲームボーイやＤＶＤプレーヤーを売るのが似合っている。

「何かお探しですか？」

「うん。でも、見つかって初めて、それが目当てだったとわかるものなんだ。言ってる意かですか？」

　店員は黙って彼を見つめた。もちろん、わかるはずもない。「特殊なプロジェクトか何味、わかるかな？」

　アダムはほほえんだ。殺人用具リストのことを話したら、この若者はどんな反応を示すだろう。あるいは写真を見せて、こんなふうに頭蓋骨に三角の穴を開けられる道具を探すのを手伝ってくれないかと言ったら。「まあ、そんなところかな」

「わかりました。では、何かありましたらお声をかけてください」

「ありがとう」

　アダムは隣の通路へ移った。棒状の工具の売り場だった。うん、こっちのほうが近そうだ。あらゆる形と大きさのバールがずらりと並んでいる。鍛造スチール製のもあれば、錆《さび》止《ど》めのためブラック・オキサイド加工を施したものもある。それぞれに添えられた説明文を彼は読み上げた。「優しく手に馴染《なじ》むゴム製グリップ。薄いてこ部で楽々作業」商品名もいろいろだ。「ゴリラバールにワンダーバール」軸がまっすぐだったり湾曲していたり、鉤爪《かぎづめ》が二つついた解体専用のがあったり。いやはや、すさまじい。

　やがて、中の一本がアダムの目に留まった。角度がちょうどいい。大きさもいい。彼は写真をこっそり取り出して素早く確認した。うん、やっぱりこれだ。両端が釘抜《くぎぬ》きになっているバール。これなら、頭蓋にああいう跡を残すだろう。

アダムは棚から取ったバールを手の中でひっくり返した。ためつすがめつ眺め、その感触を確かめる。見た目よりも持ち重りがした。殺人者の動作を想像しながら、アダムはバールを振りかざした。これをどんなふうに振り下ろしただろう。力はさほど必要ない。ほんの少しひねりを加えれば、鉤爪がちょうどいい具合に頭蓋骨を割ってくれる。

さらに大きく振りかぶって殺人の瞬間を再現しかけたそのとき、アダムは通路の先にいる店員に気づいた。じっとたたずんでこっちを見ている。その顔は……心配そうなどというものではなかった。

「探していたものが見つかったよ、たぶん」アダムはそう言って静かに手を下ろした。

「しかも、安くなってる」彼は値札を示してにっこり笑うと、そそくさと退散した。

手のひらにバールを打ちつけながらレジの順番を待っているとき、アダムは不意に思い出した。このバールは、自分のエル・カミーノに積んであるのとまったく同じではないか。

56

ヘンリーは崖《がけ》の上で作業を見守っていた。引き上げられる車体の大部分が木のあいだから見えてきた。ボンネットの形状から、比較的新しいモデルのセダンだとわかる。くそう！　とんだことになった。踏んだり蹴《け》ったりとはこのことじゃないか？

どこかの酔っ払いがハンドル操作を誤って転落したとか、そういう単純な事故でありますようにと、ヘンリーは無意識のうちに祈っていた。オデールの推理が間違っていることを証明するために、わざわざこんなところまでやってきたのだ。それなのに、もしかするとジョウアン・ベグリーを発見してしまったかもしれないとは。

メリデン警察が張った非常線の外にフォード・エスコートが停《と》まり、オデールが降り立った。ふもとにある公園入口の門は鎖で封鎖され、警察官が立っている。にもかかわらず、頂上へ続く曲がりくねった道沿いにはかなりの人がいた。ヘンリーは保安官補のトゥルーマンに手を振り、オデールを通すよう合図した。

「彼女が見つかったんですか？」こっちが何も言わないうちに、先に尋ねられた。

「まだわかりません。どこかの酔っ払いがカーブを曲がりそこねたって話ならいいんですがね」ヘンリーは正直に言い、木製のガードレールにもたれた。

隣り合った二人は、レッカー車のケーブルが岩や雑木の上へ乗用車を引き上げる様子を、黙って見守った。金属が樹皮をこする音がする。

ついに車が平らな地面に据えられた。大きくへこんだ運転席のそばから、チャーリー・ニューハウス保安官補がヘンリーに向かって声を張り上げた。「誰も乗っていません、保安官」

「なんだと！　いったいどうなってるんだ。ナンバープレートを見てみろ」しかし、そう命じながらヘンリー自身、後ろのナンバープレートがないことに気づいた。

「前のナンバープレートはなくなってます」アーリスが報告する。

「後ろもだ」ヘンリーは言った。

「盗まれたんでしょうか？」チャーリーが訊《き》いた。

「鑑識車を要請したほうがよさそうだな」ヘンリーは車の前方へ回り込むと、大破したフロントガラス越しに車内をのぞき込んだ。

「保安官」

車の後ろで待っていたオデールに呼ばれて行ってみると、彼女はトランクを指さしていた。蓋《ふた》と車体のあいだに生地がはさまり、わずかに外へ飛び出ている。

「くそう！」ヘンリーは呟《つぶや》いた。胸のあたりが苦しくなる。「チャーリー、ちょっと手を伸ばしてトランクを開けてくれ。あちこち触るんじゃないぞ」

誰も動こうとしない。保安官補たちは何をやっているのか。ヘンリーが目を上げると、レッカー車の運転手が固唾《かたず》をのんでトランクを見ていた。

「チャーリー」ヘンリーは再度言った。

さすがに今度は保安官補も言われたとおりにした。が、トランクが勢いよく開いた瞬間、ヘンリーはまたあの思いに襲われた——なんで半年前に退職していなかったんだ。

ヘンリーは蓋をさらに押し上げた。みんな微動だにしない。何も言わない。トランク内で丸まっている女性の小さな体を凝視するばかりだった。手も足も縛られていないことにヘンリーはすぐ気づいた。だが、縛る必要はなかったのだ。後頭部がこちらを向いていた。血が固まり、頭髪のもつれた箇所がある。これが致命傷だろう。頭蓋骨《ずがいこつ》が割れるほどの力が、こんな小柄な女性を殺害するのに必要だったのか。

「捜している彼女ですかね？」ヘンリーはオデールに訊いた。

「わかりません。写真が一枚あるきりなので。この傷は見覚えがありますね」

「ええ。わたしもそう思いましたよ」ヘンリーは乱暴にまぶたをもんだ。なんてことだ！まだ缶詰めの被害者が残っているというのに、さらに一人増えたとは。「アーリス、カールに連絡して鑑識車を回してもらってくれ。ドクター・ストルツも一緒にな」

「採石場跡で作業中だと思いますが」

「そんなことはわかってる。とにかく連絡しろ。そしてとっととこっちへ来いと言え」

「保安官？　本当にそのとおりに言ってかまわないんですか？」

首を絞めてやりたいと思った。が、ヘンリーは言った。「チャーリー、いいから早く――」

「了解しました、保安官」

オデールは、信じられないとでも言いたげな表情を浮かべて立ちつくしている。だが、このあたりを調べろと言ったのは彼女ではないか。ヘンリーは周囲に触れないよう気をつけながら、トランクの中へ身を乗り出すようにして子細に観察した。何か遺留品はないか。これがジョウアン・ベグリーなのかどうか、知るための手がかりはないか。ひょっとして、凶器がたまたま落ちていたりはしないか。しかし、何もなかった。この角度からだと遺体の横顔が見える。どことなく見覚えがあるような気がする。いや、確かに自分はこの女性を知っている。しかし、ベグリーの写真を見たことはない。

ヘンリーは遺体の肩にそっと手を置くと、顔がもう少し見えるようわずかに動かした。が、見えたとたんに彼は飛びのいた。

「まさか！」トランクの蓋に頭をぶつけた。よろよろと後ずさりする途中、足を滑らせてバランスを崩した。危うく倒れ込むところだった。

いったい何を見てそんなにうろたえているのかと、全員がトランクへ視線を戻した。

「あのレポーターだ」息も絶え絶えに彼は言った。胸が張り裂けそうなほど鼓動が激しいのがわれながら情けなかった。

「なんのことです？」オデールがトランクに近寄り、ヘンリーが戻るのを待っている。

「わたしにつきまとっていた、あのレポーターだよ」

彼は肩を回し、意を決したように両手をズボンにこすりつけた。それから、及び腰でトランクに近づいた。一瞬ためらってから、ふたたび遺体の肩に手をかける。

「やつは目玉を持っていった」一同に顔が見える程度に、ヘンリーは遺体を動かした。かつて青い目がはまっていた空《うつ》ろな眼窩《がんか》が、みんなに見える程度に。

57

携帯電話がぴーぴー鳴って電池切れの近いことをマギーに知らせた。そういえば、昨夜は充電するのを忘れていた。

「タリー、もうすぐ電池がなくなりそうだから要点だけお願い。ソニーのメールを調べて、何かわかった？」

「子どものころの話が多かった。しょっちゅう具合が悪くなって母親に薬をもらうんだが、それをのむと症状が悪化するんだそうだ。ドクター・パターソンが言うには……飛躍しすぎだときみは思うかもしれないが、実はおれも同じ考えなんだ。ソニーは代理ミュンヒハウゼン症候群の犠牲者なんじゃないかって。この病気のことは知ってるかい？」

「母親が他人の関心を引こうとして、わざとソニーの具合を悪くしたってわけ？」

「そう。今、ドクター・パターソンが病院関係をあたってるんだ。彼女ならたぶん、カルテを見せてもらうこともできるだろう。だいたい十年前から五年前ぐらいまでの分かな」

「もう一人、調べてもらいたい人物がいるの。名前はジェイコブ・マーリー」

「ジェイコブ・マーリー？」

「ええ。葬儀社をやってるわ。ジョウアン・ベグリーは失踪《しっそう》直前にこの男と一緒にピザを食べてるのよ。昨日マーリーに会って話を聞いたら、彼女とは葬儀の残務処理のために会っただけだと言うの。本当にそうかもしれないけど、ただ、やけにそわそわして、何か隠してるみたいなのよね。それに、ジュニアと呼ばれるのを嫌ってるジュニアよ。同じ息子を表す言葉でも、別の名前で呼んでほしいんですって」

「葬儀屋なら、スティーヴ・アールマンの遺体にも近づけるな」

「その話になると、まるで練習したみたいにすらすらしゃべってたわ。だけど、犯人像と一致しないのよね。それに、あなたの意見を取り入れるとすると、母親に病人に仕立て上げられたために偏執性被害妄想になった心気症患者を捜さないといけないんでしょう？なんて簡単なのかしら」

「とても面白い冗談だ、オデール。おれは、少しでもきみの助けになればと思って言ってるのに」

「わかってる。ごめんなさい。ちょっといらいらしてただけ」マギーは車のスピードをゆるめ、連続するカーブに備えた。「新たな遺体が見つかったのよ」

「え、そうだったのか。まさか、ベグリー？」

「いいえ、違うわ。車は彼女が借りたレンタカーなのかもしれないけど。それもまだ捜査中。殺されたのは地元のレポーターよ。極度の近視だったわ」

「わかった、眼球を持ち去ったんだな？」

「そう。そして遺体を車のトランクに詰め込んだ。こういう事態になるんじゃないかって、心配はしてたの。おそらく、彼女が自分をつけ回しているという妄想をいだいてたんでしょうね。だけどウォーターマイアー保安官が言うには、彼女は毎日採石場跡へやってきてたって。追い回されていたのは自分だって」

また警告音が鳴りだした。

「そろそろ切れるわ、タリー」

「マーリーのこと、わかりしだい連絡する。ああそれから、ドクター・パターソンにも言っておくよ。病院で何かわかったらきみに知らせるように」

「そのときにはもう遅いかもしれないけれどね。仮にジョウアン・ベグリーがまだ生きているとしても、そう長くはないような気がするの。今回レポーターが殺害されたことで、はっきりしたわ。犯人は追い詰められたと錯覚してパニックに陥りつつある。でも今のところ手がかりと言えば、被害者たちの不具合だったり不自由だったりした部分が持ち去られている事実と、肉屋の白い紙ぐらいしかないのよ」

「肉屋の包装紙?」

「ええ、おそらく。犯人はそれをたくさん持っていて、遺体から取り出した部分を包んだりするのに使ったんだと思うの。これが何を意味するのか、ずっと考えてるんだけど。なんだと思う?」

「そういう紙はどこに売ってるんだろうな」

「こっちの〈ストップ&ショップ〉には売ってないわ。それは確認済み」

「アールマンは肉屋をやってたんだっけ?」

「そうよ」

「息子は?」

「いないわ。その線はわたしだってもちろん考えたわよ。アールマンが死亡したために肉屋は閉店。居抜きで店舗を買い取った人物は肉屋はやらなかったの」マギーは危うく赤信号を無視しそうになって急ブレーキを踏んだ。後続の車にクラクションを鳴らされる。なぜ今まで思い当たらなかったのだろう? 誰かが居抜きで買った、とリュークは言ったのだ。「肉屋をやらないのに肉屋の設備を全部買い取るって、どういうこと? ちょっと変じゃない?」

「どうかな。〈eBay〉みたいなオークションサイトを見てごらんよ。とんでもないものがごく普通に売り買いされてる」

「売り買いしてるのがどんな人たちなのかはわからないでしょう？」警告音がまた鳴った。「いよいよ電池がなくなったみたい。最後に二点だけ……ハーヴィーは元気？　面倒をかけてない？」

「全然。それどころか、ハーヴィーを返してもらいたかったらエマに賄賂《わいろ》を渡す必要がありそうだな」

「わたしの犬なんですからね。あんまりなつかせないでよ、タリー」

「もう遅いかもしれない」

「二点目。グウェンは元気？」

沈黙が流れた。もう電池がなくなったのかと思いかけたとき、ようやくタリーが言った。

「元気だと思うよ」

「悪いけど、それ、確認してもらえる？」

「わかった。やっておくよ」

「ありがとう、タリー。それから、エマに伝えておいて。ハーヴィーはあげないわよって」

「オデール、話は変わるんだが」彼の口調が変化した。「カニンガム局長にきみのことを訊《き》かれたよ」

マギーは身構えた。

「どんな休暇を過ごしてるか、聞いてないかって」深刻そうな声だった。マギーに対して詫《わ》びているようにすら聞こえる。

タリーは正直者だ。決して嘘《うそ》はつかない。相手がカニンガムであればなおのこと。やはり、彼までトラブルに巻き込むことになってしまった。

「で、あなたはなんて答えたの？」マギーはステアリングを握りしめて返事を待ち受けた。

「本当のことを話したよ。らっぱ水仙を植えるそうですってね」そう言うなり、マギーに口を開く隙《すき》も与えず彼は電話を切った。

マギーは微笑を浮かべ、目についた駐車場に車を入れた。上司からの叱責《しっせき》にびくつくのはやめて、さっき思い浮かんだ可能性の続きを考えよう。タリーが描《か》いてくれたもの以外にも、市販の地図が車内のどこかにあるはずだ。単なる思いつきでしかないけれども、ほかにさしたる手がかりはないのだ。まず、郡裁判所へ行かなければ。そして、居抜きで肉屋を買い取った人物を突き止める。おそらくは大量の白い包装紙もろとも、すべての設備を買い取った人物を。

58

採石場跡へ向かっていたヘンリーは、あと少しで着くというところまで来て、ウォリングフォードの町なかへ引き返すことに決めた。濃いコーヒーが飲みたいのもあったが、本屋へ寄って妻の顔を見たいというのがいちばん大きかった。新たな展開をマスコミが知ったら、いったいどんな騒ぎになることか。犠牲者が自分たちの身内となれば、なおさらだ。ロージーと二人してこの町でのんびり余生を送るという計画を、彼はもうあきらめかけていた。

裏道ばかりを選んで車を走らせた。町の外周を巡りながら、下げた窓から入る新鮮な空気を吸ってリラックスしようと努めた。胸の真ん中あたりの重苦しさ、ちくちくする痛みを、消したかった。血圧の薬をのむ習慣をないがしろにしてきた報いだろうか。九月十一日に仲間と運命を共にすることを免れたのに、コネチカットの片田舎で心臓発作なぞで死んでしまうのか。

車は聖フランシス霊園の近くまで来た。丘陵の周囲を走っているとき、男が一人、慌てた様子で大きな墓石の陰に隠れるのが見えた。最初は気のせいだと思った。きっと本当に発作が起きたのだと。しかし、心臓発作で幻覚を見るだろうか？

霊園の入口を入ったところで車を停《と》めた。この角度からでは、車を降りないとさっきの墓は見えない。ヘンリーはじっと座ったままもう一度考えた。気のせいだったのではないか。墓地に人がいるのはおかしなことではない。誰でも自由に出入りしてかまわないのだし、墓前に花を供えに来る人は多い。だから、こそこそ逃げ隠れする人間が墓地にいるわけがない。

ヘンリーは車をバックさせて道路へ戻った。ロージーが聞いたら笑うにちがいない。血圧の薬をのみ忘れたことではなく、幽霊を見たことを。新たなカーブに差しかかったとき、ヘンリーはルームミラーをちらりとのぞいた。墓地が視界から消える寸前、あの男がまた見えた。今度はヘンリーは、墓地から死角になっている路肩に停車した。

車から降りたヘンリーは、用水路に身を隠すようにしながら遠回りをして墓地のほうへ戻った。墓地の裏手は雑木林になっている。そこに道は通っていないはずなのに、木々のあいだにピックアップトラックが一台停まっているのが見えた。

ヘンリーは、雑木林へ続く急な斜面を上った。土塊《つちくれ》や石がひっきりなしに足もとから落ちていくので、その音を聞きつけられるのではないかとはらはらした。ようやくひょろ高い常緑樹の防風林にたどり着き、墓地を見下ろせるようになった。

　男はこちらへ背を向けていたが、シャベルで地面を掘っているのはわかった。なるほど、墓掘り人か。いや、それならどうして、誰かが通りかかったときに隠れたりする？　それに、今どきシャベルで墓穴を掘るだろうか？　以前、ここで重機を見かけなかったか？　先にシャベルのついた、小型のやつ。そうだ、間違いない、墓は機械で掘る。げんに、ヴァーガスとホブズはいくつかの葬儀社と契約を結んでいるではないか。

　ヘンリーはもっとはっきり見えるところまで近づいた。そして、気づいた。男は新しい穴を掘っているのではなく、すでにある墓を掘り返しているのだ。ほどなく男が向きを変えたために、その顔が見えた。ウォリー・ホブズだった。向こうから車が一台、近づいてきた。ウォリーはあたふたと墓石の裏へ回ると、しゃがみ込んだ。

59

リュークは朝からずっと家にこもっていた。新聞を取りに行くことさえしなかった。オデール捜査官が出ていってからというもの、テレビを見ようと思いながらも、バットを握りしめたまま窓から窓へとうろうろするばかりだった。スクラブルはとうに飼い主に見切りをつけ、お気に入りのラグに寝そべってしまった。ときおり耳がぴくりと動きはするが、ぐっすり眠り込んでいる。

ホイップアウィル通りをひっきりなしに車が走る。採石場跡でまた何かあったのかもしれない。そういえばサイレンも聞こえたような気がする。昼のローカルニュースで、ハバード・パークの崖《がけ》の下から乗用車が見つかったようなことを言っていた。だが、それはメリデンの話だ。この先で起きているのはそれとは違う。だが、見に行こうとは思わない。いつもならじっとしていられないのだが。今日は……今日は、ポーチへ出るだけで足ががたがた震えだす。いよいよなのか？　一人では外出のできない年寄り、出たら出たでそのことを忘れてしまう年寄りに、自分もなってしまうのか？

元気にしていることをジュリアに知らせたらどうかと、今朝、オデール捜査官に言われた。しかし、ジュリアはこんなありさまを知らないのだから、元気かどうかを知らせる必要もないはずだ。少なくとも、リュークの論法でいけばそうなる。電話をかけたほうがいいのはわかっている。かけたいとも思う。最後にジュリアとしゃべったのは……あれはいつだった？　二、三日前だったか、それとも二、三カ月前だったか？

また車が近づいてきた。ただし今度はこの家へ向かってくる。リュークが玄関へたどり着いたときには、オデール捜査官はすでにポーチへ上がってきていた。ドアを開けた彼は、バットを持っているところを見られて少しばつの悪い思いをした。

「ずいぶん騒がしいようだが、何があったんだね？」

「さあ、なんでしょうね」オデールは息を切らしているようだった。「ウォーターマイアー保安官がつかまらなくて。かわりに、教えていただいてもかまいませんか？」

「もちろんだよ。いや、その、わたしに教えられればだが」

オデールは、手に持っていた地図を、散らかったコーヒーテーブルの上に広げはじめた。

「こちらにはもう長いんでしたよね？」

「生まれてこのかた、ほとんどずっとだよ。エリザベスはフィラデルフィアの出だったが、やっぱりここを気に入ってくれてね。ジュリアもここで暮らしてくれたら言うことなしなんだが……まあ、父親にはどうしようもないことだ」

「ラルフ・シェルビーの家をご存じですか？」

「肉屋のラルフかね？　ラルフならもうずいぶん前に死んでしまったよ。そうさなあ、十年にはなるか。いや、はっきりとは思い出せないが。今朝もその話をしなかったかね？　スティーヴ・アールマンはラルフから店を買い取ったんだ。そのスティーヴももういない。この話はしただろう？　あれは今朝だったね？」

「ええ、聞きました。でも、教えていただきたいのはミスター・シェルビーの自宅なんです。このあたりですよね？」

「そうだとも。うちの前の道をまっすぐ行くんだ。ミラーの製材所があったところの先だよ。奥さんは何年か前に亡くなったが、息子がまだあそこにいるんじゃないかな」

「地図で示してもらえますか？」

無数の線や青い色をリュークはひとしきりにらんだが、それは見覚えのあるものではなかった。

「ここがこの家です」オデールが一点を指さしたが、リュークにはただ赤い線が交わっているだけにしか見えなかった。オデールが眉をひそめてこっちを見ている。心配しているのだろうか？　彼女のことはまだよく知らないから、困っているのか同情しているのか、どっちなのかわからない。困っているのなら、まだそのほうがましだった。

「リューク、教えてもらえます？」

「教えられるが、地図は役に立たない」彼は玄関へ向かうと、黒いベレー帽と上着を手に取った。

「いいえ、一緒に来てもらうわけにはいかないんです」

「道を教えるには、一緒に行くしかないんだ」

「じゃあ、口頭では？　ここからどれぐらい離れてますか？　ホイップアウィル通りに面しているんですか？」

「本当に、意地を張ってるわけじゃないんだ」リュークは言った。まごついていると思われたくない。「だけど、言えないんだ。言葉にできないんだよ」手が勝手に動いて、説明を補おうとする。「実際に……実際に見ながらでないと」

オデールは腕組みをして黙っている。決めかねている様子だった。「わかりました。でも、約束してください。車からは降りないと」

「いいとも、約束しよう。どうしてシェルビーの家なんかを知りたいんだね？」

「確かめたいことがあるんです。ほら、肉屋はスティーヴ・アールマンの死後、誰かが居抜きで買い取ったんでしたよね？」

「ああ、そうだよ。しかし、それが誰だったのかが思い出せない。知っている人物だったはずなんだが」

「調べました。買ったのはラルフ・シェルビーの息子でした。肉屋の店舗を丸ごと、設備も備品も一つ残らず買ったんです」

「本当に？　ふうん……あんなに古いものばっかり、どうするつもりだったんだろうな」

「わたしが知りたいのもそれなんです」

60

ついに犯人をつかまえた。ヘンリーがそう確信しながら保安官事務所へ戻る車中、ウォリー・ホブズは胃がむかむかすると訴え続けた。車を停《と》めてください、吐きそうです、と、あのか細い声で懇願した。かろうじて、事務所へ着くまでは持ちこたえた。ヘンリーはホブズ自身に汚物を片づけさせようかとも考えたが、欲をかくのはやめておいた。

今、ホブズは取調室のパイプ椅子に手錠でつながれている。本当は取調室ではなくて休憩室だから、近くにコーヒーメーカーもあればクッキーがのった皿もある。

被疑者の権利についてはすでに伝えた。少々変則的なヘンリー・バージョンだったかもしれないが。ところどころ言葉を抜かしたのは、自分でもわかっていた。

「あそこで何をやってたんだ、ウォルター？」脅して吐かせる作戦でいくか。そう考えたヘンリーは、すぐに思い直した。ホブズの相棒は町一番の荒くれ者だ。となると、脅されることには免疫ができてしまっているかもしれない。「姉さんに電話するか？」

「いいえ。リリアンには知らせないでください」

「どうしてだ？　墓を暴いて死体を切り刻んでたなんてことは、やっぱり知られたくないか？」

「なんの話です？」

「お手並みは見せてもらったよ。あれはどういう意味だ？　何人か殺して、飽きたら墓を暴くのか？」

「おれは誰も殺してなんかいません」

「よくもスティーヴ・アールマンの墓を暴いたりできたもんだ。死者を敬うって気持ちがおまえにはないのか？」

「墓を暴いてもいませんって」

ウォリー・ホブズは目を二十五セント硬貨の大きさに見開き、額から汗を流している。こっちまでにおってくるほどの汗だ。

「何人殺して、何人掘り出した？」

「待ってください。こっちの話も聞いてくださいよ。おれは人殺しなんかしてませんってば」

「ほう」

「マーリーとカルヴィンと三人で、ちょっと小遣い稼ぎをしようとしただけです」

「マーリー？　ジェイコブ・マーリーか？」ヘンリーはテーブルの端に腰をのせた。「マーリーもぐるなのか？」

「誰を傷つけるわけでもなし。たいていは保険会社が全部払うんだから、遺族の懐だって痛まないんですよ」

「おまえ、いったいなんのことを言ってるんだ？」

「おれはただ、調べられたときにばれないよう、手直ししてただけなんです」

「調べられるって、何を？」急に部屋が暑くなったように感じられ、ヘンリーは窓を開けたくなった。

「ほら、調べられるかもしれないでしょう……スティーヴ・アールマンの墓を。マーリーは棺《ひつぎ》ケース代を取っておきながら、実際にはケースなしで埋葬したんです。儲《もう》けは三人で山分けしました」ホブズはおどおどと言った。「言い出したのはマーリーですよ」

ヘンリーは手でごしごしと顔をこすった。これががっかりせずにいられるだろうか。ウォリー・ホブズはこそ泥であり密告者でもあったが、殺人犯ではなかった。

61

われながらいやな考えだとアダム・ボンザードは思った。そんなことがあるわけない。

でも、つじつまは合う。

わざわざウェスト・ヘヴンへ戻ってきたのは、研究室に置いてあるポラロイド写真の残りを取るためだった。被害者の頭の傷が、エル・カミーノに積んであるバールの先端の形と一致するというだけでも十分深刻だが、もう一つ、確かめなければいけないことがあった。

アダムは写真の束をつかむと研究室を飛び出した。教え子の何人かとでくわしたが、交わす挨拶《あいさつ》も上の空だった。駐車場へ戻ったアダムは、自分の車の後ろに立った。立ちつくしたまま、しばしためらった。手にしているのは、背中の死斑《しはん》が特徴的な女性の写真だった。

死斑とは、重力によって血液が遺体のもっとも低い部分に集まった結果、出現する。つまりこの被害者は、死後数時間、仰向けに寝かされていたことになる。背中が異様に赤いのはそのためなのだ。死の痣《あざ》とも呼ばれるように、死斑は皮膚の外見を変化させる傾向もある。接していた面と同じ外見になることが多い。遺体が煉瓦《れんが》畳の舗道に放置されていれば、煉瓦とモルタルに似た模様が表れる。砂利道で発見された遺体なら、小石を集めたような模様が。この遺体の場合、格子柄のものの上に寝かされていたために、死斑が格子柄になったのだ。

アダムはピックアップトラックのテールゲートを開けてポラロイド写真を眼前にかざした。荷台の内張りと遺体の死斑は、同じ格子柄だった。断じて信じたくない。けれども、この車を使ったのがサイモン・シェルビーだけだという事実にも、断じて間違いはなかった。

62

ウォーターマイアーを待っている猶予はなかった。いったいどこにいるのか、何度電話をかけてもつながらないし、その電話の電池はもうほとんど残っていない。

ジェニファー・カーペンターが殺害されたのは、ここ十二時間以内の出来事と考えられる。犯人はますます妄想を肥大させているにちがいないのだ。ジョウアン・ベグリーがまだ生きているとしても、残された時間は長くはないだろう。

マギーの車は、ホイップアウィル通りを採石場跡とは逆の方向へ向かっていた。リュークは静かに助手席に座っている。またマギーのことがわからなくなったりしなければいいが。せめてサイモン・シェルビーの住居がわかるまでは、なんとか持ちこたえてほしい。

「その先を曲がるんだ。あっちのほうへ」腕を大きく振りながらリュークが言った。「表通りから家は見えない。ドラム缶にのっかってる郵便受けが目印だ。ほら、よくあるだろう、大きな金属樽《だる》だよ」

マギーはちらりとリュークに目をやった。まさか。冗談に決まっている。よりによって、ドラム缶？　しかし、リュークは皮肉な一致には気づいていないようだった。

裁判所で、スティーヴ・アールマンが店舗を売却したときの記録を閲覧しているとき、応対した女性職員はマギーに言ったものだった。サイモン・シェルビーは立派な青年になった、と。「気の毒な子でしてね」彼女は、促されもしないのに続けた。「子どものころに父親を亡くしてるんです。お父さん子で、お肉を買いに行くと、土曜日なんかはよく店を手伝ってました。サイモンじゃなくて、かわいらしいあだ名で呼ばれてましたよ。なんだったか、わたしも忘れてしまいましたけれどね。ラルフが亡くなったときのサイモンの悲しみようといったら、それはもう、大変なものでしたよ。母親のソフィーも、どうしていいかわからなかったんでしょうね。あれからですよ、サイモンが病気がちになったのは。わたしたちみんな、ソフィーのことが気の毒でなりませんでした。息子の病気のことやら何やら、心労が重なって早死にしてしまったんでしょうねえ。だけど、あの子も今じゃすっかり立派な若者になって」

女性職員はよくしゃべった。世間話の苦手なマギーは黙ってうなずくだけだったが、すべては彼女の推理と符合していた。

しかし、やがて相手はこんなことを言い出した。「ニュー・ヘヴン大学の学費だって、自分で稼いでるんですからね」

「そうなんですか」競売にかけられた物品のリストに見入っていたマギーは、相変わらずおざなりな相づちを打った。

「それもあなた、骨の研究ですよ」

それを聞いた瞬間、マギーはファイルを取り落としそうになった。

「ある意味、自然の成り行きじゃありません？　だって、肉屋の息子ですもの」職員は笑い声をたてた。「正直、わたしなんかは気味が悪いと思ってしまいますけどね。きっとあの子はああいうのが性に合ってるんでしょう。マーリー・アンド・マーリー葬儀社でもアルバイトしてるんですから。ほんとに、なんて働き者なのかしら」

「父親が呼んでいたあだ名ですけど」本当は尋ねるまでもなかった。今では答えを知っていると確信できた。「ソニーじゃありませんでした？」

「そうそう、それでしたよ。どうしてご存じなんです？　ラルフは彼をソニーと呼んでました。ソニーボーイと」

リュークが手を振って示す前に、ドラム缶にのった郵便受けには気づいていた。が、マギーはその前を素通りした。

「ここだ、ここだ」リュークが言う。「通り過ぎちまったよ」

「車をこっちに停《と》めようと思って」マギーはそう言うと、畑へ続く農道らしい小道に車を乗り入れた。「ここで待っていてください」

「わかった」

「約束ですよ。絶対に車から出ないでくださいね」マギーはふと思いついて携帯電話を取り出すと、リュークに手渡した。「もし十五分たってもわたしが戻ってこなかったら、九一一を押して警察に連絡してください」

リュークは受け取った電話をじっと見つめていたが、役割を与えられたことを喜んでいる様子だった。マギーは少し安心した。これできっとじっとしていてくれる。電話の電池があろうがなかろうが、それは関係ない。

63

サイモンは壁に並ぶ道具を眺め渡した。ジョウアンにはどれを使おうか。せっかく、彼女がそばにいる生活に馴染《なじ》んだところだったのに。反吐《へど》を始末しないといけないのが厄介だが、客人として彼女は悪くなかった。帰らせてくれと、もう騒がなくなったのがとてもいい。こっちの言いなりなのもいい。それなのに、あのレポーターが何もかも台なしにしてしまった。だから、ジョウアンのことも処理しなくてはいけなくなった。

葬儀社には、インフルエンザにかかったようだと言って休みをもらった。初めてのことだった。大学を欠席するのも初めてだ。アルバイトも大学も、一日だって休んだことはなかった。子どものころは学校を休んでばかりいたから、周りに追いつかなければという気持ちが常にあった。何かを証明しなければいけないような気がしていたのかもしれない。

行くべきところへ行かないというのは、とてもいやな気分だ。いつもの行動と違うことをすると、ひどく落ち着かない。けれども、今はこっちのほうが大事なのだ。冷凍庫二つを、すでに空けてある。この作業場のと、自宅のと。肉用の白い包装紙に包んで冷凍庫に保存してあったものは、すべて処分した。森へ捨てたから、解けたらあとはコヨーテがいいようにしてくれるだろう。捨てるのは惜しかったが、陳列するに足る面白味は、どれにもなかった。取っておく必要のないものばかりだったし、とにかくジョウアンのための場所を空ける必要があった。少なくとも、新たな処分場が見つかるまでは。

サイモンはまだ道具類をにらんでいた。チェーンソーは魅力的だが、あきらめた。ジョウアンのホルモン欠損症がどの内分泌腺《ないぶんぴつせん》に由来するものか、はっきりしないからだ。彼女は、自分は病人ではないと懸命に訴えている。過食症の口実にその病名を使っていただけだ、と。かわいそうに。ほかのみんなもそうだったけれど、自分がどれほど貴重な宝物を持っているか、わかっていないのだ。まあ、そんなことは関係ない。すべての内分泌腺を切り取るまでだ。そのうちのどれが悪かったのかは、見ればわかるはずだ。万一わからなければ、全部を保存しておけばいい。

やはり包丁か。だが、どれにする？　父の店にあったのをそっくりそのまま持ってきたのだから、巨大な牛刀から繊細なペティナイフまで選《よ》り取り見取りだ。真ん中あたりのが適当だろうか。本当に、気は進まないのだ。彼女には愛着のようなものを感じはじめているのかもしれない。外から帰ると彼女がいて、彼女に話しかけたりコレクションを見せたりする。それが楽しい。生まれて初めてペットを飼っているような。いやいや、ペットじゃない。彼女はペットとは違う。違う、違う、違う。彼女は……初めてできた友達だ。たぶん、そうだ。それでも彼は、ナイフの中の一本に手を伸ばした。そのときだった。外で何か物音がした。

ココーテが早々とやってきたのか？

道具小屋の小窓から外を見た。裏手の森に異変はない。と思ったとき、彼女の姿が目に入った。母屋の裏へ回り込もうとしているところだった。ゆっくりと、警戒しつつ、裏口へ近づいていく。彼の角度からだと、オデール特別捜査官が銃を手にしているのまで見えた。

64

車があるのは確認できなかったが、数台が収まりそうな建物はいくつもあった。もうアルバイトに出かけたのだろうか？　そうでなければ大学か。ひょっとすると採石場跡でウォーターマイアーやボンザードを手伝っているのかもしれない。なんという異常さだろう。現場へ戻るだけでなく、犯した犯罪の処理を手伝うとは。サイモン・シェルビーは、自分が切り刻んだ肉体を人々がつぶさに調べるあいだ、そばに立ってじっと眺め、ときには手伝いさえしていたのだ。

敷地内は手入れが行き届いていた。どの建物の外壁もきれいな白を保ち、庭の草は短く刈られ、どこにも古道具がうち捨てられたりはしていない。巨大なソーラーパネルらしきもので覆われている一棟は、作業場か何かに改装したのだろう。

一度も窓から母屋の中をのぞかないまま、裏口の近くまで来た。マギーはノックをしてみることにした。留守にちがいないけれども、いちおう確かめたほうがいい。スミス&ウエッソンは、万一誰かが出てきたときのために、ジャケットの下に隠した。ノックに応答はなかった。ノブを回してみると、驚いたことに鍵《かぎ》はかかっていなかった。

マギーは銃を構え、ドアを大きく開いた。動きを止め、耳を澄ます。何か電気製品が低いうなりを発しているほかは、静まり返っていた。中へ入ったマギーは、探る視線を周囲に巡らせながら、ゆっくりと廊下を進んだ。左側のいちばん手前がキッチンだった。ざっと見渡す。とくに変わったところはない。あのうなりは、ここにある冷凍庫の音だった。廊下をさらに奥へと進む。右手が吹き抜けになっており、マギーは階段の上を見上げた。異変はない。

階段の先はリビングルームだった。いや、客間と言うべきか、アンティークの調度品やレースのカーテンでととのえられた空間は、ショールームさながらだった。その入口で眼前の光景に見入っていたマギーは、背後に迫る気配に気づかなかった。気づいたときには、遅かった。

マギーが振り向いた瞬間、彼女の側頭部めがけて何かが振り下ろされた。

65

　リュークは待つことが苦手だった。

　スクラプルを連れてくるのをオデール捜査官が許してくれていれば。あれがそばにいないとどうも落ち着かない。どこへ行くにも一緒なのだから。車で走り去るとき、リビングルームの窓からスクラプルの鳴き声が聞こえていたのがつらかった。見捨てられたと嘆き悲しんでいるような鳴き声だった。

　リュークは木々のあいだに目を凝らした。オデール捜査官が姿を消した小道の先まで、見通そうとした。彼女はどうして玄関先に車をつけなかったのだろう。歩いていくにしても、せめて表から行けばいいものを。心配するなとリュークにしつこく言うわりに、自分はやけにこそこそしているではないか。彼女を見ているとジュリアを思い出す。ワシントンDCへ行くまでのジュリアは、いつも何かを嗅《か》ぎ回っていた。わざわざ鼻を突っ込まなくてもいいようなことばかりだった。たぶん、警察の人間とはそういうものなんだろう。

たぶん、そういう血が流れているんだろう。ジュリアはわたしの血を引いてもいるんだが。

リュークはベレー帽を押し上げて頭をかきながら、また窓の外を眺めた。オデール捜査官はいったいどこへ行ってしまったのか。彼は携帯電話を構えた。十五分と彼女は言った。もうじきだな？　リュークは手首に目をやってから、思い出した。ずっと前に時間がわからなくなってからは、腕時計をつけなくなっていたのだった。数字は彼にとってなんの意味もなさなくなっていた。小切手を切ることももうできない。早くに自動引き落としの手続きをしておいたからよかったようなものの、そうでなければ何カ月も前に電気を止められていただろう。リュークよりも先に口座の残高が消えてしまわないことを願うばかりだった。

もう一度外を眺めた彼は、慌てた。何も思い出せない。ああ、困った！　ここはどこなんだ？　見覚えのあるものはないかと、リュークは体をひねってあちこち見回した。そして、手の中の黒い物体を目の前にかざした。こんなに固く握りしめているところを見ると、きっと大事なものなんだろう。だが、くそう、これがいったいなんなのか、思い出せない。

66

マギーはゆっくりと意識を取り戻した。頭がずきずきする。体の下敷きになっているらしい足は、痺《しび》れて感覚がなかった。必死に目を開いても、真っ暗な闇《やみ》の中だった。目を開けても無駄だった。何も見えない。腕は動かせないし、足を伸ばすこともできない。マギーはわずかに動く両手で、頭上の空間を探った。どこへ入れられているのかわからないが、身動き一つできない狭さなのは間違いなかった。

狭くて、寒い。ひどく寒い。

やがてマギーは、モーターのうなりに気づいた。聞き覚えのある音だった。裏口から家の中へ足を踏み入れたとき、最初に聞こえてきた音。

ああ、なんということ！　ここは冷凍庫の中だ。

慌ててはいけない。パニックに陥ってもろくなことにはならない。ここに入れられてからそう長い時間はたっていないはずだ。さもなければ、目覚めていなかっただろうから。

冷静にならなければ。マギーは足を体の下から出そうと試みた。だめだ。狭すぎる。腕も、横に数センチ動くだけだった。空間はじりじりと狭まってきているような気がする。そんなはずはないのに。

落ち着かなければ。ちゃんと息をして。でも、呼吸すること自体、すでに難しくなっていた。吸える空気はいくばくもなさそうだ。それに、この寒さ。ああ、たまらなく寒い。

痛む手をこぶしにして、蓋《ふた》を力いっぱい押し上げてみた。叩《たた》こうにも、それだけの隙間《すきま》がなかった。いや、銃がある。蓋を撃ち抜けばいいのだ。ああ、どうしてそれに気づかなかったのだろう？　マギーはジャケットをあちこち叩いた。ポケットを探った。たちまち絶望と納得がいっぺんにやってきた。それはそうだ。こんなところへ押し込むのに、銃を持たせたままにしておくわけがない。

マギーは途方に暮れた。助けて、と声を限りに叫んでみた。何度も何度も叫ぶうちに、喉が痛みだした。蓋を押してもみた。その手は凍え、感覚はもうなくなった。それでも押し続けていると、やがて血らしきものが顔に落ちるのがわかった。頭に浮かぶのは、たった一つの事実だった。マギーが消えたとき、捜索するべき場所を知っているであろう人物は一人だけ。電池の切れた携帯電話を持った、一人だけなのだ。

67

マギー・オデールのレンタカーが停《と》まっていた。だが、誰も乗っていない。彼女はサイモンのことを知っていたのだろうか？　どうしてわかった？　アダムはエル・カミーノをフォード・エスコートの後ろにつけると、外へ飛び出した。用水路沿いに走りだしてから、ふと思いつき、車へとって返した。そして、荷台からバールを取り出した。

木立の手前まで来たところで、アダムはリューク・ラシーンを見つけた。敷地内の一棟の裏手でうろうろしている。道に迷っているような、頼りない足取りだった。アダムは呼びかけようとしたが思い直し、サイモンがいないかどうか、周囲を見回した。ここへ来る前に葬儀社に電話をかけた。サイモンが出勤していれば、ほかの人たちのいる前で対決できると考えたのだ。ところが彼は病気で休むと連絡してきたという。それを聞いただけでアダムの背筋を恐怖が走り抜けた。サイモンが病気で休むなんて、あり得ない。

やはり、保安官に来てもらうよう、もっと強く言えばよかった。しかし、事務所に何度電話しても、ウォーターマイアー保安官は重要な会議の最中なので呼び出せないとビヴァリーに言われた。緊急の場合は保安官補が対応するよう言われている、と。

アダムは木の陰に隠れたまま、リュークのほうへ向かって歩きだした。そのあいだも、オデールかサイモンが現れるのではないかと、注意は怠らなかった。十分近づいてから、低い声で呼んだ。「ミスター・ラシーン。ねえ、リューク」

老人はいきなり振り返ったために、転びそうになった。虚《うつ》ろな目できょろきょろする彼を見て、やはり見当識が曖昧《あいまい》になっているのかもしれないとアダムは思った。

「こっちですよ、ミスター・ラシーン」アダムは四方へ視線を投げながら、木の陰から歩み出た。

「ああ、先生、あんただったかね。びっくりしたよ」

「すみません。マギーはどこです？」

「わからないんだ。でも、この小屋から人の声が聞こえたような気がしたんだよ」

「サイモンには会いましたか？」

「いいや、見てないね。それより、オデール捜査官を捜さないといけない。なんだかいやな予感がするんだよ。別れてからずいぶんたったように思うんだ」そわそわと足踏みをする姿は、不安定なダンスを踊っているようにも見えた。

「わかりました。大丈夫、見つかりますよ。この中を見てみましょう」

窓からはのぞけないし、ドアは鎖と南京錠《なんきん》で閉ざされていた。バールで鎖をねじったり叩《たた》きつぶしたりして、やっと開くことができた。薄暗い部屋だった。こぢんまりした山小屋のような空間だが、壁一面の棚だけが異質だった。無数のガラス瓶や陶器の並ぶさまは、大学の彼自身の研究室を思わせた。やがてアダムは、片隅のベッドの存在に気づいた。寝具の下で動くものがある。

ベッドにつながれて丸くなっていた女性が、跳ね起きた。アダムたちを見るなり一声叫ぶと、彼女は笑いだした。それから突然顔をしかめ、苦しげにうめいた。

68

もう疲れ果てた。でも、頭を働かせなければ。気を落ち着けて、考えなければ。うろたえてはいけない。手が痛くてたまらない。いいことだ。たとえ痛みであっても、まだ何かを感じられるのは、いいことだ。そう、寒さに凍えるのも、何も感じないよりはずっといい。歯ががたがた鳴って、体がどうしようもなく震えるのだって。

震えは、体がみずから温まろうとしているしるしなのだ。じきに肉体の限界が来て、震えることさえできなくなる。血流は滞り、心臓も肺も機能が低下する。低体温に陥れば、脳までもがその働きを鈍らせるのだ。

これから起こり得ることを、マギーは思い出そうとした。低体温症に陥ると、人はどうなるのだったか。それを思い出せれば、兆候を敏感に察知して闘うことができるかもしれない。

極度の低温に置かれても、人は数時間は生き延びられる。それは知っているけれども、何時間だった？　二時間？　三時間？　思い出せない。ほかには？　しっかり思い出さないと。

寒さにさらされ続けたら、やがて基礎代謝が低下する。肺が取り込む酸素量が減るために呼吸の回数が少なくなる。一見しただけでは、息をしているようには見えない。そうればいい。この冷凍庫内に十分な空気があるわけはないから。ああ！　凍死する前に、窒息死してしまうのだろうか？

心拍数についても同じことが言える。でも心臓の鼓動がゆるやかになるなんて、今はとても信じられない。耳の奥でこんなに激しく脈打っているのに。しかしこれが徐々にゆるやかになり、やがてはほとんど聞こえないぐらいかすかなものになってしまうのだ。もし誰かが脈を取ったとしても、何も感じないかもしれないぐらい、かすかなものに。

必ず見つけてもらえると自分に言い聞かせてきた。でも、マギーを捜しに来るとしたら、いったい誰が？　サイモンのほかに彼女がここにいることを知っているのは、リューク・ラシーンだけだ。マギーがいつまでも車に戻らないでいたら、リュークは捜そうとするだろうか？　助けを呼ぶだろうか？　ああ、だめだ！　彼がどうやって助けを呼ぶ？　それに、携帯電話は電池切れで通じないのだ。いや、そもそもリュークは、自分がどこにいるかも、彼女が誰だったかも、覚えていないかもしれない。

恐怖がマギーに襲いかかった。冷凍庫の内側にこぶしを思いきり打ちつけたい衝動を、彼女は必死にこらえた。大丈夫、恐怖を感じられるうちは、まだ大丈夫。本当に危ないのは、恐怖心が消えたときだ。もっともその段階にいたれば、危険だろうとなんだろうと、どうでもよくなっているだろうけれど。

マギーはもう一度頭を働かせようと試みた。低体温症の症状を数え上げることで、思考が停止するのを少しでも防ぎたかった。

ほかには何があった？　ああ、そうだ、酸素不足が幻覚を生じさせるのだった。幻視と幻聴、どちらも起こり得る。誰もいないのに、人の姿が見える。あるいは、誰かに話しかけられたり呼ばれたりしたと思う。でもそれは、脳のいたずらでしかないのだ。

それから突然、猛烈な暑さが襲ってくる。そう、寒さの次は暑さだ。低体温症の残酷なパラドックスの一つだ。患者は身を焦がすような熱にたまりかね、衣服を脱ぎ捨て皮膚をかきむしる。でも、その心配だけはない。ここにはそんな動きができるだけの空間はないから。皮肉なことに、患者は最後に暑さを記憶にとどめて、意識を失う。もちろん、記憶できればの話だが。

最終的には脳が冒され、記憶も消失する。人体に備わった究極の防御機能なのだろう。凍え、苦しんだ記憶が無に帰するのは、ある意味、救いではある。

マギーは、筋肉がこわばりつつあるのを感じていた。激しい震えのためにあちこちが痛む。何か暖かいものを思い浮かべよう。グウェンの言うとおりだったかもしれない。休暇を取るべきだったのだ。ビーチにいる自分を想像してみる。裸足《はだし》に砂が熱い。太陽が肌を焦がし、温かな波が体を洗う。ビーチにいるのでなければ、熱々のホットチョコレートを満たしたマグカップを、両手で包み込んでいるのでもかまわない。燃え盛る暖炉のそばで、ふかふかの羽毛布団にくるまって。それはそれは暖かくて、思わず体を丸めてしまう。丸くなって……眠ってしまいそう。

もう、疲れた。眠りたい。マギーはまぶたを閉じた。呼吸がよりゆるやかに、より浅くなってきたのがわかる。手の痛みはもう消えた。いや、たぶん、痛みを感じなくなったのだ。恐怖もない。いつの間にか消え去った。ただ疲れただけ。とても眠い。そう、目を閉じて、一分か二分だけ、眠ろう。ああ、暗い。ああ、静かだ。

眠ってもいいのよ、マギー。ほんの少しなら。ぽかぽかした日差しの下で、まどろんで。ほら、うち寄せる波。空を舞うかもめたち。意識の遠いところで、マギーは聞いた。働きがゆるやかになりはしてもまだ停止していない脳の、どこかで聞いた。かすかな声が、懸命に警告するのを。目を開けて、お願いだから闇《やみ》にのみ込まれないで、と。

そしてマギーは気づいた。震えがいつの間にか止まっている。もう、だめだ。

69

家の中は隅から隅まで捜したのに、オデール捜査官は見つからない。どこへ消えてしまったんだ？　ウォーターマイアー保安官は、サイモン・シェルビーが連れ去ったと決め込んでいるようだ。周辺の森は保安官補が捜索しているし、道路は州パトロールに封鎖されている。

リュークは、ホイップアウィル通りを走り去る救急車のサイレンが今もまだ聞こえるような気がした。救命士の一人によれば、ジョウアンというあの女性は毒をのまされていたという。サイモンがオデール捜査官にも毒をのませていたらどうなる？

そわそわと両手をもみ合わせていたリュークは、やがて階段を駆け上がった。すでに見たクローゼットや部屋の隅を、また見て回る。

そのあいだずっと、ただ一つのことを思い続けていた。オデール捜査官はわたしを守ってくれたんだ。死なせるものか。彼女が車を離れてからどれぐらいの時間がたったのか、それがリュークにはわからなかった。もしかすると、もう何時間も前にサイモンに連れ去られているかもしれない。

「リューク？」キッチンと階段を結ぶ廊下にアダム・ボンザードが立っていた。「何か見つかりましたか？」

「いや。隅から隅まで見たんだが」

「サイモンは指名手配されました。もしマギーを連れ去ったのだとしても、じきに見つかりますよ」

「どうもいやな感じがするんだ」

「彼女は強い女性です。どんな危機も自力で乗り越えるに決まってます」

けれども、そう言うボンザード自身、自分の言葉を信じていないのはリュークにもはっきりわかった。

「こんなことをするなんて、とても正気とは思えない」不安の塊が喉を詰まらせ、耳障りな声しか出ないのがわれながらいやだった。「冷凍の肉だかなんだか知らないが、白い包みが裏の森に山ほど捨ててある。ああやって、全部腐らせるんだ。まともな人間のやることじゃないだろう？」

「待ってください」ボンザードはふたたびあたりを調べはじめた。「冷凍庫に入っているべきものが、捨ててあったんですね？」

「ああ、山ほどね。裏の森に……」言いよどんだリュークの目がそれに向いたのは、ボンザードと同時だった。二人は、キッチンの隅に据えられた冷凍庫に突進した。それを前にすると、どちらもためらい、顔を見合わせた。蓋《ふた》を開けることに、希望と恐怖を同じぐらい感じているとでもいうように。

70

闇《やみ》のかなたから低いうなりが伝わってきた。かすかな囁《ささや》きのようなその音は、いつまでも消えない。遠いことに変わりはないのに、だんだん大きくなる。耳障りな音。人の声？　気のせい？　これは幻聴？

別にもうかまわない。疲れ果てた。

マギーのまぶたが、一瞬、熱くなった。光が当たり、消えた。レーザー光線のようなそれは、もう一度光ってまた消えた。

「だめですね」

そう、だめだ。そんなに早く消えてしまっては。

「反応なし」

え、待って。人の声だったけれど、よくわからなかった。小さくてくぐもっていて、まるで遠くから風に運ばれてきたみたいにはっきりしなかった。

「反応なし」

全身の筋肉が固まってしまっている。腕は体の両側でぴくりともしない。また光が当たった。今度は、色もぼんやりと感じられた。青と、くすんだオレンジ。

「脈拍なし」

その声が何を意味するのか、尋ねる気力もなかった。尋ねたくても、無理だった。体が言うことを聞かない。肉体そのものがなくなってしまったような気がする。自分の体に触れられない。目にすることもできない。

「反応なし」

また同じ言葉。しかし今度は、マギーの意識の片隅で警報が鳴った——あなたのことよ！　あなたのことを言われているのよ！

違う。わたしは死んでいない。彼らに伝えなくては。

「脈拍なし」

いいえ、違うのよと叫びたい。でも、できない。体が遠くを漂っていて、言うことを聞かないから。胸に耳を当てて。手首じゃ脈は取れない。心臓の拍動は弱まっているけれど、でも、動いている。わたしにはわかる。

「脈拍なし」

お願い、待って。どうしてこっちから彼らが見えないの？　瞳孔《どうこう》を確かめられているのなら、見えるはずなのに。これは懐中電灯の光でしょう？　わかっているのに、目が見えない。でも、まだ生きている。まだ生きていることを、どうやったら知らせられる？

「だめですね」

違う、違う、違う。マギーの意識がいくら叫んでも、無駄だった。彼女は死んだものと思われている。真っ暗な闇しか見えない。どうしても手足を動かせない。

いや、もしかすると、本当に死んでしまったのかもしれない。

死とは、こんな感覚ではないだろうか？　かすかな意識だけがあって、体をコントロールできない。肉体がなくなってしまったような感覚。

ああ！　この人たちが正しいのかもしれない。わたしはもうだめなのかもしれない。永遠に。また意識が遠のいていく。目を閉じて、もう少し眠ろう。それとも、目はすでに閉じられているのだった？

マギーは眠った。誰かに呼ばれた気がして、一度目覚めた。声はすぐにやんだ。また眠った。何時間にも感じられる長い時間、眠った。ぬくぬくとした闇がすっぽりとマギーを包み込む。温かい液体が血管を流れる。自分自身が遠ざかっていくのがわかる。ああ、そうだ、これが死ぬということ。もう戻ってはこられない。呼び戻す声もない。これで終わりだ。

不意に、見えたような気がした……いや、まさか。灰色の靄《もや》の向こうに、父の姿が見えたのだ。これでもう、間違いない。わたしは本当に死んでしまった。

71

「マギー？」

目を開けるのは苦痛だった。光がまぶしい。何かの影が頭の上でぐるぐる回っている。機械の音がうるさい。口の中はゴムと綿の味がする。マギーは懸命に耳を傾けた。今のは誰の声なのか。どこから聞こえてくるのか。現実の声なのかどうか。やがて、片方の手を握られるのを感じた。

「マギー？　戻ってきなさい。戻ってこなかったら許さないわよ」

「グウェン？」話すにも力を振り絞らねばならなかったが、少なくとも声は出せた。マギーはもう一度試してみた。「ここは、どこ？」

「肝を冷やしたよ、オデール」

首を巡らせると、ベッドの反対側にタリーが立っていた。たったそれだけの動きでめまいがした。

「何があったの？　ここはどこ？」

「ここはね、イェール・ニュー・ヘヴン・メディカルセンターよ」グウェンが答えた。

「あなたは重度の低体温症に陥ってたの」

「お医者さんがきみの血を全部抜いたんだぞ、オデール。それを温めてまた戻したんだ。だから今後は、冷血人間と呼ばれても文句は言わないように」

「なんて面白いのかしら」グウェンがタリーをにらんだ。

「えっ？　冗談も言っちゃいけないのかい？」

「ほんとに、心配したのよ、マギー」グウェンはその温かい手でマギーの額を撫《な》でた。

「何が起きたの？」

「ね、マギー、低体温症の症状の一つに記憶の消失があるわ。たぶんあなたも、起きたことすべては覚えていないと思うけど、その話はいずれ、あなたがもっと元気になったときにしましょうよ」

「わたしはどのぐらいのあいだ意識を失っていたの？」

「木曜からずっと」

「今日は何曜日？」

「土曜日の夜よ」グウェンはマギーの手を握ったまま、彼女の髪を撫でつけるようにした。

「サイモン・シェルビーはどうなったの？」

「やっぱり覚えてるんだ。根っからの仕事人間だな、オデール」タリーが笑う。「昨夜《ゆうべ》、メリーランドの州パトロールに身柄を確保されたよ。どこへ向かおうとしてたのかはわからないが、車のトランクにはしっかり標本も入っていた」

「標本？」靄《もや》がかかったような自分の頭が、マギーはもどかしかった。

「おれたちの読みは当たってたよ。傷んだ肝臓、腫瘍《しゆよう》のできた脳、発作を起こした心臓、変形した骨。やつはそういったものを人の体から取り出しては集めてたんだ。眼球は例のレポーターのものだと、メリデン警察がすでにほぼ断定している。ほかの臓器についても、DNA鑑定が進められている。採石場跡の遺体と合致するものも出てくるだろう。あの部屋を見せたかったたよ、オデール。壁という壁が棚で埋めつくされて、ありとあらゆる容器がぎっしり詰まってるんだ。犠牲者が何人に上るのか、どれぐらい前から行われていたのか、見当もつかない。やつはなんにもしゃべらないし。このままいくと、どこかの精神病院に入ることになるんじゃないかな」

「おそらく五年前からじゃないかしら」グウェンが言った。「母親が死んだのが五年前なの。地元の病院の看護師と話したんだけど。その人はサイモン・シェルビーのことも母親のソフィーのことも、よく覚えてたわ。かわいそうな子だと思ってたんですって。母親に連れられて夜中に救急外来を訪れることがしょっちゅうあったらしいわ。いつもひどい腹痛を訴えるんだけど、検査をしても異変は見つからない。母親に毒物をのまされてたのね。ジョウアン・ベグリーと同じように」

「彼女は？」マギーは言った。「ジョウアンは助かったの？」

「助かって、快方へ向かってるわ。メリデンのミッドステート・メディカルセンターに入院してる。砒素《ひそ》を少しずつのまされていたのよ。時間はかかるだろうけど、回復するそうよ」

「わたし、自分は死んだんだと思ってた」マギーは正直に言った。それだけは思い出せた。「あの二人が見つけてくれてなかったら、だめだったでしょうね」グウェンは、ベッドの手すりに体を押しつけるようにして言った。「リューク・ラシーンがわたしに言うのよ。オデール捜査官は死んでる、脈もないし瞳孔《どうこう》も光に反応しない、なのにボンザード先生がどうしてもあきらめないんだって。あきらめられなくて、本当によかったわ、マギー。低体温症は仮死状態に陥ることが多いから」

「カニンガム局長につかまったら、死んでたほうがよかったと思うかもしれないぞ」タリーは言ったが、その顔は笑っていた。

「ばれちゃったんでしょうね」

「あの白い花の送り主が局長だとだけ言っておこう」タリーはテーブルの上の鉢植えを指さした。「添えられたカードによると、あの花は〝花虎《はなとら》の尾〟という品種で、別名〝従順な植物〟というらしい」

「リュークとアダムは来てるの？」話題を変えたくて、マギーは言った。

「あとで顔を出すはずよ。そうだ、タリー、あなた呼んできてよ」

マギーには、グウェンとタリーが目配せをし合ったように見えた。

「じゃあ、ちょっと行ってくる」タリーがマギーの肩を抱いた。「エマが、ハーヴィーのことは任せてだってさ」

「これでハーヴィーが自分のものになるなんて思ってないでしょうね。ちゃんと言っておいてよ、タリー」

「ああ、わかってる」そう言うと、タリーは病室から出ていった。

「マギー、実はね」

マギーは身構えた。そして、いきなり足を動かしはじめた。大丈夫、足は動く。腕も動く。

「何やってるの？」グウェンが笑った。「違うわよ、あなたの体はなんともないわ。ほんとよ。でもね、言っておいたほうがいいと思ったの。実は、お母さんが来てるのよ。カフエテリアで休憩してもらってるんだけど。木曜の夜からずっと詰めてくれてたの」

「ああ、そういうこと。じゃあ、ほんとにわたし、だめだと思われてたのね？」

「重篤な低体温症の治療は難しいのよ。回復しかかってだめになることだってあるんだから」二日間こらえていた感情があふれ出たような、強い口調だった。「勝手なことをしたのは謝る。だけど、ほんとに心配でたまらなかったのよ。それでね、連絡したのはお母さんだけじゃないの。いいわよ、好きなだけわたしをなじっても。だけどとにかく、もう呼んじゃってるから」グウェンはマギーの手をぎゅっと握りしめてから、戸口へ向かった。

「さあ、入って」

パトリックが現れた。ためらうことなくまっすぐベッドへ向かってくる。そばまで来ると、彼はじっとマギーを見つめた。

「聞いたのね？」マギーが言った。

「教えてもらってよかった。じゃないと、あなたはあと何回こっちまで来て、何杯ダイエットペプシを飲まなきゃいけなかったか」パトリックは父そっくりの笑顔で言った。

「あなただったのね」

「え？」

「わたし、自分は死んでしまったんだと思ったの。父が……わたしたちの父さんが、見えたと思ったのよ。でもあれは、あなただったんだわ」

「父さんの話、近いうちに聞かせてほしいな」

「今日は時間ある？」マギーはほほえんだ。

パトリックは、グウェンが座っていた椅子をベッド脇《わき》に引き寄せると、腰を下ろした。

「バイトまで、あと二時間あるんだ」

エピローグ

三カ月後
コネチカット精神病院

サイモンはこの部屋が大嫌いだった。消毒薬のにおいだけはするくせに、清潔じゃない。天井の右隅には蜘蛛《くも》の巣が見える。看護師だか監視人だか、呼び方はどうでもいいが、あいつらも不潔だ。タトゥーを入れた一人は、長い髪が脂ぎっていて、息が臭い。けれども、待遇は確かに悪くはなかった。ドクター・クレイマーなどは薬までくれた。おかげで胃の調子は……悪くない。でも、まだたまに痛くなる。痛くなるのは、決まって午前零時ごろだ。

今日の食事は二人分運ばれてきた。つまり、新しいルームメイトが来るということだ。サイモンはすでにジュースを飲み干し、プラスティックのカップをベッドの下に隠し終えていた。床板の一枚に細工をして、持ち上がるようにしてある。ここに新しい標本を保存するのだ。様子を見ながら少しずつだが、備品室からガラス瓶を盗み出すのにもずいぶん慣れた。夜勤の職員がよく鍵《かぎ》をかけ忘れるから。漫画に出てくる短気な魔女にそっくりなためにみんなが〝ブルーム・ヒルダ〟と呼んでいる、あの職員だ。

ドアの開く音がした。あの音にはいまだにぎくりとさせられる。

「サイモン」噂《うわさ》をすればなんとやら。「新しいルームメイトよ。ダニエル・ベンダー。よろしく頼むわよ」

まだ子どもみたいに見える若者だった。青白い顔をした痩《や》せっぽちで、ぼさぼさの茶色い髪に、虚《うつ》ろな茶色い瞳。

「やあ、ダニエル」立ち上がって握手をしたサイモンは、じっとりと汗ばんだ冷たい手にぞっとした。ブルーム・ヒルダが荷物を置く場所を指示しているあいだに、ダニエルのベッドカバーで手をぬぐった。

彼女が去ると、ダニエルはベッドの端に腰かけて食事ののったトレーを眺めた。

「スープはまあまあいけるよ」サイモンは言った。「スープをまずく作るのって難しいからね」サイモンはサラダをつつき、しなびた葉をフォークに突き刺してはトレーの端によけた。

「ぼくは何も食べられないんだ」新しいルームメイトがか細い声で言った。「出血性胃潰《いかい》瘍《よう》だから」

にわかに興味をかき立てられたサイモンは、サラダを脇《わき》へ押しやった。

「胃潰瘍の話、聞かせてもらおうかな」そう言いながら、サイモンはとりあえずフォークをマットレスの下へ滑り込ませた。あとで秘密の場所にしまっておこう。

訳者あとがき

シリーズ四作目ともなると、マギー・オデール特別捜査官もさることながら、タリーやグウェンをはじめとして、周りの人々の動向が大いに気になるという向きも多いことと思う。今回は、そういった読者にはずいぶん楽しんでいただけるのではないだろうか。マギーはといえば、長引いていた離婚手続きにけりがついたせいもあるのか、心も行動もずいぶんすっきりとして、いつものように悪夢や葛藤《かっとう》に苦しむことはないし、事件に対しても少し距離を置いたかかわり方をしているように見受けられる（とはいうものの、これまでになく深刻な局面を迎えもするのだが）。激しさが減じた分だけ優しさが際立ち、すでに身近に存在する人、新たに出会う人、そして自分自身の過去、あらゆるものに向けるまなざしが柔らかい。

マギーに微妙な変化を与えつつ、アレックス・カーヴァは第一作に引き続き、ふたたび〝虐待〟をテーマに掲げた。

わたしたちがこの文字を新聞紙上などで目にしない日はほとんどない。いつのころからか、その言葉の頭に〝幼児〟や〝児童〟がついていなくても、虐待と聞いて誰もがまず思い浮かべる被害者は、子どもたちになってしまった。その形が、目に見える暴力に限らないことも、今や大方の知るところとなった。けれども、たとえば〝育児放棄《ネグレクト》〟という言葉が最近まで一般的ではなかったからといって、そういう虐待行為が昔はなかったというわけではない。同様に、虐待の一類型であるという認識はまだ行き渡っていないものの、実際にはかなりの数の子どもたちがすでに犠牲になっていると思われる行為が、どうやら存在するのである。訳者同様、そのことを本書によって知る人も少なくないのではないだろうか。

〝ミュンヒハウゼン症候群〟とは、戦争での手柄話を吹聴《ふいちょう》して回ったといわれる実在の人物、ほら吹き男爵ことミュンヒハウゼン男爵から命名された病的虚言症のことである。周囲の関心を引きたいがために偽りの症状を訴え、検査や治療や入院、果ては手術さえ切望する心の病である。ところが、自分ではない誰かを病人に仕立て上げるケースがあり、こちらは〝代理（による）ミュンヒハウゼン症候群〟と呼ばれている。大半は、同情されたい母親がわが子を犠牲にして、優しい親、不幸な親を演じるもので、これは明らかに虐待の一種である。子どもに薬をのませる、腐ったものを食べさせる、子どもの尿に自分の血液や砂糖を混入する、傷口に泥水をかける、などなど、方法は多岐にわたる。一九七七年、イギリスで初めて医学誌に発表されて以来、欧米では多数報告されているものの、日本での発覚はごくわずかだという。今は、まだ。

二〇〇五年四月

新井ひろみ

訳者　新井ひろみ

1959年生まれ。徳島県出身。主な訳書に、サンドラ・ブラウン『27通のラブレター』、J・ブレイク＆E・リチャーズ『遠い夏の日』、アレックス・カーヴァ『悪魔の眼』『刹那の囁き』『こぼれる魂』、シャロン・サラ『スノー・バタフライ』『サイレント・キス』（以上、MIRA文庫）がある。

揺らめく羨望

2005年8月15日発行　第1刷

著　　者／アレックス・カーヴァ
訳　　者／新井ひろみ（あらい　ひろみ）
発 行 人／スティーブン・マイルズ
発 行 所／株式会社ハーレクイン
　　　　東京都千代田区内神田1-14-6
　　　　電話／03-3292-8091（営業）
　　　　　　03-3292-8457（読者サービス係）

印刷・製本／凸版印刷株式会社

装 幀 者／ZUGA

ISBN4-596-91146-0

MIRA文庫

クリスティアーヌ・ヘガン
飛田野裕子 訳

まどろむ夜の香り

人生はバラ色だった、過去が運命の扉をノックするまで…。メアリ・H・クラーク賞にノミネートされたNYタイムズ・ベストセラー作家、遂に日本初上陸!!

ヘザー・グレアム
ほんてちえ 訳

炎の瞳

伝説のルビーの輝きが、美人ダイバーに危険な愛の訪れを告げていた…。魔のバミューダ海域の孤島で繰り広げられる灼熱のラブ・サスペンス。

シャロン・サラ
平江まゆみ 訳

ダーク・シークレット

子どもの頃に失踪した父は冤罪だった?! セーラが故郷に帰るとき、止まった時間が動きだす…。もう目が離せない、癒しの作家S・サラの真骨頂!

シャロン・サラ
新井ひろみ 訳

サイレント・キス

憎悪が雪のように女流作家ケイトリンに降り積もる。元警官マックは恐るべき狂気から彼女を救えるか? 大ヒット続出、S・サラのロマンティック・サスペンス。

ダイナ・マコール
皆川孝子 訳

月影のレクイエム

27年前の悲恋が生んだ美しく勇敢な娘が、今、因縁の故郷に足を踏み入れた…。人気作家シャロン・サラが別名で魅せるもう一つの顔。

ダイナ・マコール
皆川孝子 訳

聖母《マドンナ》の微笑み

人気作家シャロン・サラが別名で挑む新境地。殺人事件を追うFBI捜査官が運命の女性と出会うとき、謎に包まれた神秘の迷宮への扉が開かれた…。